Nikolai Semjonowitsch
Ljesskow

Die Lady Macbeth des Mzensker Landkreises

und andere Erzählungen

www.elv-verlag.de

Ljesskow, Nikolai Semjonowitsch
Die Lady Macbeth des Mzensker Landkreises
und andere Erzählungen
ISBN: 978-3-86267-152-6
Auflage: 1
Erscheinungsjahr: 2011
Erscheinungsort: Bremen, Deutschland
Cover: Ausschnitt aus dem Gemälde „An der Wolga" von Boris Kustodijew.
Europäischer Literaturverlag GmbH, Fahrenheitstr. 1, 28359 Bremen (www.elv-verlag.de).

Die Lady Macbeth des Mzensker Landkreises

und andere Erzählungen

www.elv-verlag.de

Die Lady Macbeth des Mzensker Landkreises 4
I. 4
II 6
III 9
IV 12
V 14
VI 15
VII 23
VIII 29
IX 32
X 35
XI 39
XII 42
XIII 45
XIV 48
XV 52

Eine Teufelsaustreibung 59
I 59
II 60
III 63
IV 65
V 69

Figura 75
Erstes Kapitel 75
Zweites Kapitel 75

Drittes Kapitel 77
Viertes Kapitel 77
Fünftes Kapitel 78
Sechstes Kapitel 79
Siebentes Kapitel 80
Achtes Kapitel 82
Neuntes Kapitel 83
Zehntes Kapitel 85
Elftes Kapitel 87
Zwölftes Kapitel 89
Dreizehntes Kapitel 91
Vierzehntes Kapitel 97
Fünfzehntes Kapitel 100

Interessante Männer 103
I 103
II 105
III 106
IV 109
V 113
VI 122
VII 129
VIII 134
IX 136
X 139
XI 141
XII 143

XIII	144
XIV	146
XV	149
XVI	152
XVII	155
XVIII	163

Pawlin	167
Erstes Kapitel	169
Zweites Kapitel	172
Drittes Kapitel	177
Viertes Kapitel	184
Fünftes Kapitel	188
Sechstes Kapitel	192
Siebentes Kapitel	197
Achtes Kapitel	200
Neuntes Kapitel	203
Zehntes Kapitel	209
Elftes Kapitel	215
Zwölftes Kapitel	218
Dreizehntes Kapitel	220
Vierzehntes Kapitel	223
Fünfzehntes Kapitel	224
Sechzehntes Kapitel	227
Siebzehntes Kapitel	231

Die Lady Macbeth des Mzensker Landkreises

I

In unserer Gegend kommen manchmal so seltsame Charaktere vor, dass man sich ihrer nicht ohne tiefste Erschütterung erinnern kann, selbst wenn schon viele Jahre nach der letzten Begegnung mit ihnen vergangen sind. Zu solchen Charakteren zählte die Kaufmannsfrau Katerina Lwowna Ismajlowa, die einst im Mittelpunkt eines grauenhaften Dramas gestanden hatte und bei unseren Gutsbesitzern unter dem treffenden Namen »Lady Macbeth des Mzensker Landkreises« bekannt war.

Katerina Lwowna war nicht, was man eine Schönheit nennt, doch von angenehmem Äußeren. Sie war erst vierundzwanzig Jahre alt, nicht sehr groß, doch schlank, hatte einen wie aus Marmor gemeißelten Hals, rundliche Schultern, einen prallen Busen, eine gerade, feine Nase, schwarze lebhafte Augen, eine hohe weiße Stirne und schwarzes, sogar blauschwarzes Haar. Man verheiratete sie mit einem Landsmann, dem Kaufmann Ismajlow aus Tuskarj im Kursker Gouvernement. Sie fühlte zwar keine Neigung zu ihm; Ismajlow hatte aber den Antrag gemacht, und sie durfte als armes Mädchen nicht wählerisch sein. Die Ismajlows waren in unserer Gegend angesehen: Sie betrieben einen großen Mehlhandel, hatten auf dem Land eine große Mühle in Pacht, einen einträglichen Garten vor der Stadt und ein schönes Haus in der Stadt und gehörten zu den wohlhabendsten Kaufleuten. Die Familie war obendrein nicht zu groß und bestand nur aus dem Schwiegervater Boris Timofejitsch Ismajlow, der schon an die achtzig Jahre alt und seit langem verwitwet war, seinem Sohn Sinowij Borissowitsch, Katerinas Mann, der auch nicht mehr jung – über fünfzig – war, und Katerina Lwowna selbst. Nach fünfjähriger Ehe hatte Katerina Lwowna noch immer kein Kind. Sinowij Borissowitsch hatte auch von seiner ersten Frau, mit der er zwanzig Jahre gelebt hatte, bevor er Katerina Lwowna heiratete, keine Kinder. Er hatte gehofft, dass Gott ihm wenigstens in seiner zweiten Ehe Kinder schenken würde, die seine Firma und sein Kapital erben könnten. Er hatte aber auch mit Katerina Lwowna kein Glück.

Die Kinderlosigkeit machte Sinowij Borissowitsch großen Kummer, und nicht nur ihm allein, sondern auch dem alten Boris Timofejitsch. Auch Katerina Lwowna selbst war darüber sehr traurig. Die tödliche Langeweile in dem verschlossenen Kaufmannshaus mit dem hohen Zaun und den bösen Kettenhunden machte die junge Kaufmannsfrau oft erstarren, so dass sie Gott weiß wie froh gewesen wäre, wenn sie ein Kindchen zu pflegen gehabt hätte; dann hatte sie auch die ewigen Vorwürfe satt: »Warum bist du diese Ehe eingegangen, warum hast du dem Menschen sein Schicksal gebunden, du Unfruchtbare?!« Als ob sie tatsächlich ein Verbrechen an ihrem Mann, am Schwiegervater und am ganzen ehrbaren Kaufmannsgeschlecht begangen hätte!

Bei allem Reichtum war das Leben Katerina Lwownas im Hause des Schwiegervaters öde und traurig. Sie kam fast nie aus dem Haus, und selbst wenn sie mit ihrem Mann irgendwo in Kaufmannsfamilien Besuch machte, hatte sie wenig Freude daran. Es waren lauter strenge Leute, die immer beobachteten, wie sie saß, wie sie ging, wie sie stand. Katerina Lwowna hatte aber einen feurigen Charakter und war als Mädchen ein freies Leben gewohnt. Einst durfte sie mit den Eimern zum Fluss laufen, im Hemd am Landungssteg baden oder einen vorbeigehenden Burschen über die Gartenpforte mit Schalen von Sonnenblumenkernen überschütten; hier ist aber alles anders. Der Schwiegervater und der Mann stehen in aller Herrgottsfrühe auf, trinken um sechs Uhr Tee und gehen gleich an ihre Geschäfte. Sie aber wandert von Zimmer zu Zimmer. Überall ist es so rein, so still und so leer, vor den Heiligenbildern brennen die Lämpchen, und im ganzen Hause ist kein lebender Ton, keine menschliche Stimme.

Katerina Lwowna irrt eine Zeit lang durch die leeren Zimmer, beginnt vor Langeweile zu gähnen und geht die Stiege in das eheliche Schlafzimmer im Mezzanin hinauf. Sie sitzt da, schaut zum Fenster hinaus, wie man vor den Speichern den Hanf aufhängt oder das Mehl in Säcke füllt; sie muss wieder gähnen und freut sich, dass sie eine oder zwei Stunden schlafen kann. Und wenn sie erwacht, überkommt sie wieder die Langeweile des altrussischen Kaufmannshauses, vor der man sich, wie es heißt, mit Freuden erhängt. Katerina

Lwowna fand auch am Lesen keine Freude, und im Hause gab es keine Bücher außer dem Kiewer Heiligenbuch.

So öde war das Leben Katerina Lwownas in dem reichen Hause, in dem sie nun schon fünf Jahre an der Seite eines lieblosen Gatten lebte. Aber wie es so geht, niemand schenkte ihrer Langeweile auch nur die geringste Beachtung.

II

Im Frühjahr des sechsten Jahres nach Katerina Lwownas Verheiratung gab es auf der Ismajlowschen Mühle ein Unglück: Das Hochwasser hatte den Damm durchbrochen. Die Mühle hatte gerade viel Arbeit, und der Schaden war groß: Das Wasser kam unter den Lauftrog des leeren Gerinnes und ließ sich nicht wieder einfangen. Sinowij Borissowitsch trieb die Leute aus der ganzen Umgegend zusammen und überwachte Tag und Nacht die Arbeiten; die Geschäfte in der Stadt versah der Alte, und Katerina Lwowna war tagelang allein zu Hause. Als sie ohne Mann geblieben war, fühlte sie anfangs noch größere Langeweile. Dieser Zustand gefiel ihr aber mit der Zeit nicht schlecht; sie konnte freier atmen. Sie hatte ihn ja niemals geliebt, nun hatte sie wenigstens einen Aufseher weniger.

Einmal saß sie in ihrem Mezzanin am Fenster, gähnte, dachte an nichts Bestimmtes und schämte sich zuletzt, immer so zu gähnen. Draußen war aber der herrlichste Tag: warm, heiter, lustig, und durch das grüne Holzgitter des Gartens waren flinke Vöglein zu sehen, die von Zweig zu Zweig hüpften.

Warum gähne ich so?, fragte sich Katerina Lwowna. Ich will einmal aufstehen und in den Hof oder in den Garten gehen.

Sie warf sich einen alten Pelzumhang um und ging hinaus.

Unten auf dem Hof ist es so hell, die Luft ist so erfrischend, und auf der Galerie bei den Speichern schallt lustiges Gelächter.

»Was freut ihr euch so?«, fragte Katerina Lwowna die Angestellten des Schwiegervaters.

»Wir haben eben ein lebendes Schwein gewogen«, antwortete ihr der alte Verwalter.

»Was für ein Schwein?«

»Das Schwein Aksinja, das den Sohn Wassilij geboren und uns zur Taufe nicht eingeladen hat«, berichtete ihr frech und lustig ein Bursche mit kühnem, hübschem Gesicht, pechschwarzen Locken und einem kaum sprossenden Bärtchen.

Aus dem Mehlkübel, der am Wagbalken angehängt war, sah in diesem Augenblick das dicke rotbackige Gesicht der Köchin Aksinja heraus.

»Verdammte Teufel!«, fluchte die Köchin, indem sie nach dem eisernen Wagbalken griff und sich Mühe gab, aus dem hin- und herpendelnden Kübel herauszukriechen.

»Acht Pud wiegt sie vor dem Essen, und wenn sie zu Mittag ein Fuder Heu gefressen hat, so langen die Gewichte nicht!«, erklärte derselbe hübsche Bursche. Mit diesen Worten drehte er den Kübel um und warf die Köchin auf die in der Ecke geschichteten Säcke.

Die Köchin fluchte noch immer, eigentlich mehr im Scherz, und zupfte sich das Kleid zurecht.

»Nun, und wie viel wiege ich?«, fragte Katerina Lwowna. Sie stieg auf das Brett und hielt sich an den Stricken fest.

»Drei Pud sieben Pfund«, antwortete der hübsche Bursche Sergej, nachdem er die Gewichte nachgezählt hatte. »Ein Wunder!«

»Was wunderst du dich so?«

»Dass Sie über drei Pud wiegen, Katerina Lwowna. Ich glaube, dass ich Sie den ganzen Tag auf den Armen herumtragen könnte, ohne dabei müde zu werden. Ich würde es sogar für das größte Vergnügen ansehen.«

»Bin ich denn etwa kein Mensch? Würdest wohl müde werden!«, erwiderte leicht errötend Katerina Lwowna, die solche Reden nicht mehr gewohnt war und plötzlich das Verlangen fühlte, lustig zu plaudern und zu scherzen.

»Gott behüte! Ich würde Sie bis nach dem glückseligen Arabien tragen«, antwortete Sergej auf ihre Bemerkung.

»Du redest Unsinn«, sagte der Bauer, der das Getreide aufschüttete. »Was ist unser Gewicht? Ist es denn unser Körper, der was wiegt? Unser Körper, mein Lieber, wiegt nicht, es ist nur unsere Kraft, die uns zur Erde zieht, und nicht der Körper!«

»Als Mädchen hatte ich eine große Kraft«, sagte Katerina Lwowna, die sich wieder nicht beherrschen konnte. »Mancher Mann konnte mich nicht niederringen!«

»Erlauben Sie mal Ihr Händchen, wenn das wahr ist«, bat der hübsche Bursche.

Katerina Lwowna errötete wieder, reichte ihm aber die Hand.

»Lass los, es tut weh!«, schrie Katerina Lwowna auf, als Sergej ihre Hand in der seinigen zusammendrückte. Mit der freien Hand stieß sie ihn vor die Brust.

Der Bursche ließ ihre Hand los und taumelte von ihrem Stoß einige Schritte zur Seite.

»Und das will ein Frauenzimmer sein!«, wunderte sich der Bauer.

»Nein, nicht so! Wollen wir einmal richtig ringen?«, sagte Sergej, seine Locken schüttelnd.

»Nun, versuch's«, antwortete Katerina Lwowna, immer lustiger werdend, und hob die Ellenbogen.

Sergej umschlang die junge Frau und drückte ihre pralle Brust an sein rotes Hemd. Katerina Lwowna rührte nur die Schultern, Sergej hatte sie aber schon in die Höhe gehoben, hielt sie eine Weile in den Armen, drückte sie zusammen und setzte sie zuletzt auf einen umgekehrten Scheffel.

Katerina Lwowna hatte nicht einmal Zeit gehabt, ihre Kraft, mit der sie so prahlte, zu zeigen. Über und über rot, zupfte sie den Pelzumhang, der ihr von der Schulter geglitten war, zurecht und ging langsam aus dem Speicher. Sergej räusperte sich aber und rief: »He, ihr Esel! Schüttet das Getreide auf, schont die Arme nicht! Wenn was übrig bleibt, so ist's unser Verdienst!«

Er tat so, als hätte auf ihn der Ringkampf mit Katerina Lwowna nicht den geringsten Eindruck gemacht.

»Dieser Sergej ist ein verdammter Mädchenjäger!«, berichtete die Köchin Aksinja, ihrer Herrin nachgehend. »Alles an ihm ist gleich schön: der Wuchs, das Gesicht, die Gestalt. Er kann jedes Frauenzimmer betören und zur Sünde verführen. Dabei ist er ein untreuer, gemeiner Kerl!«

»Sag einmal, Aksinja«, sagte die junge Frau, vor der Köchin hergehend, »lebt dein Kind noch?«

»Es lebt, Mütterchen, es lebt, was soll ihm geschehen? Wenn man ein Kind nicht braucht, so ist es immer zählebig.«

»Wo hast du nur das Kind her?«

»Ach, man kriegt es leicht, wenn man unter Menschen lebt.«

»Ist dieser Bursche schon lange bei uns?«

»Welcher? Meinen Sie Sergej?«

»Ja.«

»An die vier Wochen. Vorher war er bei den Kontschonows in Stellung, wurde aber hinausgejagt.« Aksinja fuhr mit gedämpfter Stimme fort: »Man sagt, er habe dort mit der Hausfrau selbst angebandelt, darum hat ihn auch der Herr hinausgejagt ... Er ist so furchtbar frech, der Verruchte!«

III

Eine warme, milchweiße Dämmerung schwebte über der Stadt. Sinowij Borissowitsch war noch immer nicht von der Mühle heimgekehrt. Auch der Schwiegervater Boris Timofejewitsch war nicht zu Hause: Er war zu einem alten Freund zum Namenstag gefahren und hatte angesagt, dass man ihn zum Abendessen nicht erwarten solle. Katerina Lwowna aß früh zu Abend, stand dann wieder am Fenster ihres Schlafzimmers, lehnte sich mit der Wange an den Pfosten und knackte Sonnenblumenkerne. Die Leute hatten eben in der Küche zu Abend gegessen und begaben sich zur Ruhe: der eine in die Tenne, der andere in den Speicher, der dritte auf den duftenden Heuboden. Als Letzter kam Sergej aus der Küche. Er schlenderte durch den Hof, ließ die Kettenhunde los, pfiff ein Liedchen, ging am Fenster Katerina Lwownas vorbei, blickte zu ihr hinauf und verneigte sich vor ihr.

»Guten Abend«, sagte Katerina Lwowna leise von ihrem Fenster herab, und auf dem Hof wurde es plötzlich so still wie in einer Wüste.

»Gnädige Frau!«, tönte es zwei Minuten später vor der versperrten Türe des Schlafzimmers.

»Wer ist da?«, fragte Katerina Lwowna erschrocken.

»Erschrecken Sie nicht: Ich bin es, Sergej.«

»Was willst du, Sergej?«

»Ich habe eine Bitte an Sie, Katerina Lwowna. Gestatten Sie mir, dass ich für einen Augenblick eintrete.«

Katerina Lwowna sperrte die Türe auf und ließ ihn ein.

»Was willst du?«, fragte sie, wieder ans Fenster tretend.

»Ich möchte Sie fragen, Katerina Lwowna, ob Sie mir nicht irgendein Büchlein geben könnten. Ich vergehe vor Langeweile.«

»Ich habe gar keine Bücher, Sergej, ich lese niemals«, antwortete Katerina Lwowna.

»So furchtbar langweilig ist es hier«, klagte Sergej.

»Was weißt du von Langeweile?«

»Erlauben Sie einmal! Wie soll ich mich nicht langweilen? Ich bin ja ein junger Mensch, wir leben hier wie in einem Kloster, und ich werde wohl hier in der Einsamkeit zugrunde gehen müssen. Zuweilen verzweifle ich an meinem Leben.«

»Warum heiratest du nicht?«

»Ja, heiraten, das ist leicht gesagt! Wen soll ich hier heiraten? Ich bin ja ein unbedeutender Mensch; ein Mädchen aus dem Kaufmannsstande wird mich nicht nehmen, und die von unserem armen Stande sind viel zu ungebildet, das wissen Sie doch selbst. Kann denn so ein Mädchen die Liebe richtig verstehen? Aber auch die Reichen verstehen sie nicht viel besser. Für jeden andern Menschen wären Sie wohl der Trost seines Lebens, Ihr Gemahl aber hält Sie wie einen Kanarienvogel im Bauer.«

»Ja, ich langweile mich«, sagte Katerina Lwowna unwillkürlich.

»Wie soll man sich auch nicht langweilen bei solch einem Leben, gnädige Frau! Selbst wenn Sie einen Geliebten hätten, wie die andern Frauen, so hätten Sie doch keine Möglichkeit, mit ihm zusammenzukommen.«

»Nein, du redest Unsinn. Ich glaube aber, dass es mir lustiger zumute wäre, wenn ich ein Kindchen hätte.«

»Erlauben Sie die Bemerkung, gnädige Frau: Ein Kind kann man auch nicht so von heute auf morgen bekommen. Ich habe ja genug in den Kaufmannsfamilien gelebt und kenne mich in diesen Dingen gut aus. In einem Liede heißt es: ›Wenn du keinen Liebsten hast, stirbt das Herz vor Schmerzenslast.‹ Diesen Schmerz empfinde ich so stark, Katerina Lwowna, dass ich mir das Herz aus der Brust schneiden und es Ihnen vor die Füßchen werfen könnte. Und es würde mir dann viel leichter zumute werden ... « Seine Stimme zitterte.

»Was erzählst du mir von deinem Herzen? Ich brauche es nicht. Geh ... «

»Nein, erlauben Sie, gnädige Frau«, sagte Sergej, am ganzen Leibe zitternd und einen Schritt näher kommend. »Ich weiß, ich sehe und begreife, dass, auch Sie es nicht leichter haben als ich. Alles hängt aber nur von Ihnen ab, alles ruht in Ihrer Hand!« Die letzten Worte hauchte er nur.

»Was willst du? Was willst du? Warum bist du zu mir gekommen? Ich werde mich aus dem Fenster stürzen«, sagte Katerina Lwowna, von einer namenlosen Angst erfasst, und griff mit den Händen nach dem Fensterbrett.

»Du Unvergleichliche, du mein Leben! Was sollst du dich aus dem Fenster stürzen?«, flüsterte Sergej frech. Er riss die junge Frau vom Fenster weg und umschlang sie mit seinen Armen.

»Lass los! Lass los!«, stöhnte Katerina Lwowna leise, unter Sergejs heißen Küssen ermattend und sich unwillkürlich an seine mächtige Brust schmiegend.

Sergej nahm sie wie ein kleines Kind auf die Arme und trug sie in eine dunkle Ecke.

Im Zimmer trat nun eine Stille ein, die nur durch das gleichmäßige Ticken der Taschenuhr Sinowij Borissowitschs unterbrochen wurde, die über dem Bett Katerina Lwownas hing. Dieses Ticken störte aber niemand.

»Geh«, sagte Katerina nach einer halben Stunde, ohne Sergej anzublicken, und ordnete ihr zerzaustes Haar vor dem kleinen Spiegel.

»Warum soll ich jetzt von hier fortgehen?«, fragte Sergej mit seliger Stimme.

»Der Schwiegervater wird die Türe sperren.«

»Ach, meine liebe Seele! Hast du denn nur solche Männer gekannt, die eine Türe brauchen, um zur Geliebten zu gelangen? Wenn ich zu dir oder von dir will, so finde ich überall eine Tür«, antwortete der Bursche, auf die Balken, die die Galerie stützten, zeigend.

IV

Sinowij Borissowitsch blieb noch eine Woche auf der Mühle; und seine Frau ergötzte sich diese ganze Zeit allnächtlich bis an den lichten Tag mit Sergej.

In diesen Nächten wurde im Schlafzimmer Sinowij Borissowitschs gar viel Wein aus dem Keller des Schwiegervaters ausgetrunken, viel Süßes gegessen, viel geküsst und viel mit den schwarzen Locken auf den weichen Kopfkissen gespielt. Die Landstraße ist aber nicht immer so eben wie eine Tischdecke, es gibt auch Löcher und Buckel.

Boris Timofejitsch konnte keinen Schlaf finden. Der Alte irrte in seinem bunten Kattunhemd durch das stille Haus, trat bald an das eine, bald an das andere Fenster und sah plötzlich das rote Hemd Sergejs langsam den Balken unter dem Fenster der Schwiegertochter hinuntergleiten. Eine schöne Bescherung! Boris Timofejitsch ging in den Hof und packte den Burschen bei den Beinen. Der holte zuerst zu einem Schlag aus, überlegte sich dann aber, dass es zu viel Lärm geben würde.

»Sag einmal«, fragte Boris Timofejitsch, »wo warst du eben, du Dieb?«

»Wo ich war, da bin ich nicht mehr, Boris Timofejitsch«, antwortete Sergej.

»Hast du bei der Schwiegertochter übernachtet?«

»Das ist meine Sache, Herr, wo ich übernachtet habe. Höre aber auf meine Worte, Boris Timofejitsch: Was gewesen ist, lässt sich nicht mehr ändern. Tu wenigstens deinem Kaufmannshause keine Schande an. Sag mir, was du jetzt von mir willst? Was für eine Genugtuung soll ich dir geben?«

»Du sollst, Verruchter, fünfhundert Peitschenschläge bekommen«, antwortete Boris Timofejitsch.

»Die Schuld ist mein, der Wille ist dein«, sagte der Bursche. »Sag, wohin ich dir folgen soll, trinke mein Blut.«

Boris Timofejitsch führte Sergej in seine gemauerte Vorratskammer und schlug ihn so lange mit der Peitsche, bis sein Arm erlahmte. Sergej gab keinen Ton von sich, zerkaute aber die Hälfte seines Hemdsärmels mit den Zähnen.

Boris Timofejitsch ließ Sergej in der Kammer liegen, bis sein blutiggeschlagener Rücken verheilen würde; stellte ihm einen irdenen Krug mit Wasser hin, versperrte die Kammer mit einem großen Schloss und schickte nach dem Sohn.

Auch heute noch legt man hundert Werst auf einer russischen Landstraße nicht an einem Tag zurück, Katerina Lwowna kann es aber ohne ihren Sergej auch nicht eine Stunde aushalten. Ihre ganze zügellose Natur kam zum Durchbruch, und sie wurde sehr kühn und entschlossen. Sie erfuhr, wo Sergej eingesperrt war, sprach mit ihm durch die Eisentür einige Worte und machte sich auf die Suche nach den Schlüsseln. »Väterchen, lass doch den Sergej heraus!«, wandte sie sich an den Schwiegervater.

Der Alte wurde ganz grün vor Wut. Von seiner sündigen, bisher aber noch immer gehorsamen Schwiegertochter hatte er eine solche Frechheit nicht erwartet.

»Was fällt dir ein?« Und er fiel über Katerina Lwowna mit Schimpfworten her.

»Lass ihn heraus«, bestürmte sie ihn, »ich schwöre dir bei meinem Gewissen, dass es zwischen uns nichts Schlimmes gegeben hat.«

»So, es hat nichts Schlimmes gegeben!«, sagt er und knirscht mit den Zähnen. »Was habt ihr dann in den Nächten getrieben? Die Kissen deines Mannes durchgeklopft?«

Sie aber hört gar nicht auf: »Lass ihn heraus!«

»Wenn die Dinge so stehen«, sagt Boris Timofejitsch, »so will ich dir Folgendes sagen: Wenn dein Mann zurückkommt, werden wir dich, du treulose Frau, im Pferdestall mit eigenen Händen durchpeitschen. Ihn aber, den Schurken, werde ich gleich morgen ins Zuchthaus schicken.«

So hatte Boris Timofejitsch beschlossen; sein Beschluss wurde aber nicht zur Tat.

V

Boris Timofejitsch aß an diesem Abend einen Brei mit Pilzen und fühlte gleich darauf ein Brennen im Schlund; es zwickte ihn im Magen, er bekam Erbrechen und starb gegen Morgen auf die gleiche Weise wie die Ratten in seinem Speicher. Für die Ratten aber pflegte Katerina Lwowna mit eigenen Händen eine Speise mit einem gefährlichen weißen Pulver, das sie in Verwahrung hatte, anzurichten.

Katerina Lwowna ließ ihren Sergej sofort aus der gemauerten Kammer heraus und legte ihn, ganz ohne Scheu vor den Leuten, auf das Bett ihres Mannes, damit er sich nach den Schlägen des Schwiegervaters erhole; dem Schwiegervater Boris Timofejitsch aber gab sie ein christliches Begräbnis. Seltsamerweise machte sich niemand über den Tod des Alten irgendwelche Gedanken. Boris Timofejitsch war eben gestorben, wie viele nach dem Genuss von Pilzen starben. Man beerdigte ihn in aller Eile, ohne selbst die Rückkehr des Sohnes abzuwarten, denn die Tage waren heiß; der nach Sinowij Borissowitsch geschickte Bote hatte ihn auf der Mühle nicht angetroffen. Sinowij Borissowitsch hatte gerade die Gelegenheit, einen Wald, der hundert Werst weiter lag, billig zu kaufen; er war hingefahren, um sich den

Wald anzusehen, und hatte bei niemandem hinterlassen, wo dieser Wald liege.

Nachdem Katerina Lwowna das erledigt hatte, geriet sie ganz außer Rand und Band. Sie war ja auch sonst keine schüchterne Frau; jetzt konnte man aber unmöglich erraten, was sie noch alles vorhatte. Sie geht stolz einher, kommandiert das ganze Haus und lässt Sergej nicht von ihrer Seite. Das kam dem Hausgesinde anfangs etwas merkwürdig vor. Katerina Lwowna verstand aber, die Leute so reich zu beschenken, dass ihnen das Staunen verging. Sie sagten sich nur: Die Frau hat wohl mit dem Sergej angebandelt. Das ist ihre Sache, und sie allein wird sich dafür zu verantworten haben.

Sergej genas indessen von seinen Wunden, ging wieder aufrecht einher, tänzelte stolz wie ein Falke um Katerina Lwowna, und die beiden hatten wieder das allerschönste Leben. Die Zeit rollte aber nicht nur für sie beide dahin: Der beleidigte Gatte Sinowij Borissowitsch eilte nach langer Abwesenheit nach Hause.

VI

Es war ein glühheißer Nachmittag, und die Fliegen ließen keine Ruhe. Katerina Lwowna schloss das Fenster des Schlafzimmers, verhängte es von innen mit einem wollenen Tuch und legte sich mit Sergej auf das hochgetürmte Bett, um nach dem Essen auszuruhen.

Katerina Lwowna weiß nicht, ob sie schläft oder wacht, es ist aber so furchtbar heiß, der Schweiß läuft ihr von der Stirn, und sie kann vor Hitze kaum atmen. Katerina Lwowna fühlt, dass es nun Zeit ist, aufzuwachen, dass es Zeit ist, in den Garten zu gehen, um Tee zu trinken. Sie kann aber unmöglich aufstehen. Endlich kommt die Köchin vor die Schlafzimmertür und klopft: »Der Samowar unter dem Apfelbaume wird kalt.« Katerina Lwowna erwacht und beginnt den Kater zu tätscheln. Zwischen ihr und Sergej wälzt sich auf dem Bett ein prächtiger, grauer Kater; er ist groß und wohlgenährt und hat einen so mächtigen Schnurrbart wie ein Amtmann. Katerina Lwowna streichelt ihm das weiche Fell, und er schnuppert immer mit seiner stumpfen Schnauze an ihrem prallen Busen und schnurrt ein leises Lied, wie wenn er von der Liebe sprechen wollte. Wie kommt nur der Kater hierher?, fragt sich Katerina Lwowna. Ich habe

Sahne auf dem Fenster stehen, er wird sie sicher fressen. Ich muss ihn hinauswerfen!, sagt sie sich und greift nach dem Kater. Er ist aber unter ihren Fingern wie ein Nebel verschwunden. Wie kommt nur der Kater zu uns?, denkt sich Katerina Lwowna im Halbschlummer. In unserm Schlafzimmer hat es doch niemals einen Kater gegeben, und auf einmal ist so ein Vieh da! Sie will wieder nach dem Kater greifen, und er ist schon wieder weg. Was ist denn das? Ist es denn nur ein Kater?, fragt sich Katerina Lwowna wieder. Sie bekommt Angst, und ihre ganze Schläfrigkeit ist auf einmal wie weggeblasen. Sie sieht sich um – es ist gar kein Kater in der Stube, an ihrer Seite liegt nur der hübsche Sergej und drückt mit seiner starken Hand ihre Brust gegen sein glühendes Gesicht.

Katerina Lwowna stand auf, setzte sich auf das Bett und begann ihren Sergej zu küssen und zu liebkosen. Dann richtete sie die zerwühlten Kissen und ging in den Garten, um Tee zu trinken. Die Sonne stand aber schon tief am Himmel, und auf die warme Erde senkte sich ein märchenhaft schöner Abend.

»Ich habe zu lange geschlafen«, sagte Katerina Lwowna zu Aksinja und setzte sich auf den Teppich unter den blühenden Apfelbaum. »Aksinja, was mag das bedeuten?«, fragte sie die Köchin, die Tassen mit dem Handtuch abwischend.

»Was denn, Mütterchen?«

»Es war kein Traum, ich sah es im Wachen, wie sich an mich irgendein Kater schmiegte.«

»Was redest du?«

»Es war wirklich ein Kater.«

Und Katerina Lwowna erzählte ihr, was sie eben erlebt hatte.

»Was brauchtest du ihn zu streicheln?«

»Das weiß ich selbst nicht, warum ich ihn gestreichelt habe.«

»Es ist doch seltsam!«, rief die Köchin aus.

»Es kommt auch mir seltsam vor.«

»Das bedeutet sicher, dass dir etwas zustößt.«

»Was soll mir zustoßen?«

»Was dir zustoßen wird, kann dir, meine Liebe, niemand erklären. Es wird dir aber sicher etwas zustoßen.«

»Ich habe den Mond im Traum gesehen, und dann kam dieser Kater«, fuhr Katerina Lwowna fort.

»Der Mond bedeutet ein Kind.«

Katerina Lwowna errötete.

»Soll ich dir nicht den Sergej herschicken?«, fragte Aksinja mit der Vertraulichkeit einer Freundin.

»Meinetwegen«, antwortete Katerina Lwowna. »Ja, schick ihn mir her: Ich will mit ihm Tee trinken.«

»Darum frage ich auch, ob ich ihn herschicken soll«, sagte Aksinja und wackelte wie eine Ente zum Gartentor.

Katerina Lwowna erzählte auch Sergej das von dem Kater.

»Es ist nichts als Einbildung«, antwortete Sergej.

»Warum habe ich aber früher diese Einbildung niemals gehabt, Serjoscha?«

»Ja, früher war manches anders! Früher verschmachtete mir das Herz, wenn ich dich auch nur mit einem Auge ansah, und heute habe ich deinen ganzen weißen Leib in meiner Gewalt.«

Sergej nahm Katerina Lwowna auf die Arme, drehte sie einmal in der Luft um und warf sie auf den weichen Teppich.

»Ach, es schwindelt mir!«, sagte Katerina Lwowna.

»Serjoscha, komm einmal her, setz dich zu mir«, rief sie, sich wollüstig streckend.

Sergej beugte sich, trat unter die tief herabhängenden, mit weißen Blüten beladenen Äste des Apfelbaumes und setzte sich auf den Teppich Katerina Lwowna zu Füßen.

»Hast du wirklich nach mir geschmachtet, Serjoscha?«

»Gewiss, ich habe wohl geschmachtet.«

»Wie hast du geschmachtet? Erzähl es mir!«

»Kann man es denn erklären, wie man schmachtet? Ich habe mich halt nach dir gesehnt.«

»Warum habe ich nicht gefühlt, dass du dich nach mir sehntest, Serjoscha? Es heißt ja, dass man so was immer fühlt.«

Sergej gab keine Antwort.

»Warum hast du immer gesungen, wenn du dich nach mir gesehnt hast? Ich hab' ja gehört, wie du auf der Galerie deine Lieder sangst«, fragte Katerina Lwowna unter Küssen und Liebkosungen.

»Was folgt daraus, dass ich gesungen habe? Auch die Mücke singt ihr Leben lang, doch nicht vor Freude«, antwortete Sergej trocken.

Es entstand eine Pause. Sergejs Geständnis erfüllte Katerina Lwowna mit höchster Freude.

Sie wollte noch mehr darüber sprechen, aber Sergej runzelte die Stirne und schwieg.

»Schau nur, Serjoscha, was das für ein Paradies ist!«, rief Katerina Lwowna aus, durch die dichten Zweige des blühenden Apfelbaumes in den heiteren blauen Himmel mit dem Vollmond blickend.

Das Mondlicht drang durch die Blüten und Blätter des Apfelbaumes und überschüttete die Figur und das Gesicht der auf dem Rücken liegenden Katerina Lwowna mit zauberhaften Lichtflecken. Ein leiser warmer Windhauch bewegte kaum die schlafenden Blätter und brachte den feinen Duft der blühenden Gräser und Bäume. Die Luft flößte eine süße Mattigkeit, Wollust und dunkles Sehnen ein.

Sergej sagte noch immer nichts, und Katerina Lwowna hielt wieder inne und blickte durch die blassrosa Apfelblüten zum Himmel empor. Auch Sergej schwieg; der Himmel schien ihn aber nicht zu interessieren. Er saß, seine Knie mit beiden Armen umschlingend, und betrachtete aufmerksam seine Stiefel.

Eine goldene Nacht! Stille, Licht, Duft und belebende Wärme. In der Ferne hinter dem Garten stimmte jemand ein wohlklingendes Lied an. In den dichten Faulbeersträuchern am Zaun begann eine

Nachtigall zu schlagen; im Bauer an der hohen Stange zwitscherte eine verschlafene Wachtel. Man hörte das wohlgenährte Pferd im Stalle atmen und sah eine lustige Hundeschar über die Wiese hinter dem Gartenzaun rennen und in dem formlosen schwarzen Schatten der zerfallenen alten Salzspeicher verschwinden.

Katerina Lwowna stützte sich auf einen Ellenbogen und blickte auf das hohe Gras, das im Mondlichte schimmerte. Es sah wie vergoldet aus, seltsame Flecken huschten wie leuchtende Falter durch die Halme, und das Gras unter den Bäumen schien, in das Netz der Mondlichtstrahlen verfangen, hin und her zu schwanken.

»Ach, Serjoscha, schau nur, wie schön es ist!«, rief Katerina Lwowna aus.

Sergej sah sich gleichgültig um.

»Was bist du heute so freudlos, Serjoscha? Bist du vielleicht meiner Liebe schon überdrüssig?«

»Sprich nicht solchen Unsinn!«, antwortete Sergej trocken. Er beugte sich träge zu ihr und küsste sie.

»Du bist treulos, Serjoscha«, sagte Katerina Lwowna, »du bist gar zu unbeständig.«

»Ich kann diese Worte gar nicht auf mich beziehen«, antwortete Sergej ruhig.

»Warum küsst du mich dann so lässig?«

Sergej gab keine Antwort.

»Nur die Ehemänner küssen ihre Frauen so«, fuhr Katerina Lwowna fort, mit seinen Locken spielend, »wie wenn sie die Lippen nur abstauben wollten. Küsse mich, dass die jungen Blüten von diesem Apfelbaum fallen!«

»Siehst du, so!«, flüsterte Katerina Lwowna, ihren Geliebten umschlingend und mit leidenschaftlichen Küssen überschüttend.

»Hör einmal, Serjoscha«, fuhr Katerina Lwowna nach einer Weile fort. »Warum sagen die Leute, dass du treulos bist?«

»Wer wird mich so verleumden?«

»Alle sagen es.«

»Es mag ja sein, dass ich gegen solche treulos war, die meine Liebe gar nicht verdienten.«

»Warum hast du dich denn mit solchen eingelassen? Eine, die es nicht verdient, soll man gar nicht lieben.«

»Ja, das ist leicht gesagt! Überlegt man sich denn so eine Sache zuvor? In solchen Dingen wirkt die Versuchung allein. Kaum hat unsereiner so ganz ohne jede Absicht sein Gebot übertreten, als sie sich ihm gleich an den Hals hängt. Das ist die ganze Liebe!«

»Hör einmal, Serjoscha! Wie die andern waren, weiß ich nicht und will es auch gar nicht wissen. Zu unserer Liebe hast du mich aber selbst verführt, du weißt, dass deine Verführungskünste ebenso stark waren wie mein eigener Wille. Darum muss ich es dir sagen: Und wenn du mir auch einmal untreu wirst, so werde ich, nimm es mir nicht übel, solange ich lebe, nicht von dir lassen!«

Sergej fuhr zusammen.

»Katerina Lwowna, du Licht meiner Seele!«, sagte er. »Betrachte einmal selbst, wie unsere Sache steht. Du siehst nur, dass ich heute nachdenklich bin; du fragst dich gar nicht, warum ich es bin. Vielleicht ertrinkt jetzt mein Herz in geronnenem Blut.«

»Serjoscha, erzähle, was dich so bedrückt.«

»Was soll ich viel erzählen! Da wird bald mit Gottes Hilfe dein Mann gefahren kommen, und es wird gleich heißen: Sergej Philippowitsch, geh jetzt auf den Hinterhof zu den Spielleuten und sieh hinter der Scheune zu, wie im Schlafzimmer Katerina Lwownas ein Lichtlein brennt, wie sie ihr Bett aufrüttelt und sich mit ihrem ehelichen Gemahl Sinowij Borissowitsch zur Ruhe begibt.«

»Das wird niemals sein!«, rief Katerina Lwowna voll ausgelassener Freude und winkte mit der Hand.

»Warum sollte das nicht sein? Ich glaube, dass es unbedingt so sein wird. Aber auch ich habe ein Herz, Katerina Lwowna, das jede Pein empfindet.«

»Genug davon!«

Sergejs Eifersucht machte Katerina Lwowna großes Vergnügen. Sie lachte auf und begann ihn wieder zu küssen.

»Und dann muss ich noch dieses sagen«, fuhr Sergej fort, seinen Kopf behutsam aus den nackten Armen Katerina Lwownas befreiend: »Und dann muss ich noch dieses sagen: Mein niederer Stand zwingt mich, mir die Sache doppelt und zehnfach zu überlegen. Wäre ich Ihnen gleich, wäre ich ein vornehmer Herr oder Kaufmann, so würde ich mich von Ihnen, Katerina Lwowna, niemals trennen. Wie stehe ich aber vor Ihnen da? Wenn ich sehe, wie man Sie bei Ihren weißen Händchen nimmt und ins Schlafzimmer führt, wenn mein Herz das alles über sich ergehen lassen muss, so werde ich mir selbst vielleicht mein ganzes Leben lang ein Ekel sein. Katerina Lwowna! Ich bin nicht wie die andern, die bei der Frau nur Vergnügen suchen. Ich weiß, was die Liebe ist, und fühle, wie sie als schwarze Schlange an meinem Herzen saugt ... «

»Was redest du heute in einem fort?«, unterbrach ihn Katerina Lwowna.

Sie hatte mit Sergej Mitleid.

»Katerina Lwowna! Wie sollte ich davon nicht reden? Wenn es vielleicht schon bestimmt und beschlossen ist, dass Sergej nicht etwa in der Zukunft, sondern schon morgen dieses Haus räumen muss ... «

»Nein, nein, sprich nicht davon, Serjoscha! Es ist unmöglich, dass ich ohne dich bleibe«, suchte ihn Katerina Lwowna zu beruhigen. »Wenn es einmal so weit ist, so muss entweder er oder ich aus dem Leben scheiden. Du aber bleibst in jedem Fall bei mir.«

»Das kann unmöglich sein, Katerina Lwowna«, sagte Sergej, mit traurigem Kopfschütteln. »Diese Liebe macht mich nicht froh. Wenn ich jemanden liebte, der mir gleich wäre, so wäre ich zufrieden. Wie aber kann ich daran auch nur denken, dass Sie immer mit mir bleiben? Ist es denn eine Ehre für Sie, meine Geliebte zu sein? Ich wollte, ich könnte vor dem heiligen Altar des ewigen Gottes Ihr Gatte werden; ich würde mich dann zwar immer für geringer halten als Sie, wäre aber froh, den Leuten zu zeigen, was für Ehren ich bei meiner Frau dank meiner Liebe genieße ... «

Katerina Lwowna war von diesen Worten Sergejs, von seiner Eifersucht und seinem Wunsche, sie zu heiraten, wie berauscht: Solch ein Wunsch ist der Frau stets angenehm, selbst wenn sie vor der Verheiratung ein noch so kurzes Verhältnis mit dem Manne gehabt hat. Katerina Lwowna war jetzt bereit, für Sergej ins Feuer und Wasser zu gehen, Kerker und Kreuz zu erdulden. Er hatte sie so verliebt gemacht, dass ihre Ergebenheit ganz grenzenlos war. Sie war vor Glück wie wahnsinnig; ihr Blut siedete, und sie konnte nichts mehr hören. Sie drückte ihm den Mund mit der Hand zu, schmiegte seinen Kopf an ihre Brust und sagte: »Ich weiß schon, wie ich es einrichte, dass du ein Kaufmann wirst und ich mit dir in richtiger Ehe zusammenleben kann. Mache mir aber jetzt keinen Kummer, solange wir noch nicht so weit sind.«

Und sie überschüttete ihn wieder mit ihren Küssen.

Der alte Verwalter, der in der Scheune schlief, hörte in der Stille der Nacht bald ein Flüstern und Kichern, als ob ausgelassene Kinder sich berieten, wie sie den Alten einen Streich spielen könnten, bald ein helles lustiges Lachen, als ob die Nixen im See jemand kitzelten. Katerina Lwowna wälzte sich, vom Mondlicht übergossen, auf dem weichen Teppich und spielte mit dem jungen Burschen. Die weißen Blüten des Apfelbaums regneten auf sie herab und hörten schließlich zu regnen auf. Die kurze Sommernacht ging aber zu Ende, der Mond zog sich hinter die steilen Giebel des hohen Speichers zurück und blickte immer trüber auf die Erde herab. Vom Küchendach erklang ein durchdringendes Katzenduett; dann hörte man ein böses Fauchen, und gleich darauf rollten zwei oder drei Katzen vom Dach herunter.

»Komm schlafen«, sagte Katerina Lwowna, langsam, wie zerschlagen, stand vom Teppich auf und ging im bloßen Hemd und Unterrock, so wie sie war, durch den stillen, wie ausgestorbenen Hof. Sergej trug ihr aber den Teppich und auch die Jacke nach, die sie im mutwilligen Spiel von sich geworfen hatte.

VII

Kaum hatte Katerina Lwowna die Kerze ausgeblasen und sich auf dem weichen Pfühle ausgestreckt, als sie auch sofort einschlief. Nach den ausgelassenen Spielen dieser Nacht schläft sie so fest, dass auch Arme und Beine wie erstarrt sind; und sie hört durch den Schlaf, wie die Türe aufgeht und jener Kater als ein schweres Knäuel aufs Bett springt.

Was ist das für eine Plage mit diesem Kater?, fragt sich die todmüde Katerina Lwowna. Ich habe ja die Türe mit eigenen Händen zugesperrt und auch das Fenster geschlossen, und er ist schon wieder da. Gleich werde ich ihn hinauswerfen! Katerina Lwowna wollte schon aufstehen, aber die schlafenden Arme und Beine gehorchten ihr nicht. Der Kater stieg aber auf ihrem Körper umher und schnurrte so seltsam, wie wenn er Menschenworte spräche. Katerina Lwowna überlief es kalt.

Morgen muss ich ganz bestimmt Weihwasser mit ins Bett nehmen, sagte sie sich, anders kann ich diesen seltsamen Kater gar nicht los werden!

Der Kater aber schnurrt ihr dicht vor dem Ohr und spricht: »Bin ich denn ein Kater? Du urteilst nicht klug, Katerina Lwowna, wenn du mich für einen Kater hältst. Ich bin ja der ehrengeachtete Kaufmann Boris Timofejitsch. Ich sehe jetzt bloß darum so schlecht aus, weil mir nach dem Imbiss, den mir meine liebe Schwiegertochter vorgesetzt hat, alle Gedärme gesprungen sind. Darum erscheine ich auch denen, die von der Sache wenig verstehen, als ein Kater. Wie geht es dir denn jetzt, Katerina Lwowna? Wie beachtest du Gottes Gebot? Ich bin vom Friedhof hergekommen, um zu sehen, wie du mit Sergej Philippowitsch das Bett deines Mannes wärmst. Schnurr – murr, ich sehe ja nichts. Fürchte mich nicht: Nach deinem Imbiss sind mir, wie du siehst, auch die Augen ausgelaufen. Schau mir doch in die Augen, meine Liebe, fürchte dich nicht!«

Katerina Lwowna sah hin und schrie vor Entsetzen auf. Zwischen ihr und Sergej liegt wieder der Kater. Er hat den Kopf des Boris Timofejitsch, in der gleichen Größe, wie ihn der Verstorbene bei Lebzeiten gehabt hat, und statt der Augen Feuerkreise, die sich nach verschiedenen Richtungen drehen.

Sergej erwachte, beruhigte Katerina Lwowna und schlief wieder ein. Sie konnte aber nicht mehr einschlafen, und das war gut.

Sie liegt mit offenen Augen da, und plötzlich kommt es ihr vor, als ob jemand über das Tor in den Hof gestiegen wäre. Sie hört, wie die Hunde aufspringen, sich aber gleich wieder beruhigen, wie wenn sie jemand streichle. Es vergeht eine Minute, und sie hört, wie der Riegel unten zurückgeschoben wird und wie die Haustür aufgeht. Entweder kommt mir das alles nur so vor, oder mein Sinowij Borissowitsch ist eben zurückgekehrt und hat die Tür mit seinem Schlüssel aufgemacht, dachte sich Katerina Lwowna und stieß Sergej in die Seite.

»Serjoscha, hör einmal«, sagte sie, sich auf einen Ellenbogen aufrichtend und die Ohren spitzend.

Jemand stieg tatsächlich die Treppe herauf und näherte sich langsam mit leisen Schritten der versperrten Schlafzimmertür.

Katerina Lwowna sprang schnell im bloßen Hemd aus dem Bett und machte das Fenster auf. Sergej stürzte im gleichen Augenblick auf die Galerie und umschlang mit den Beinen den Balken, an dem er schon mehr als einmal aus dem Schlafzimmer der Hausfrau hinuntergeglitten war.

»Nein, du sollst nicht fort! Leg dich hier nieder ... Bleib in meiner Nähe«, flüsterte Katerina Lwowna und warf ihm durch das Fenster seine Kleider und Schuhe zu. Sie selbst schlüpfte aber wieder unter die Bettdecke und wartete.

Sergej hörte auf Katerina Lwowna; er glitt den Balken nicht hinunter, sondern kauerte sich auf der Galerie unter dem Dachvorsprung nieder.

Katerina Lwowna hört indessen, wie ihr Mann dicht vor die Tür kommt und mit verhaltenem Atem lauscht. Sie hört sogar sein Herz vor Eifersucht klopfen; sie fühlt aber kein Mitleid, sondern nur ein böses Lachen in sich aufsteigen.

Ja, suche nur den gestrigen Tag!, denkt sie sich und lächelt so unschuldig wie ein neugeborenes Kind.

Das dauerte an die zehn Minuten. Schließlich wurde es Sinowij Borissowitsch zu dumm, draußen zu stehen und zu lauschen, wie seine Frau schläft. Er klopfte an.

»Wer ist da?«, rief Katerina Lwowna nach einer Weile mit verschlafener Stimme.

»Einer von der Familie«, antwortete Sinowij Borissowitsch.

»Bist du es, Sinowij Borissowitsch?«

»Natürlich! Als ob du es nicht hörtest!«

Katerina Lwowna sprang im bloßen Hemd auf, ließ den Mann ein und schlüpfte wieder in das warme Bett.

»Vor Sonnenaufgang ist es immer so kalt«, sagte sie, sich in die Decke hüllend.

Sinowij Borissowitsch trat ein, sah sich um, betete vor dem Heiligenbild und sah sich wieder um.

»Nun, wie geht es dir?«, fragte er seine Frau.

»Es geht«, antwortete Katerina Lwowna, sich aufsetzend und eine vorn offene Jacke anziehend.

»Ich soll wohl den Samowar bereiten?«, fragte sie.

»Nein, wecke die Aksinja, dass sie es macht.«

Katerina Lwowna schlüpfte in die Schuhe und lief hinaus. Eine halbe Stunde blieb sie fort. In dieser Zeit machte sie den Samowar und schlich sich leise auf die Galerie hinaus.

»Bleib da!«, flüsterte sie Sergej zu.

»Wie lange soll ich noch sitzen?«, fragte Serjoscha gleichfalls flüsternd.

»Wie dumm du doch bist! Sitz, bis ich dich rufe.«

Und Katerina Lwowna setzte ihn wieder auf die gleiche Stelle hin.

Sergej konnte aber von der Galerie alles hören, was im Schlafzimmer vorging. Er hörte, wie die Tür wieder aufging und wie Katerina Lwowna zu ihrem Mann zurückkehrte. Jedes Wort konnte er hören.

»Was hast du so lange getrieben?«, fragte Sinowij Borissowitsch seine Frau.

»Den Samowar habe ich gemacht«, antwortete sie ruhig.

Es vergehen wieder einige Minuten. Sergej hört, wie Sinowij Borissowitsch seinen Rock auf den Kleiderrechen hängt. Nun wäscht er sich und spritzt mit dem Wasser umher, dann lässt er sich ein Handtuch geben, dann beginnt er wieder ein Gespräch.

»Wie habt ihr den Vater beerdigt?«, fragt er.

»Er ist verschieden, und wir haben ihn beerdigt«, antwortet sie.

»Das ist doch wirklich sonderbar!«

»Gott allein weiß, wie es gekommen ist«, antwortete Katerina Lwowna, mit den Teetassen klappernd.

Sinowij Borissowitsch geht nachdenklich durch das Zimmer.

»Nun, wie hast du die Zeit verbracht?«, fragt Sinowij Borissowitsch seine Frau von Neuem aus.

»Ich glaube, unser Zeitvertreib ist jedermann bekannt; Bälle besuchen wir nicht, Theater ebenfalls nicht.«

»Du scheinst dich aber wenig über die Rückkehr des Gatten zu freuen!«, beginnt Sinowij Borissowitsch wieder, sie scheel anblickend.

»Wir beide sind ja nicht mehr so jung, dass wir vor Freude den Verstand verlieren sollen! Was soll ich mich auch freuen? Nun muss ich wieder für dich arbeiten und herumrennen!«

Katerina Lwowna lief hinaus, um den Samowar zu holen, machte wieder einen Sprung auf die Galerie zu Sergej, zupfte ihn am Ärmel und sagte ihm: »Serjoscha, pass jetzt auf!«

Sergej wusste zwar nicht recht, was jetzt kommen sollte, machte sich aber bereit.

Katerina Lwowna kehrte ins Schlafzimmer zurück. Sinowij Borissowitsch kniete eben auf dem Bett und hängte seine silberne Uhr mit der Glasperlenkette über dem Kopfende auf.

»Sagen Sie mir einmal, Katerina Lwowna, warum haben Sie, wo Sie allein waren, beide Betten aufgedeckt?«, fragte er plötzlich die Frau mit seltsamem Ausdruck.

»Ich habe Sie immer erwartet«, antwortete Katerina Lwowna, ihn ruhig anblickend.

»Dafür bin ich Ihnen sehr dankbar ... Wie kommt aber dieser Gegenstand zu Ihnen ins Bett?«

Sinowij Borissowitsch hob von ihrem Bett den wollenen Gürtel Sergejs auf und hielt ihn ihr vor die Augen.

Katerina Lwowna verlor gar nicht die Fassung.

»Ich habe ihn im Garten gefunden und mir damit den Rock festgebunden.«

»So, so!«, sagte Sinowij Borissowitsch mit eigentümlicher Betonung. »Von Ihren Röcken haben wir ja auch manches gehört.«

»Was haben Sie gehört?«

»Manches von Ihren Heldentaten!«

»Ich weiß nichts von Heldentaten.«

»Das werden wir alles untersuchen«, antwortete Sinowij Borissowitsch, der Frau seine geleerte Teetasse zuschiebend.

»Wir werden alle Ihre Taten ans Licht bringen«, sagte Sinowij Borissowitsch nach einer langen Pause, die Brauen runzelnd.

»Ihre Katerina Lwowna ist gar nicht so furchtsam. Sie hat keine Angst davor«, antwortet sie.

»Was?!«, herrschte sie Sinowij Borissowitsch mit erhobener Stimme an.

»Nichts, ist schon vorbei«, antwortete die Frau.

»Du, pass auf! Du bist mir hier allzu gesprächig geworden!«

»Warum soll ich auch nicht gesprächig sein?«, erwiderte Katerina Lwowna.

»Hättest doch mehr Acht auf dein Benehmen gegeben!«

»Das brauche ich nicht. Ich kann gar nicht wissen, was die bösen Zungen über mich alles gesagt haben, und nun muss ich alle diese Schimpfreden über mich ergehen lassen. Das ist doch wirklich unerhört!«

»Ich spreche nicht von den bösen Zungen, mir sind aber alle Ihre Liebesabenteuer bekannt.«

»Was für Liebesabenteuer?«, schrie Katerina Lwowna in aufrichtigem Zorne auf.

»Das weiß ich schon selbst.«

»Und wenn Sie es wissen, so sagen Sie es mir bitte!«

Sinowij Borissowitsch antwortete nichts und schob der Frau wieder die geleerte Tasse hin.

»Offenbar wissen Sie selbst nicht, was zu sagen«, sagte Katerina Lwowna verachtungsvoll und warf wütend den Teelöffel in die leere Tasse des Mannes. »Nun, sagen Sie einmal, was Sie gehört haben? Wer soll mein Geliebter sein?«

»Keine Eile, Sie werden es schon hören.«

»Hat man Ihnen vielleicht etwas von Sergej gesagt?«

»Das werden wir bald alles erfahren, Katerina Lwowna. Niemand hat mir noch meine Gewalt über Sie genommen und niemand kann sie mir nehmen ... Sie werden bald selbst alles sagen ... «

»Ach! Das kann ich nicht leiden!«, schrie Katerina Lwowna, mit den Zähnen knirschend, auf, wurde kreideblass und sprang plötzlich durch die Tür hinaus.

»Da ist er!«, sagte sie nach wenigen Augenblicken, Sergej an der Hand ins Zimmer führend. »Fragen Sie ihn und mich aus. Vielleicht wirst du sogar etwas mehr erfahren, als dir lieb ist.«

Sinowij Borissowitsch war ganz bestürzt. Er blickte bald Sergej an, der an der Schwelle stand, bald seine Frau, die ruhig, mit gekreuzten Armen auf dem Bettrande saß, und wusste gar nicht, womit das alles enden sollte.

»Was hast du vor, du Schlange?«, brachte er mit Mühe hervor, ohne vom Sessel aufzustehen.

»Frage mich nun aus, was du so gut weißt«, antwortete Katerina Lwowna frech. »Du willst mich mit Schlägen einschüchtern«, fuhr sie fort, bedeutungsvoll mit den Augen zwinkernd. »Das wird niemals sein! Was ich aber vielleicht noch vor allen deinen Drohungen über dich beschlossen habe, das werde ich jetzt tun.«

»Was? Hinaus!«, schrie Sinowij Borissowitsch Sergej an.

»Warum nicht gar!«, höhnte Katerina Lwowna.

Sie sperrte schnell die Türe zu, steckte den Schlüssel in die Tasche und legte sich wieder in ihrer offenen Jacke aufs Bett.

»Nun, Serjoscha, mein Liebster, komm einmal her!«, rief sie den Burschen zu sich heran.

Sergej schüttelte seinen Lockenkopf und setzte sich kühn neben die Hausfrau.

»Mein Gott! Was ist denn das? Was wollt ihr, ihr Barbaren?!«, schrie Sinowij Borissowitsch, ganz rot vor Zorn, sich vom Sessel erhebend.

»Wie? Passt dir das nicht? Schau nur, schau nur, mein Liebster, wie schön das ist!«

Katerina Lwowna lachte auf und küsste vor den Augen ihres Mannes Sergej mit großer Leidenschaft.

Im gleichen Augenblick brannte auf ihrer Wange ein betäubender Schlag, und Sinowij Borissowitsch stürzte ans offene Fenster.

VIII

»Ach so ... ! Ich danke dir, lieber Freund: Nur darauf habe ich gewartet!«, schrie Katerina Lwowna auf. »Nun wird es wohl weder nach meinem noch nach deinem Willen gehen.«

Mit einem Ruck stieß sie Sergej von sich, stürzte sich auf den Mann, packte ihn, noch ehe Sinowij Borissowitsch das Fenster erreicht hatte, mit ihren feinen Fingern an der Kehle und warf ihn wie eine Hanfgarbe zu Boden.

Sinowij Borissowitsch schlug sich mit dem Nacken am Fußboden an und wurde ganz wahnsinnig vor Entsetzen. Ein so schnelles Ende hatte er nicht erwartet. Die erste Gewalttätigkeit seiner Frau gegen ihn zeigte ihm, dass sie zu allem entschlossen sei, um ihn loszuwerden, und dass er sich in höchster Gefahr befinde. Sinowij Borissowitsch hatte das alles blitzartig im Augenblick seines Sturzes erfasst; er schrie nicht einmal auf, denn er wusste, dass seine Stimme kein Ohr erreichen und die Sache nur noch beschleunigen würde. Er ließ seinen Blick schweigend um sich schweifen und richtete ihn zuletzt mit einem Ausdruck von Hass, Vorwurf und Schmerz auf seine Frau, deren feine Finger seine Kehle zusammenpressten.

Sinowij Borissowitsch wehrte sich nicht, seine Arme mit den geballten Fäusten lagen ausgestreckt da und zuckten wie in einem Krampfe. Der eine Arm war frei, den andern hatte Katerina Lwowna mit dem Knie gegen den Boden gedrückt.

»Halt ihn einmal fest«, flüsterte sie gleichgültig Sergej zu und wandte sich wieder zum Mann.

Sergej setzte sich rittlings auf seinen Herrn und drückte dessen beide Hände mit den Knien gegen den Boden. Er wollte ihn unter den Händen Katerina Lwownas an der Kehle fassen, schrie aber in diesem selben Augenblick wahnsinnig auf. Als nämlich Sinowij Borissowitsch seinen Todfeind so nahe vor sich sah, nahm er seine letzten Kräfte zusammen: Mit einem verzweifelten Ruck befreite er seine Hände von Sergejs Knien, packte ihn an den schwarzen Locken und biss sich wie ein wildes Tier in seiner Kehle fest. Dies dauerte aber nur wenige Augenblicke; Sinowij Borissowitsch stöhnte schwer auf, und sein Kopf fiel wieder zurück.

Katerina Lwowna stand blass, fast ohne zu atmen, über den Mann und den Geliebten gebeugt; in der rechten Hand hielt sie einen gegossenen Leuchter am oberen Ende, so dass der schwere Fuß nach unten gerichtet war. Über die Schläfe und Wange Sinowij Borissowitschs rieselte ein dünnes Bächlein hellroten Blutes.

»Einen Popen ... «, stöhnte Sinowij Borissowitsch dumpf, den Kopf voller Ekel, so weit es ging, vor dem auf ihm sitzenden Sergej zurückwerfend. »Beichten ... «, sagte er noch dumpfer, am ganzen Leibe zitternd und auf das über sein Gesicht fließende warme Blut schielend.

»Bist auch ohne Beichte gut«, flüsterte Katerina Lwowna.

»Mach keine langen Geschichten«, sagte sie zu Sergej. »Pack ihn einmal ordentlich an der Gurgel.«

Sinowij Borissowitsch röchelte.

Katerina Lwowna beugte sich über ihn, presste mit ihren Händen Sergejs Hände, die die Kehle ihres Mannes umklammerten, noch fester zusammen und drückte ihr Ohr an dessen Brust. Nach fünf stummen Minuten stand sie auf und sagte: »Es ist genug, er ist fertig.«

Sergej stand ebenfalls auf und holte tief Atem. Sinowij Borissowitsch lag leblos mit eingedrückter Kehle und zerschmetterter Schläfe da. Auf dem Fußboden links von seinem Kopfe war ein kleiner Blutfleck; aus der kleinen Wunde, an der schon die Haare klebten, kam aber kein neues Blut mehr.

Sergej trug die Leiche in den Keller unter der gemauerten Vorratskammer, in die ihn vor nicht langer Zeit der selige Boris Timofejitsch eingesperrt hatte, und kehrte bald ins Schlafzimmer zurück. Katerina Lwowna hatte die Ärmel ihrer Jacke aufgekrempelt und den Saum ihres Rockes gerafft und wusch mit Seife den Blutfleck, den Sinowij Borissowitsch auf dem Fußboden seines Schlafzimmers hinterlassen hatte. Der Samowar, aus dem er soeben den vergifteten Tee getrunken hatte, war noch nicht erkaltet, und der Blutfleck ließ sich mit dem heißen Wasser spurlos abwaschen.

Katerina Lwowna nahm die kupferne Spülschale und einen eingeseiften Bastwisch in die Hand.

»Leuchte mir einmal«, sagte sie zu Sergej und ging zur Tür. »Halte die Kerze tiefer!«, sagte sie, die Dielenbretter untersuchend, über die Sergej die Leiche in den Keller geschleppt hatte.

Nur an zwei Stellen waren auf der gestrichenen Diele zwei kirschengroße Flecke zu sehen. Katerina Lwowna rieb sie mit dem Bastwisch, und sie verschwanden spurlos.

»Nun wirst du nicht mehr wie ein Dieb zu deiner Frau schleichen und sie belauern«, sagte Katerina Lwowna, sich aufrichtend und einen Blick zur Vorratskammer werfend.

»Jetzt ist Schluss«, sagte Sergej und fuhr vor dem Klang seiner Stimme zusammen.

Als sie ins Schlafzimmer zurückkehrten, zeigte sich im Osten schon der erste feine Streif des Morgenrots, das die blühenden Apfelbäume mit schwachem goldenem Schein übergoss und durch das grüne Gartengitter in das Schlafzimmer Katerina Lwownas hereinblickte. Über den Hof ging aus der Scheune in die Küche, den Schafspelz über die Schultern geworfen, gähnend und sich bekreuzigend, der alte Verwalter.

Katerina Lwowna schloss leise den Fensterladen und warf einen durchdringenden Blick auf Sergej, als wolle sie ihm in die Tiefe seiner Seele blicken.

»Nun bist du Kaufmann«, sagte sie, ihm ihre weißen Hände auf die Schultern legend.

Sergej erwiderte nichts.

Er zitterte wie im Fieber. Katerina Lwowna fühlte nur Kälte um die Lippen.

Nach zwei Tagen hatte Sergej immer noch an beiden Händen Schwielen, die vom Brecheisen und dem schweren Spaten herrührten. Sinowij Borissowitsch war dafür so gut verwahrt, dass ihn vor der allgemeinen Auferstehung wohl niemand ohne Beihilfe Katerina Lwownas und ihres Geliebten finden würde.

IX

Sergej trug ein rotes wollenes Halstuch und klagte über Halsschmerzen. Ehe aber die Male von den Zähnen Sinowij Borissowitschs auf seinem Halse vernarbt waren, fiel den Leuten die allzu lange Abwesenheit des Hausherrn auf. Sergej selbst sprach am häufigsten von ihm. Wenn er abends mit den anderen Burschen auf der Bank vor dem Tore saß, brachte er oft die Rede auf ihn: »Was bleibt unser Herr so lange aus?«

Auch die Burschen wunderten sich.

Von der Mühle kam aber die Nachricht, dass Sinowij Borissowitsch schon längst einen Wagen gedungen hatte und nach Hause abgereist war. Der Kutscher, der ihn gefahren hatte, berichtete, dass Sinowij Borissowitsch in einer seltsamen Aufregung gewesen sei; am Kloster, etwa drei Werst vor der Stadt, sei er mit seiner Reisetasche aus dem Wagen gestiegen und habe den Kutscher entlassen. Als die Leute diesen Bericht hörten, staunten sie noch mehr.

Sinowij Borissowitsch schien spurlos verschwunden zu sein.

Man fing zu suchen an, konnte aber auch nicht die geringste Spur finden. Der Kutscher, den man bald verhaftete, wusste nur zu berichten, dass der Kaufmann vor dem Kloster den Wagen verlassen habe und zu Fuß gegangen sei. Die Sache blieb rätselhaft. Katerina Lwowna erfreute sich indessen ihrer Witwenfreiheit und lebte mit Sergej ohne jede Scheu zusammen. Man meldete zwar ab und zu, dass man Sinowij Borissowitsch bald hier und bald dort gesehen hätte, er kam aber nicht zurück, und Katerina Lwowna wusste am besten, dass er überhaupt nicht mehr zurückkehren konnte.

So verging ein Monat, ein zweiter und ein dritter, und Katerina Lwowna fühlte sich in anderen Umständen.

»Das Kapital wird uns zufallen, Serjoscha: Ich habe jetzt einen Erben«, sagte sie zu Sergej. Sie ging auf das Kaufmannsgericht und meldete, dass sie in Umständen sei. Die Geschäfte lägen brach; man möge ihr daher Vollmacht geben, das Geschäft selbstständig zu führen.

Man durfte das alte Handelshaus doch nicht zugrunde gehen lassen. Katerina Lwowna war ja die eheliche Gemahlin Sinowij Borissowitschs, Schulden waren keine vorhanden, also konnte man ihr ohne Bedenken die Vollmacht geben.

Katerina Lwowna ist nun unumschränkte Herrin, und Sergej wird auf ihren Wunsch von allen Sergej Philippowitsch genannt.

Plötzlich kommt eine ganz neue Sorge. Man meldet dem Bürgermeister aus Liwny, dass Sinowij Borissowitsch nicht bloß mit eigenem Kapital Handel getrieben habe; in seinem Geschäft habe auch das Geld seines minderjährigen Neffen Fjodor Ignatjewitsch Ljamin gesteckt, das sein eigenes Kapital um ein Beträchtliches überstiegen habe. Diese Sache müsse noch genauer untersucht werden, und man dürfe nicht das ganze Geschäft Katerina Lwowna allein anvertrauen. Als diese Nachricht eintraf, ließ der Bürgermeister Katerina Lwowna zu sich kommen und teilte ihr alles mit.

Nach acht Tagen aber kommt aus Liwny eine alte Frau mit einem halbwüchsigen Jungen. »Ich bin eine Base des seligen Boris Timofejitsch«, sagt sie, »und der Junge ist mein Großneffe Fjodor Ljamin.«

Katerina Lwowna nahm sie huldvoll auf.

Als Sergej die Gäste und den Empfang, den ihnen Katerina Lwowna bereitete, sah, wurde er kreideblass.

»Was hast du?«, fragte ihn Katerina Lwowna, als er gleich nach den Gästen ins Haus trat und aufgeregt im Vorzimmer stehen blieb.

»Nichts«, antwortete der Bursche, aus dem Vorzimmer wieder in den Hausflur gehend. »Ich denke mir nur, was für eine wunderbare Stadt dieses Liwny ist«, fügte er seufzend hinzu, die Haustür hinter sich schließend.

»Was sollen wir jetzt anfangen?«, fragte Sergej Philippowitsch nachts am Teetisch Katerina Lwowna. »Unsere Sache steht jetzt wohl sehr schlecht.«

»Warum sollte sie schlecht stehen, Serjoscha?«

»Weil die Erbschaft geteilt werden wird. Wie willst du wirtschaften, wenn dir kein Geld im Geschäfte bleibt?«

»Glaubst du, dass es für dich nicht langen wird, Serjoscha?«

»Ich spreche nicht von mir, ich glaube nur, dass wir beide jetzt nicht mehr so glücklich werden leben können.«

»Warum glaubst du das, Serjoscha?«

»Ich liebe Sie, Katerina Lwowna, und möchte Sie als wirkliche Dame sehen und nicht in der Lage, in der Sie vor Ihrer Heirat gelebt haben«, antwortete Sergej Philippowitsch. »Nun wird aber das Kapital so sehr verringert, dass Sie noch ärmer sein werden, als Sie es als Mädchen waren.«

»Brauche ich denn das viele Geld, Serjoscha?«

»Es ist wohl möglich, Katerina Lwowna, dass Sie an dem Geld gar kein Interesse haben. Ich achte Sie aber so sehr, dass es mir schmerzlich sein wird, zu sehen, wie die gemeinen und neidischen Menschen Sie anschauen werden. Sie können darüber natürlich urteilen, wie es Ihnen beliebt, ich bin aber der Ansicht, dass ich dann unmöglich so glücklich sein kann, wie ich es bisher gewesen.«

Und er redete in einem fort, dass dieser Fedja Ljamin ihn zum unglücklichsten Menschen mache und dass er nicht mehr die Möglichkeit habe, sie, Katerina Lwowna vor den Augen der ganzen Kaufmannschaft zu erhöhen und zu ehren. Wenn dieser Fedja nicht wäre, so bekäme Katerina Lwowna, nachdem sie vor Ablauf der neunmonatlichen Frist nach dem Verschwinden ihres Mannes ein Kind geboren haben würde, das ganze Kapital; dann würde ihr gemeinsames Glück ganz grenzenlos sein.

X

Nach einiger Zeit hörte aber Sergej ganz auf, von der Erbschaft zu sprechen. Dafür nahm jetzt Fedja Ljamin alle Gedanken und Regungen Katerina Lwownas gefangen. Sie war nun immer nachdenklich und gegen Sergej oft sogar unfreundlich. Ob sie schläft, oder den Geschäften nachgeht, oder betet – immer denkt sie an das eine: Wie ist es nun? Warum muss ich seinetwegen das ganze Kapital verlieren? Ich habe so viel durchgemacht, habe eine solche Sünde auf mich genommen, und er kommt gefahren und nimmt mir ruhig alles ab ... Wenn er wenigstens ein erwachsener Mensch wäre, aber er ist nur ein kleines Kind ...

In diesem Jahre kamen die Fröste früh. Von Sinowij Borissowitsch war natürlich nichts zu hören. Katerina Lwowna nahm von Tag zu Tag an Leibesumfang zu und war immer nachdenklich. In der Stadt sprachen die Leute nur noch von ihr: Die junge Ismajlowa ist doch immer kinderlos und mager gewesen, und nun ist sie plötzlich so aufgedunsen. Das ist doch seltsam! Der junge Miterbe Fedja Ljamin ging aber indessen in einem leichten Halbpelz aus Eichhornfellen auf dem Hof herum und brach mit den Absätzen das Eis in den Pfützen ein.

»Du, Fjodor Ignatjewitsch!«, schrie ihm manchmal die Köchin Aksinja zu. »Passt es denn für dich, den Kaufmannssohn, in den Pfützen herumzustapfen?«

Der Miterbe, der Katerina Lwowna und ihrem Geliebten solche Sorgen machte, sprang aber so vergnügt wie ein Böcklein den ganzen Tag herum. Nachts schlief er ruhig und sorglos unter der Obhut seiner Großtante und dachte gar nicht daran, dass jemand ihm in den Weg treten und sein glückliches Dasein verdunkeln könnte.

Fedja lief so lange auf dem Hof herum, bis er eines Tages die Windpocken bekam. Zu den Windpocken gesellte sich auch eine Lungenentzündung. Der Junge lag krank darnieder. Man behandelte ihn zuerst mit allerlei Hausmitteln und ließ schließlich auch den Arzt kommen.

Der Arzt kam alle paar Tage ins Haus und schrieb Arzneien auf. Der Junge bekam sie alle paar Stunden nach der Uhr. Die Großtante selbst gab sie ihm ein. Manchmal musste es auch Katerina Lwowna tun.

»Bemühe dich einmal, Katerina«, sagte sie ihr. »Du bist gesegneten Leibes, erwartest das Gericht Gottes, also kannst du dich auch einmal bemühen.«

Katerina Lwowna tat der Alten den Gefallen. Wenn jene in die Kirche ging, um »für den auf dem Krankenlager liegenden Knaben Fjodor« zu beten oder ein Stückchen Hostie für ihn zu holen, saß Katerina Lwowna am Bett des Kranken und gab ihm pünktlich seine Arzneien ein.

So ging die Alte auch am Festtage der Darstellung Mariä in die Kirche zur Abendmesse und Frühmesse und bat Katerina Lwowna wieder, nach dem Jungen zu sehen. Fedja ging es schon viel besser.

Katerina Lwowna kommt zu Fedja ins Zimmer, er sitzt aber schon in seinem Eichhornpelz auf dem Bett und liest.

»Was liest du, Fedja?«, fragte Katerina Lwowna, sich in den Sessel vor seinem Bett setzend.

»Ich lese im Heiligenleben, Tantchen.«

»Ist es interessant?«

»Sehr interessant, Tantchen.«

Katerina Lwowna stützt den Kopf in die Hand und blickt auf Fedja, der lautlos die Lippen bewegt. Wie wenn sich alle Dämonen von den Ketten losgerissen hätten, bemächtigt sich ihrer plötzlich wieder der alte Gedanke, dass dieser Junge ihr soviel Böses zufüge und dass es viel besser wäre, wenn es ihn gar nicht auf der Welt gäbe.

Er ist krank, dachte sich Katerina Lwowna. Er nimmt Arzneien ein ... Einem kranken Kind kann ja manches zustoßen ... Hinterher kann man sagen, dass der Arzt eine unrechte Medizin verordnet hat ...

»Ist es nicht Zeit, die Medizin zu nehmen, Fedja?«

»Bitte, Tantchen!«, sagte der Junge. Er schluckte die Medizin hinunter und fügte hinzu: »Das Buch ist sehr interessant, Tantchen, es wird darin das Leben der Heiligen beschrieben.«

»Lies nur, lies«, versetzte Katerina Lwowna. Sie sah sich kaltblütig im Zimmer um und richtete den Blick auf das mit Eisblumen überzogene Fenster.

»Man muss die Fenster schließen lassen«, sagte sie. Dann ging sie durch das Gastzimmer in den Saal und von dort in ihr Schlafzimmer. Hier setzte sie sich hin.

Nach etwa fünf Minuten trat ins Schlafzimmer in einem mit Seebärenfell besetzten Halbpelz Sergej.

»Hat man die Fenster geschlossen?«, fragte ihn Katerina Lwowna.

»Man hat sie geschlossen«, antwortete Sergej. Er putzte die Kerze und stellte sich vor den Ofen.

Beide schwiegen.

»Heute geht die Abendmesse wohl nicht so bald zu Ende?«, fragte Katerina Lwowna.

»Morgen ist ein großer Feiertag, der Gottesdienst wird heute lange dauern«, antwortete Sergej.

Es entstand wieder eine Pause.

»Ich muss nach Fedja schauen, er ist allein«, sagte Katerina Lwowna, sich erhebend.

»Allein?«, fragte Sergej, sie mürrisch anblickend.

»Ja, allein«, antwortete sie leise. »Warum?«

Von einem Augenpaar zum andern zuckten schnelle Blitze, aber keiner von ihnen sagte ein Wort.

Katerina Lwowna ging hinunter und machte eine Runde durch die leeren Zimmer. Überall war es still: Vor den Heiligenbildern brannten ruhig die Lämpchen, ihr eigener Schatten huschte über die Wände, die Außenläden waren schon geschlossen, und die Fensterscheiben tauten auf und tränten.

Fedja saß auf dem Bett und las. Als er Katerina erblickte, sagte er ihr: »Tantchen, legen Sie, bitte, dieses Buch weg und geben Sie mir das andere, das auf dem Heiligenschrein liegt.«

Katerina Lwowna erfüllte die Bitte und gab ihm das Buch.

»Willst du nicht einschlafen, Fedja?«

»Nein, Tantchen, ich möchte auf die Großtante warten.«

»Warum willst du auf sie warten?«

»Sie versprach mir, geweihtes Brot von der Abendmesse mitzubringen.«

Katerina Lwowna wurde plötzlich blass: Ihr eigenes Kind regte sich eben zum ersten Mal unter ihrem Herzen, und sie fühlte Kälte in der Brust. Sie stand noch eine Weile mitten im Zimmer da und ging hinaus, die erkaltenden Hände gegeneinander reibend.

»Nun!«, flüsterte sie, leise ins Schlafzimmer tretend, wo Sergej noch immer vor dem Ofen stand.

»Was denn?«, fragte Sergej kaum hörbar. Ihm stockte der Atem.

»Er ist allein.«

Sergej runzelte die Brauen und begann schwer zu atmen.

»Komm!«, sagte Katerina Lwowna hastig und ging zur Tür.

Sergej zog sich schnell die Stiefel aus und fragte: »Was soll ich mitnehmen?«

»Nichts!«, hauchte Katerina Lwowna und führte ihn leise hinaus.

XI

Der kranke Knabe fuhr zusammen und ließ das Buch auf den Schoß sinken, als Katerina Lwowna zum dritten Mal zu ihm hereinkam.

»Was hast du, Fedja?«

»Ach, Tantchen, ich habe solche Angst, ich weiß selbst nicht warum«, antwortete er lächelnd und sich unruhig in eine Ecke des Bettes drückend.

»Wovor hast du Angst?«

»Wer war eben mit Ihnen, Tantchen?«

»Wo? Niemand war mit mir, mein Liebling.«

»Niemand?«

Der Knabe beugte sich zum Fußende des Bettes vor, kniff die Augen zusammen, blickte zur Türe, durch die seine Tante soeben gekommen war, und beruhigte sich.

»Es ist mir wohl nur so vorgekommen«, sagte er.

Katerina Lwowna lehnte sich an die Kopfwand seines Bettes.

Fedja blickte die Tante an und fragte sie, warum sie so blass sei.

Katerina Lwowna hüstelte nur und blickte erwartungsvoll auf die Tür des Gastzimmers. Dort knarrte leise ein Dielenbrett.

»Ich lese eben die Lebensgeschichte meines Namenspatrons Fjodor des Stratilaten. Was der für ein gottgefälliges Leben führte!«

Katerina Lwowna stand schweigend da.

»Tantchen, wollen Sie sich nicht hinsetzen? Ich möchte Ihnen vorlesen!«, sagte der Neffe, sie liebevoll anblickend.

»Wart, ich komme gleich, ich will nur das Lämpchen im Saal richten«, antwortete Katerina Lwowna und verließ schnell das Zimmer.

Im Gastzimmer wurde ganz leise, fast unhörbar geflüstert; das Kind hörte es aber in der tiefen Stille mit seinen scharfen Ohren.

»Tantchen! Was ist denn das? Mit wem tuscheln Sie denn?«, schrie der Knabe mit tränenerstickter Stimme. »Tantchen, kommen Sie doch her, ich habe solche Angst!«, rief er nach einem Augenblick noch klagender: Es kam ihm vor, als ob die Tante im Gastzimmer zu jemandem »Jetzt!« gesagt hätte. Der Knabe bezog es auf sich.

»Warum hast du Angst?«, fragte Katerina Lwowna heiser, mit festen, entschlossenen Schritten ins Zimmer tretend. Sie stellte sich vor das Bett so hin, dass ihr Körper die Gastzimmertür vor den Blicken des Kranken verdeckte. »Leg dich!«, sagte sie ihm.

»Ich will nicht, Tantchen.«

»Nein, Fedja, hör auf mich, leg dich ... Es ist spät ... Leg dich ... «, wiederholte Katerina Lwowna.

»Was fällt Ihnen ein, Tantchen! Ich will noch gar nicht liegen.«

»Nein, leg dich, leg dich«, sagte Katerina Lwowna mit veränderter, abgerissener Stimme. Sie nahm den Jungen unter den Achseln und legte ihn gewaltsam hin.

In diesem Augenblick stieß Fedja einen wahnsinnigen Schrei aus: Er sah Sergej, blass und barfuß, ins Zimmer treten.

Katerina Lwowna drückte ihre Hand auf den vor Entsetzen weit geöffneten Mund des Kindes und schrie: »Schnell! Halt ihn einmal, damit er nicht zappelt!«

Sergej packte Fedja an Armen und Beinen, Katerina Lwowna warf mit einem schnellen Ruck ein großes Daunenkissen auf das Gesicht des unglücklichen Kindes und legte sich mit der ganzen Schwere ihres Rumpfes darauf.

An die vier Minuten herrschte im Zimmer eine Grabesstille.

»Er hat genug«, flüsterte Katerina Lwowna. Kaum hatte sie sich aber erhoben, um alles in Ordnung zu bringen, als die Wände des stillen Hauses, das so viele Verbrechen in sich barg, von wuchtigen Schlägen erdröhnten: Die Fenster klirrten, die Böden bebten, die Lämpchen vor den Heiligenbildern zitterten an ihren Ketten, und unheimliche Schatten huschten über die Wände.

Sergej erschrak und stürzte hinaus. Katerina Lwowna rannte ihm nach, und das Dröhnen folgte ihnen. Es war, als ob überirdische Kräfte das sündige Haus bis auf den Grund erschütterten.

Katerina Lwowna befürchtete, dass der von Entsetzen gepeitschte Sergej hinauslaufen und sich durch seinen Schreck verraten könnte; er lief aber in das Schlafzimmer hinauf.

Als Sergej oben angekommen war, schlug er im Finstern mit der Stirn an die Tür und stürzte, ganz wahnsinnig vor Entsetzen, die Stufen hinunter.

»Sinowij Borissowitsch, Sinowij Borissowitsch!«, stammelte er, während er in die Tiefe fiel, Katerina Lwowna umwarf und mit sich riss.

»Wo?«, fragte sie.

»Da flog er eben als eisernes Blech über uns vorbei! Da fliegt er!«, schrie Sergej auf. »Da dröhnt er schon wieder!«

Nun war es klar, dass viele Hände von außen gegen alle Fenster hämmerten und auch die Türe einzuschlagen versuchten.

»Narr! Steh auf, Narr!«, schrie Katerina Lwowna. Mit diesen Worten lief sie schnell wie der Blitz in Fedjas Zimmer, legte seinen toten Kopf in der natürlichen Stellung eines Schlafenden auf die Kissen hin und machte mit fester Hand die Türe auf, in die ein großer Haufen Menschen einzudringen suchte.

Das Bild, das sich ihr bot, war schrecklich. Katerina Lwowna blickte über die Köpfe der Menge, die die Haustüre belagerte, sah viele unbekannte Menschen über den hohen Zaun in den Hof klettern und hörte das Brausen vieler Stimmen.

Katerina Lwowna hatte noch nicht Zeit gehabt, die Sachlage zu erfassen, als die Menschen, die vor der Türe standen, über sie herfielen und sie zurück ins Haus drängten.

XII

Dieser Menschenauflauf war aber folgendermaßen entstanden. In allen Gotteshäusern der recht großen und lebhaften Kreisstadt, in der Katerina Lwowna lebte, hatte sich am Vorabend des großen Festes eine Menge Menschen angesammelt; in der Kirche aber, die morgen ihr Altarfest feiern sollte, war das Gedränge so groß, dass keine Stecknadel zu Boden fallen konnte. In dieser Kirche sang ein Chor, der aus Handelsgehilfen bestand und von einem bekannten Liebhaber der Gesangskunst dirigiert wurde.

Unser Volk ist religiös und dem Gottesdienste zugetan; außerdem haben die Leute bei uns eine künstlerische Ader, und schöner Chorgesang und prunkvoller Gottesdienst sind für sie der reinste Hochgenuss. Wenn in einer Kirche ein Chor singt, läuft gleich die halbe Stadt zusammen; in erster Linie aber der Handels- und der Arbeiterstand: Handelsgehilfen, Lehrjungen, Handlanger, Fabrikarbeiter und auch die Geschäftsinhaber selbst mit ihren Gemahlinnen. Alle drängen sich in der Kirche, ein jeder will wenigstens vor der Kirchentür oder vor dem Fenster, selbst bei brennender Sonnenglut, selbst bei strengstem Frost, stehen und den tiefen Bässen und kunstvollen Tenören, wenn sie ihre Variationen singen, lauschen.

In der Kirche, zu deren Sprengel das Ismajlowsche Haus gehörte, gab es einen Altar zur Darstellung Mariä. Zu derselben Zeit, als sich alles oben Beschriebene mit Fedja abspielte, hatte sich die Jugend der ganzen Stadt in dieser Kirche versammelt; die Leute verzogen sich nach dem Gottesdienst in Scharen und besprachen die Vorzüge des bekannten Tenors und die Fehler des ebenso bekannten Basses.

Aber nicht alle interessierten sich so für die musikalischen Dinge; in der Menge gab es auch Leute, die andere Fragen erörterten.

»Seltsame Dinge erzählt man sich von der jungen Ismajlowa«, sagte der junge Maschinist, den sich einer der Kaufleute für seine Dampfmühle aus Petersburg hatte kommen lassen, als er mit seinen Freunden am Ismajlowschen Haus vorüberging. »Man sagt, dass sie mit ihrem Angestellten Sergej ein Liebesverhältnis hat...«

»Das ist ja allen bekannt«, sagte ein Mann in einem mit blauem Nanking besetzten Schafspelz. »Sie war heute wohl auch gar nicht in der Kirche.«

»Ach was, Kirche! Die Frau ist so tief gesunken, dass sie weder vor Gott noch vor ihrem Gewissen, noch vor den Menschen Angst hat!«

»Schaut nur, da brennt bei ihr Licht«, sagte der Maschinist, auf einen Spalt im Fensterladen zeigend, durch den ein Lichtschein drang.

»Sieh mal hinein, was sie jetzt treiben«, schlugen einige Stimmen vor.

Der Maschinist stützte sich auf die Schultern zweier Freunde, blickte durch den Spalt hinein und schrie entsetzt auf: »Brüder! Da wird gerade jemand erwürgt!«

Der Maschinist begann mit aller Kraft an den Fensterladen zu klopfen. An die zehn Mann folgten seinem Beispiel und hämmerten mit den Fäusten gegen die Fenster.

Die Menge wuchs von Augenblick zu Augenblick an, und so entstand die uns bereits bekannte Belagerung des Ismajlowschen Hauses.

»Ich hab' es gesehen, mit meinen eigenen Augen hab' ich es gesehen«, bezeugte der Maschinist vor Fedjas Leiche. »Das Kind lag auf dem Bett, und die beiden würgten es.«

Sergej wurde noch am selben Abend ins Gefängnis abgeführt; Katerina Lwowna sperrte man aber in ihrem Schlafzimmer ein und stellte zwei Wachtposten vor die Türe.

Im Ismajlowschen Hause war es nun unerträglich kalt; die Öfen wurden nicht geheizt, die Türen standen den ganzen Tag offen, und eine neugierige Volksmenge löste die andere ab. Die Leute sahen sich den offenen Sarg mit Fedjas Leiche an, und auch den anderen, großen, geschlossenen Sarg, der daneben stand. Fedja hatte an der Stirne ein weißes Atlasband, das den von der Sektion herrührenden Schnitt verdecken sollte. Die gerichtsärztliche Untersuchung hatte ergeben, dass Fedja an Erstickung gestorben war, und Sergej, den man vor die Leiche führte, brach, gleich nach den ersten Worten des Geistlichen vom Jüngsten Gericht und von den ewigen Qualen der unbußfertigen Sünder, in Tränen aus und gestand nicht nur den Mord an Fedja ein, sondern bat auch, die Leiche des von ihm ohne christliches Begräbnis verscharrten Sinowij Borissowitsch auszugraben. Die Leiche des Letzteren, die im Sande gelegen hatte, war noch nicht verwest; man grub sie aus und legte sie in den großen Sarg.

Zum allgemeinen Entsetzen bezeichnete Sergej Katerina Lwowna als die Mitschuldige an den beiden Verbrechen. Katerina Lwowna antwortete auf alle Fragen: »Ich weiß von nichts.« Als man sie aber mit Sergej konfrontierte und sie sein Geständnis hörte, blickte sie ihn erstaunt, doch ohne Zorn an und sagte gleichgültig: »Wenn es ihm schon einmal eingefallen ist, alles zu gestehen, so will auch ich nicht länger leugnen: Ich habe die Morde begangen.«

»Zu welchem Zweck?«, fragte man sie.

»Nur ihm zuliebe«, antwortete sie, auf Sergej zeigend, der mit gesenktem Kopfe dastand.

Die beiden Verbrecher wurden in getrennte Gefängniszellen gesperrt, und der grauenhafte Fall, der weit und breit Aufsehen und Empörung erregte, kam bald vors Gericht. Ende Februar wurde das Urteil verkündet: Sergej und die Kaufmannswitwe Katerina Lwowna Ismajlowa sollten auf dem Marktplatze ihrer Stadt mit der Knute bestraft und dann auf die Katorga nach Sibirien verschickt werden. An einem frostigen Märzmorgen zeichnete der Scharfrichter Katerina Lwownas entblößten weißen Rücken mit der vorgeschriebenen

Zahl von blauroten Striemen, dann verabreichte er die gleiche Portion auch Sergej und brannte ihm in sein hübsches Gesicht die drei Katorgamale.

Sergej erregte bei den Leuten aus irgendeinem Grunde viel mehr Mitgefühl als Katerina Lwowna. Als er blutbefleckt die Stufen des schwarzen Schafotts herunterging, fiel er beinahe um. Katerina Lwowna hielt sich aber aufrecht und ruhig und war nur darauf bedacht, dass das grobe Hemd ihr nicht den zerfetzten Rücken scheuere. Als man ihr im Gefängnisspital ihr neugeborenes Kind reichte, sagte sie nur: »Hol es der Kuckuck!« Dann wandte sie sich, ohne einen Ton von sich zu geben, zur Wand und fiel mit der Brust auf das harte Bett.

XIII

Der Sträflingstransport, mit dem Sergej und Katerina Lwowna nach Sibirien verschickt wurden, brach zu einer Zeit auf, wo der Frühling nur im Kalender stand und die Sonne zwar leuchtete, aber noch nicht wärmte.

Katerina Lwownas Kind wurde der alten Base des seligen Boris Timofejitsch zur Pflege gegeben: Das Kind war nach dem Gesetz ein ehelicher Sohn des ermordeten Sinowij Borissowitsch und einziger Erbe des ganzen Ismajlowschen Vermögens, Katerina Lwowna war damit sehr zufrieden und gab ihr Kind gleichgültig hin. Wie es bei leidenschaftlichen Frauen oft der Fall ist, hatte sich ihre Liebe zum Vater in keiner Weise auf das Kind übertragen.

Es gab für sie übrigens kein Licht und kein Dunkel, kein Gut und kein Böse, keine Freude und keine Langeweile. Sie begriff nichts, liebte niemand, nicht einmal sich selbst. Sie wartete mit Ungeduld auf den Ausmarsch; sie hoffte unterwegs ihren Sergej zu sehen, ihr Kind hatte sie bereits vergessen.

Katerina Lwownas Hoffnung wurde nicht getäuscht: Der gebrandmarkte, mit schweren Ketten beladene Sergej verließ zugleich mit ihr das Gefängnistor.

Der Mensch gewöhnt sich an jedes noch so schreckliche Elend und behält in jeder Lage die Fähigkeit, seinen kümmerlichen Freuden nachzugehen. Katerina Lwowna aber brauchte sich an nichts zu gewöhnen; sie sah ihren Sergej wieder, und der Weg nach Sibirien bedeutete für sie an seiner Seite den Weg zum Glück.

Katerina Lwowna konnte in ihrem Leinensack nur wenig Wertgegenstände und noch weniger bares Geld mitnehmen. Dies alles verteilte sie, noch ehe der Transport Nischnij-Nowgorod erreicht hatte, unter den Gefängnisaufsehern für die Erlaubnis, an Sergejs Seite zu marschieren und manchmal bei finsterer Nacht ein Stündchen mit ihm in einer kalten Ecke des schmalen Gefängniskorridors zu verbringen.

Der gebrandmarkte Freund Katerina Lwownas war aber gegen sie lieblos geworden; sie bekam von ihm kein einziges freundliches Wort mehr zu hören. Er legte auch wenig Wert auf die geheimen Zusammenkünfte mit ihr, für die sie ihr letztes Geld hergeben musste, und sagte ihr sogar mehr als einmal: »Statt mit mir im Korridor herumzustehen, hättest du doch lieber das Geld, das du dafür dem Aufseher zahlst, mir gegeben!«

»Es waren ja nur fünfundzwanzig Kopeken, Serjoscha!«, rechtfertigte sich Katerina Lwowna.

»Sind denn fünfundzwanzig Kopeken kein Geld? Du hast doch unterwegs noch kein einziges Geldstück gefunden, hast aber schon eine ganze Menge ausgegeben.«

»Dafür habe ich dich sehen dürfen, Serjoscha!«

»Das Wiedersehen nach all dem Elend ist doch wirklich keine Freude! Ich verfluche mein Leben und will an diese Zusammenkünfte gar nicht denken!«

»Mir ist aber alles gleich, Serjoscha! Wenn ich dich nur sehen kann!«

»Das sind Dummheiten«, entgegnete Sergej.

Als Katerina Lwowna solche Antworten zu hören bekam, biss sie sich oft die Lippen blutig. Bei den nächtlichen Zusammenkünften traten ihr Tränen der Erbitterung in die Augen, die sonst niemals weinten. Sie trug aber alles schweigend und suchte sich selbst zu betrügen.

So sehr hatten sich ihre Beziehungen zueinander geändert, als sie Nischnij-Nowgorod erreichten. Hier schloss sich an ihren Transport ein anderer an, der aus Moskau kam.

In diesem sehr großen Transport befanden sich unter anderm zwei interessante weibliche Wesen: die Soldatenfrau Fiona aus Jaroslawl, ein üppiges, großes, schönes Weib mit langem, schwarzem Zopf und schmachtenden dunklen Augen, die von den langen Wimpern wie von einem geheimnisvollen Schleier beschattet waren. Die andere war ein siebzehnjähriges Ding mit spitzigem Gesicht und zarter, rosiger Haut, kleinem Mündchen, Grübchen in den frischen Wangen und goldblonden Locken, die unter dem leinenen Kopftuch lustig auf die Stirne niederfielen. Dieses Mädel wurde von den Sträflingen Sonetka genannt.

Die schöne Fiona war sanft und faul. Alle Sträflinge kannten sie; keiner von den Männern zeigte besondere Freude, wenn sie ihm ihre Huld schenkte; niemand grämte sich auch, wenn sie diese Huld auf einen andern übertrug.

»Fiona ist ein guter Mensch, sie benachteiligt niemanden«, scherzten die Sträflinge.

Sonetka war aber ganz anders.

Von ihr sagte man: »Sie ist wie ein Aal: Sie gleitet einem durch die Finger und lässt sich von niemandem einfangen.«

Sonetka hatte Geschmack und war wählerisch; sie wollte, dass man ihr die Leidenschaft nicht im rohen Zustand, sondern mit einer pikanten Soße entgegenbringe; sie verlangte Leiden und Opfer. Fiona war aber die verkörperte russische Einfalt, die viel zu faul ist, um jemandem »Nein« zu sagen, und die nur das eine weiß, dass sie ein Weib ist. Solche Frauen werden in den Räuberbanden, Sträflingstransporten und Petersburger sozialistischen Kommunen sehr geschätzt.

Das Erscheinen dieser beiden Frauen in demselben Transport, in dem sich Sergej und Katerina Lwowna befanden, hatte für diese Letztere eine tragische Bedeutung.

XIV

Gleich in den ersten Tagen nach dem Ausmarsch aus Nischnij-Nowgorod begann sich Sergej in auffälliger Weise um die Gunst der Soldatenfrau Fiona zu bewerben. Er hatte auch bald Erfolg. Die schöne Fiona ließ ihn nicht allzu lange zappeln und erfüllte sein Sehnen, wie sie in ihrer Herzensgüte auch jeden anderen beglückte. Auf der dritten oder vierten Etappe hatte Katerina Lwowna sich wieder die Möglichkeit einer Zusammenkunft mit Sergej erkauft. Sie liegt auf ihrem Lager und wartet: Gleich wird der Aufseher kommen und ihr zuraunen: »Lauf schnell hinaus!« Die Türe geht einmal auf, und eine der Frauen huscht hinaus; die Türe geht wieder auf, und von der Pritsche springt eine andere Frau und verschwindet im Korridor. Endlich zupft jemand Katharina Lwowna am Kittel. Sie springt schnell von der von so vielen Sträflingsrücken glattgescheuerten Pritsche, wirft sich den Kittel um und folgt dem Aufseher.

Als Katerina Lwowna durch den Korridor ging, der nur an einer Stelle ganz schwach von einem kleinen Lämpchen beleuchtet war, stieß sie auf zwei oder drei Paare, die sie aus der Entfernung nicht sehen konnte. Aus der Männerabteilung tönte durch das Türgitter verhaltenes Lachen.

»Wie die wiehern!«, brummte der Begleiter Katerina Lwownas. Er nahm sie bei den Schultern, stieß sie in eine Ecke und zog sich zurück.

Katerina Lwowna stieß mit der Hand auf einen groben Kittel und einen Bart; ihre andere Hand berührte ein heißes Frauengesicht.

»Wer ist's?«, fragte Sergej leise.

»Und mit wem bist du hier?«

Katerina Lwowna riss der Nebenbuhlerin im Finstern das Tuch vom Kopfe. Jene taumelte auf die Seite, fing zu laufen an, stolperte aber und fiel hin.

Aus der Männerabteilung erscholl lautes Lachen.

»Schurke!«, flüsterte Katerina Lwowna und schlug Sergej mit den Enden des Tuches, das sie seiner neuen Geliebten vom Kopfe gerissen hatte, ins Gesicht.

Sergej erhob seine Hand; Katerina Lwowna huschte aber durch den Korridor zur Tür ihrer Zelle. Aus der Männerabteilung klang nun so lautes Lachen, dass der Wachtposten, der vor dem Lämpchen stand und sich gleichgültig auf die Spitze seines Stiefels spuckte, den Kopf hob und rief: »Ruhe!«

Katerina Lwowna legte sich schweigend auf ihre Pritsche und lag so bis zum Morgen da. Sie wollte sich sagen: »Ich liebe ihn nicht mehr«, fühlte aber, dass sie ihn noch mehr, noch glühender liebte. Und sie malte sich aus, wie seine Hand, mit der er die andere am Kinn gehalten, bei der Berührung mit der ihrigen gezittert, wie seine andere Hand die warmen Schultern der andern umschlungen hatte.

Die arme Frau brach in Tränen aus und wünschte sich, dass dieselben Hände in diesen Augenblicken ihr Gesicht streicheln und ihre krampfhaft zuckenden Schultern umfassen möchten.

»Gib mir mein Tuch zurück«, mit diesen Worten wurde sie am Morgen von der Soldatenfrau Fiona geweckt.

»Du warst es also?«

»Gib's mir, bitte, zurück!«

»Warum trennst du uns voneinander?«

»Trenne ich euch denn? Ist es eine Liebe, oder habe ich irgendeinen Vorteil davon, dass du mir zürnen sollst?«

Katerina Lwowna dachte einen Augenblick nach, holte unter dem Kissen das Tuch, das sie der andern nachts vom Kopfe gerissen hatte, warf es Fiona zu und wandte sich zur Wand.

Sie fühlte sich ein wenig erleichtert.

Pfui, sagte sie sich, werde ich denn auf so einen angemalten Mistkübel eifersüchtig sein? Mag sie in die Erde versinken. Es täte mir weh, mich mit ihr auch nur zu vergleichen.

»Hör einmal, Katerina Lwowna«, sagte ihr am nächsten Tage Sergej, als er an ihrer Seite ging, »merke dir bitte, dass ich nicht Sinowij Borissowitsch, sondern ein anderer bin und dass du nicht mehr die feine Dame bist. Tu darum, bitte, nicht so stolz. Bockigkeit gilt hier nicht.«

Katerina Lwowna erwiderte nichts. In den nächsten acht Tagen wechselte sie mit Sergej weder ein Wort noch einen Blick. Sie fühlte sich beleidigt und war stolz genug, um nicht den ersten Schritt zur Versöhnung mit Sergej, mit dem sie sich zum ersten Mal im Leben entzweit hatte, zu machen.

Während Katerina Lwowna ihm schmollte, begann Sergej mit der weißen Sonetka anzubandeln. Bald begrüßte er sie als »Ergebenster Diener«, bald lächelte er ihr zu, bald versuchte er sie zu umarmen und an sich zu drücken. Katerina Lwowna sah alles, und in ihrem Herzen siedete es noch mehr.

Soll ich mich mit ihm vielleicht doch aussöhnen?, fragte sie sich, in einem fort stolpernd.

Ihr Stolz erlaubte es ihr nun noch weniger als früher, den ersten Schritt zu tun. Sergej klebte aber immer fester an Sonetka, und allen kam es vor, als ob die unzugängliche Sonetka, die sonst allen wie ein Aal durch die Finger glitt, etwas gefügiger geworden wäre.

»Du warst mir böse«, sagte einmal Fiona zu Katerina Lwowna. »Was habe ich dir aber getan? Mit mir hat er ja nur ganz kurz angebandelt. Ich rate dir aber, auf die Sonetka aufzupassen.«

Jetzt gebe ich aber meinen Stolz auf: Heute noch will ich mich mit ihm aussöhnen!, sagte sich Katerina Lwowna. Sie überlegte sich nur noch, wie sie den ersten Schritt am besten machen sollte.

Aus dieser schwierigen Lage befreite sie Sergej selbst.

»Katerina Lwowna!«, sagte er ihr auf einer Station. »Komm heute Nacht für einen Augenblick zu mir heraus: Ich muss dich sprechen.«

Katerina Lwowna sagte nichts.

»Zürnst du mir vielleicht noch immer? Wirst du nicht herauskommen?«

Katerina Lwowna sagte noch immer nichts.

Sergej und alle, die Katerina Lwowna beobachteten, sahen aber, wie sie sich vor dem Etappengebäude an den Oberaufseher heranmachte und ihm die siebzehn Kopeken, die sie unterwegs zusammengebettelt hatte, in die Hand drückte.

»Wenn ich noch mehr zusammengebettelt habe, kriegst du noch zehn Kopeken«, flüsterte sie ihm zu.

Der Oberaufseher steckte das Geld in den Ärmelaufschlag und sagte: »Gut.«

Als diese Unterhandlungen zu Ende waren, blinzelte Sergej mit einem vielsagenden Hüsteln Sonetka zu.

»Ach, Katerina Lwowna!«, sagte er, sie auf den Stufen des Etappengebäudes umarmend. »Kinder, es gibt auf der ganzen Welt kein zweites Weib wie dieses!«

Katerina Lwowna errötete vor Glück, und ihr stockte der Atem.

Als nachts die Tür leise aufging, sprang sie ungestüm hinaus. Am ganzen Leibe zitternd, tastete sie den dunklen Korridor nach Sergej ab.

»Meine liebe Katja!«, sagte Sergej, sie umarmend.

»Ach, du Böser!«, antwortete Katharina Lwowna unter Tränen und drückte ihre Lippen auf die seinigen.

Der Wachtposten ging im Korridor auf und ab, blieb manchmal stehen, um sich auf die Stiefel zu spucken. Die müden Sträflinge schnarchten in ihren Zellen. Irgendwo knabberte eine Maus an einem Federkiel, hinter dem Ofen zirpten die Heimchen; Katerina Lwowna aber genoss in vollen Zügen ihr höchstes Glück.

Die Verzückung legte sich, und es begann die unvermeidliche Prosa des Alltags.

»Ich halt es nicht länger aus; das Bein schmerzt mir vom Knöchel bis zum Knie«, jammerte Sergej an ihrer Seite in einem Korridorwinkel.

»Was kann man dagegen tun?«, fragte sie, sich unter seinen Kittel schmiegend.

»Soll ich mich vielleicht in Kasan ins Lazarett legen?«

»Was fällt dir ein, Serjoscha?«

»Was soll ich denn machen, wenn es mir so weh tut?«

»Du wirst im Lazarett bleiben, und ich soll allein weitermarschieren...?«

»Was soll ich machen? Die Ketten werden mir bald die Knochen durchwetzen. – Wenn ich wenigstens ein Paar wollene Strümpfe unter die Ketten tun könnte«, fügte Sergej nach einer Weile hinzu.

»Strümpfe? Serjoscha, ich habe noch ein Paar neue Strümpfe.«

»Ach, behalt sie nur!«

Katerina Lwowna sagte kein Wort. Sie lief in ihre Zelle, packte in aller Eile ihren Sack aus und brachte Sergej ein Paar dicke, blaue, wollene Strümpfe mit grellfarbigen Zwickeln.

»Jetzt wird es wohl irgendwie gehen«, sagte Sergej, verabschiedete sich von ihr und nahm ihr letztes Paar Strümpfe mit.

Katerina Lwowna kehrte überglücklich in ihre Zelle zurück und schlief sofort ein.

Sie hörte gar nicht, wie gleich darauf Sonetka in den Korridor kam und wie sie erst bei Morgengrauen wieder zurückging.

Das spielte sich nur zwei Tagemärsche vor Kasan ab.

XV

Ein kalter, trüber Tag mit durchdringendem Wind und einem mit Schnee vermengten Regen empfing den Transport vor dem Tore des dumpfen Etappengefängnisses. Katerina Lwowna trat recht frisch und munter ins Freie. Als sie sich aber an ihren Platz stellte, erbebte sie am ganzen Leibe und wurde grün. Es wurde ihr finster vor den Augen, und alle ihre Glieder begannen zu schmerzen. Sie hatte Sonetka in den ihr wohlbekannten, blauen, wollenen Strümpfen mit den grellfarbigen Zwickeln erblickt.

Katerina Lwowna schleppte sich mehr tot als lebendig vorwärts; sie blickte wie irrsinnig und wandte ihre Augen nicht von Sergej. Auf der ersten Station ging sie ruhig auf ihn zu, flüsterte »Schurke!« und spuckte ihm ganz unerwartet in die Augen.

Sergej wollte sich auf sie stürzen, man hielt ihn aber zurück.

»Warte nur!«, sagte er, sich das Gesicht abwischend.

»Wie tapfer sie doch gegen dich ist!«, spotteten unterwegs die Sträflinge über Sergej. Am lustigsten lachte Sonetka.

Dieses Zwischenspiel war ganz nach ihrem Geschmack.

»Ich werde es dir schon zeigen!«, drohte Sergej Katerina Lwowna.

Vom anstrengenden Marsch bei dem schlechten Wetter ermüdet, schlief Katerina Lwowna mit blutendem Herzen auf der Pritsche der nächsten Etappe ein. Sie hörte gar nicht, wie in die Frauenabteilung zwei Männer kamen.

Bei ihrem Erscheinen erhob sich Sonetka von der Pritsche, zeigte stumm auf Katerina Lwowna, legte sich wieder hin und hüllte sich in ihren Kittel.

In diesem Augenblick wurde Katerina Lwowna der Kittel über den Kopf gezogen, und auf ihren Rücken, der nur noch mit dem groben Hemd bekleidet war, sauste das dicke Ende eines doppelt zusammengedrehten Strickes nieder.

Katerina Lwowna schrie auf. Der Kittel, der ihr über den Kopf geworfen war, erstickte aber ihre Stimme. Sie versuchte aufzuspringen, konnte sich aber nicht rühren; auf ihren Schultern saß ein kräftiger Mann, der sie an den Händen festhielt.

»Fünfzig!«, zählte schließlich eine Stimme, in der sie unschwer die Stimme Sergejs erkennen konnte. Die nächtlichen Gäste verschwanden ebenso plötzlich, wie sie gekommen waren.

Katerina Lwowna befreite ihren Kopf und sprang auf. Niemand war mehr in der Zelle. In der Nähe aber kicherte jemand. Katerina Lwowna erkannte Sonetkas Stimme.

Ihr Schmerz wurde nun grenzenlos; grenzenlos war auch der Hass, der in diesem Augenblick in ihrem Herzen aufloderte. Sie sprang auf, um sich auf Sonetka zu stürzen, und fiel ohnmächtig in die Arme Fionas, die ihr zu Hilfe eilte.

An der Brust der stumpfsinnigen Nebenbuhlerin, die erst vor Kurzem den ungetreuen Geliebten Katerina Lwownas vor Wollust zittern ließ, weinte sie nun vor unerträglichem Schmerz. Sie schmiegte sich an Fiona, wie sich ein Kind an seine Mutter schmiegt. Nun waren sie gleich: Beide waren im Wert gesunken, beide waren verlassen.

Die sich jedem Zufall hingebende Fiona und die Heldin der Liebestragödie, Katerina Lwowna, waren nun einander gleich!

Katerina Lwowna fühlte sich aber dadurch gar nicht verletzt. Als sie alle ihre Tränen ausgeweint hatte, erstarrte sie zu Stein und machte sich bereit, zum Appell zu gehen.

Die Trommel wirbelt. Die gefesselten und nicht gefesselten Sträflinge stürzen in den Hof; auch Sergej ist darunter, auch Fiona, Sonetka und Katerina Lwowna; ein mit einem Juden zusammengeketteter Sektierer, und ein Pole an derselben Kette mit einem Tataren.

Alle drängten sich zuerst zu einem unordentlichen Haufen zusammen, stellten sich dann in Reihen auf, und der Zug setzte sich in Bewegung.

Ein furchtbar trauriges Bild: Ein Häuflein Menschen, die von der Welt losgerissen sind und auch nicht den Schatten einer Hoffnung auf eine bessere Zukunft haben, watet durch den kalten schwarzen Straßenkot. Alles ist so hässlich: der unendliche Schmutz, der graue Himmel, die entblätterten, nassen Weiden und die mürrische Krähe, die zusammengekauert in den nackten Ästen hockt. Der Wind stöhnt und wütet, heult und brüllt.

Aus diesen höllischen, herzzerreißenden Tönen, die das Grauen des Bildes vervollständigen, klingen die Worte der Frau des biblischen Hiob: »Verfluche den Tag deiner Geburt und stirb!«

Wer diesen Worten nicht lauschen will, wen der Gedanke an den Tod selbst in dieser traurigen Lage nicht erfreut, sondern erschreckt, der muss alle die heulenden Stimmen mit einem noch hässlicheren Geheul übertönen. Das einfache Volk weiß das sehr gut: Es entfesselt dann seine ganze tierische Natur und beginnt, sich selbst, die andern Menschen und alle Gefühle zu verhöhnen. Es ist auch sonst nicht besonders zartfühlend; unter solchen Umständen wird es aber noch einmal so roh und boshaft.

»Wie geht's, Kaufmannsfrau? Sind Euer Wohlgeboren bei guter Gesundheit?«, fragte Sergej in frechem Ton Katerina Lwowna, als das Dorf, in dem der Transport die letzte Nacht verbracht hatte, hinter dem nassen Hügel verschwunden war.

Gleich darauf wandte er sich an Sonetka, hüllte sie in den Schoß seines Mantels und begann mit hoher Stimme zu singen:

»Hinterm Fenster leuchten deine Locken, Schätzchen,

Ach, mein Jammer schläft nicht, und du schläfst nicht, Kätzchen,

Mit des Mantels Saume will ich dich bedecken ... «

Bei diesen Worten umarmte er Sonetka und küsste sie vor aller Augen...

Katerina Lwowna sah es und sah es nicht. Sie war wie geistesabwesend. Die Leute stießen sie in die Seite und machten sie darauf aufmerksam, wie sich Sergej gegen Sonetka benahm. Sie wurde zur Zielscheibe des allgemeinen Spottes.

»Lasst sie in Ruhe«, trat Fiona für sie ein, sooft jemand von den Sträflingen über die halb ohnmächtige Katerina Lwowna zu spotten anfing. »Seht ihr denn nicht, dass die Frau ganz krank ist?«

»Sie hat sich wohl die Füßchen durchnässt«, scherzte ein junger Sträfling.

»Natürlich: Sie ist ja vom Kaufmannsstande und verwöhnt«, versetzte Sergej.

»Wenn sie wenigstens warme Strümpfe hätte, würde es ihr wohl weniger machen«, fügte er hinzu.

Katerina Lwowna fuhr wie aus dem Schlafe auf.

»Gemeine Schlange!«, sagte sie, unfähig, sich länger zu beherrschen. »Spotte nur, du Schuft, spotte nur!«

»Ich spotte ja gar nicht, sondern meine es ganz ernst: Sonetka hat ein Paar vortreffliche Strümpfe zu verkaufen. Ich frage mich, ob die Kaufmannsfrau sie nicht kaufen will.«

Viele lachten. Katerina Lwowna ging wie ein aufgezogener Automat weiter.

Das Wetter wurde immer schlechter. Aus den grauen Wolken, die den Himmel bedeckten, fielen nasse Schneeflocken herab, die, sobald sie nur den Boden berührten, tauten und den Straßenschmutz noch vergrößerten. Endlich zeigte sich am Horizont ein dunkler bleigrauer Streif, dessen Breite man gar nicht überblicken konnte: Es war die Wolga. Über dem Strome zog ein steifer Wind, der breite, dunkle Wellen vor sich trieb.

Die durchnässten und halb erfrorenen Sträflinge gingen langsam zum Landungssteg und blieben in Erwartung der Fähre stehen.

Die nasse dunkle Fähre kam ans Ufer. Die Begleitmannschaften trieben die Sträflinge auf das Fahrzeug.

»Auf dieser Fähre gibt es Schnaps zu kaufen«, sagte einer der Sträflinge, als die von nassen Schneeflocken überschüttete Fähre vom Ufer stieß und auf den Wellen des Stromes zu schwanken begann.

»Es wäre wirklich gut, einen Tropfen zu trinken!«, sagte Sergej. Zur Belustigung Sonetkas machte er sich wieder an Katerina Lwowna heran und sagte: »Kaufmannsfrau, wir sind ja alte Freunde: Kauf mir etwas Schnaps. Geize nicht. Gedenke doch, Liebste, unserer alten Liebe! Weißt du noch, meine Freude, wie wir die langen Herbstnächte miteinander verbrachten und deine Verwandten ohne Popen und ohne Küster ins Jenseits schickten?«

Katerina Lwowna zitterte vor Kälte, die ihr unter den nassen Kleidern durch Mark und Bein drang. In ihr ging aber auch etwas anderes vor. Ihr Kopf brannte wie im Feuer; die Pupillen waren erweitert, von einem irren, scharfen Glanz belebt und starr auf die Wellen gerichtet.

»Auch ich würde gerne etwas Schnaps trinken: Es ist so unerträglich kalt!«, sagte Sonetka mit ihrer hellen Stimme.

»Kaufmannsfrau, kauf uns doch Schnaps!«, drang Sergej in sie ein.

»Du hast wirklich kein Gewissen im Leibe!«, sagte Fiona, vorwurfsvoll den Kopf schüttelnd.

»Das macht dir keine Ehre«, unterstützte der junge Sträfling Gordjuschka die Soldatenfrau.

»Wenn du dich vor ihr nicht schämst, so solltest du dich wenigstens vor den Leuten schämen!«

»Ach, du, Allerwelts-Schnupftabaksdose!«, schrie Sergej Fiona an. »Was redest du vom Gewissen? Vor wem brauche ich mich zu schämen? Vielleicht habe ich sie überhaupt niemals geliebt, und jetzt ... jetzt ist mir Sonetkas ausgetretener Schuh lieber als die Fratze dieser geschundenen Katze. Was hast du mir vorzuwerfen? Soll sie nur den schiefmäuligen Gordjuschka lieben, oder ... (er blickte auf den kleinen Wachsoldaten, der in Uniformmütze und langhaarigem Filzmantel im Sattel saß) oder diesen Soldaten da: Unter seinem Mantel ist sie wenigstens vor dem Regen geschützt.«

»Und dann wird sie Offiziersfrau heißen«, lachte Sonetka.

»Gewiss! Und hat auch Geld, um sich Strümpfe zu kaufen«, fügte Sergej hinzu.

Katerina Lwowna wehrte sich nicht. Sie blickte immer starrer auf die Wellen und bewegte lautlos die Lippen. Zwischen den hässlichen Worten Sergejs hörte sie die Wogen dröhnen und heulen. In einem sich brechenden Wolkenkamm erscheint plötzlich der blaue Kopf Boris Timofejewitschs; aus einer anderen Welle erhebt sich die Gestalt ihres Mannes, er schwankt und hält Fedja, der den Kopf gesenkt hat, umarmt. Katerina Lwowna will sich auf irgendein Gebet besinnen, ihre Lippen flüstern aber: »Wie wir die langen Herbstnächte miteinander verbrachten und die Verwandten ohne Popen und ohne Küster ins Jenseits schickten.«

Katerina Lwowna zitterte. Ihre irren Blicke waren auf einen Punkt gerichtet. Sie hob einige Male die Arme, streckte sie vor sich aus und ließ sie wieder sinken. Noch einen Augenblick – und sie beugte sich, ohne die Augen von einer dunklen Woge zu wenden, vor, packte Sonetka an den Beinen und sprang mit ihr über das Geländer der Fähre.

Alle waren vor Schreck wie erstarrt.

Katerina Lwowna erschien auf dem Kamm einer Woge und ging wieder unter; aus einer andern Welle tauchte Sonetka auf.

»Den Bootshaken her! Werft den Bootshaken aus!«, schrien die Leute auf der Fähre.

Der schwere Bootshaken flog am langen Strick durch die Luft und fiel ins Wasser. Von Sonetka war wieder nichts zu sehen. Nach zwei Sekunden warf sie, von der Strömung um ein weites Stück von der Fähre fortgetrieben, beide Arme aus dem Wasser empor. In diesem Augenblick tauchte aus einer anderen Welle fast bis zu den Hüften Katerina Lwowna empor. Sie stürzte sich wie ein kräftiger Hecht über eine schwache Plötze auf Sonetka, und beide kamen nicht mehr zum Vorschein.

Eine Teufelsaustreibung

I

Diese heilige Handlung kann man nur in Moskau sehen, und das auch nur, wenn man besonderes Glück und besondere Protektion hat.

Dank einer glücklichen Verkettung von Umständen wohnte ich einmal der Teufelsaustreibung vom Anfang bis zum Ende bei und möchte sie nun den wahren Kennern und Liebhabern des Ernsten und Majestätischen im nationalen Stil beschreiben.

Einerseits gehöre ich zwar zum Adel, stehe aber andererseits dem »Volke« nahe; meine Mutter ist aus dem Kaufmannsstande. Sie stammte aus einer sehr reichen Familie, hatte aber gegen den Willen ihrer Eltern, aus Liebe zu meinem Vater geheiratet. Mein seliger Vater war im Umgang mit dem weiblichen Geschlecht besonders tüchtig und erreichte bei ihm alles, was er nur wollte. So gelang es ihm auch, meine Mutter zu ergattern; die Alten gaben ihm aber zum Lohn für seine Tüchtigkeit nichts außer der Garderobe, den Betten und der göttlichen Gnade, die das junge Ehepaar zugleich mit der Verzeihung und dem väterlichen Segen erhielt. Meine Eltern wohnten in Orjol; sie lebten in recht kümmerlichen Verhältnissen, hielten sich aber stolz und wollten die reichen mütterlichen Verwandten niemals um Unterstützung bitten; sie unterhielten mit ihnen sogar keinerlei Beziehungen.

Als ich aber auf die Universität ziehen sollte, sagte mir Mamachen: »Besuche, bitte, deinen Onkel Ilja Fedossejewitsch und grüße ihn von mir. Das ist keine Erniedrigung, seinen älteren Verwandten muss man alle Ehrfurcht erweisen; er ist mein Bruder, außerdem ein gottesfürchtiger Mann und hat in Moskau ein großes Gewicht ... Bei allen feierlichen Empfängen ist er immer dabei und steht mit der Schüssel mit Salz und Brot oder einem Heiligenbild vor allen andern ... Auch beim General-Gouverneur und dem Metropoliten wird er empfangen ... Er kann dich nur Gutes lehren.«

Ich glaubte um jene Zeit nicht an Gott, liebte aber meine Mutter. Also sagte ich mir einmal: Jetzt bin ich fast ein ganzes Jahr in Moskau und habe Mamachens Wunsch noch immer nicht erfüllt; nun will ich doch zum Onkel Ilja Fedossejewitsch gehen, Mamachens Grüße ausrichten und schauen, was er mich lehren kann.

Von Kind auf war ich gewohnt, ältere Leute mit Ehrfurcht zu behandeln, besonders aber solche, die mit dem Metropoliten und den Gouverneuren verkehrten.

Eines Tages bürstete ich mir die Kleider und begab mich zu Onkel Ilja Fedossejewitsch.

II

Es war gegen sechs Uhr abends. Das Wetter war warm, mild und etwas trüb, mit einem Wort recht angenehm. Das Haus meines Onkels ist allen bekannt, es ist eines der ersten Häuser von Moskau. Ich war aber noch niemals darin gewesen und hatte den Onkel nicht einmal aus der Ferne gesehen.

Ich gehe aber recht selbstbewusst hin und sage mir: Lässt er mich vor, so ist es gut, und lässt er mich nicht vor, so brauch' ich ihn nicht.

Ich komme in den Hof; vor der Einfahrt steht eine Equipage, die Pferde sind wie zwei Löwen, pechkohlrabenschwarz, mit langen Mähnen, und das Fell glänzt wie teurer Atlas.

Ich gehe die Treppe hinauf und sage: »So und so, ich bin Neffe und Student, meldet mich, bitte, Ilja Fedossejewitsch.«

Und die Leute antworten mir: »Ilja Fedossejewitsch kommen gleich selbst heraus, sie wollen gerade ausfahren.«

Es erscheint eine einfache, aber höchst majestätische Gestalt; in den Augen hat er Ähnlichkeit mit meiner Mutter, aber der Gesichtsausdruck ist doch ganz anders. Ein solider Mann, was man so nennt.

Ich stellte mich vor; er hörte mich schweigend an, reichte mir die Hand und sagte: »Setz dich, wir wollen ausfahren.«

Ich wollte eigentlich Nein sagen, brachte es aber doch nicht über die Lippen und setzte mich in den Wagen.

»Nach dem Park!«, befahl er dem Kutscher.

Die Löwen rasten dahin, so dass das Hinterteil des Wagens nur so zitterte; als wir außerhalb der Stadt waren, fingen sie an, noch schneller zu rennen.

Wir sitzen im Wagen, sprechen kein Wort, und ich sehe nur, wie sich der Onkel seinen Zylinderhut tiefer in die Stirne drückt und wie sein Gesicht, wohl vor Langweile, immer griesgrämiger wird.

Er schaut immer nach den Seiten; einmal wirft er aber den Blick auf mich und sagt ganz unvermittelt:

»Es ist gar kein Leben!«

Ich wusste nicht, was darauf zu antworten, und schwieg.

Und wir fahren immer weiter; ich denke mir: Wo will er mich nur hinbringen? Und es scheint mir schon, dass ich in eine dumme Geschichte hineingeraten bin.

Der Onkel hatte aber wohl inzwischen irgendeinen Beschluss gefasst und begann den Kutscher zu kommandieren:

»Rechts! Links! Zum ›Jar‹!«

Aus dem Restaurant stürzt die ganze Dienerschaft heraus, und alle verneigen sich vor ihm fast bis zur Erde. Der Onkel sitzt aber im Wagen, rührt sich nicht und lässt den Besitzer rufen. Man läuft sofort hin. Nun erscheint der Franzose und verbeugt sich mit großem Respekt. Der Onkel rührt sich noch immer nicht, klappert mit dem Elfenbeingriff seines Stockes gegen die Zähne und fragt:

»Wie viel Fremde habt ihr im Haus?«

»An die dreißig Personen in den Sälen«, antwortet der Franzose, »und drei Séparées sind besetzt.«

»Alle sollen hinaus!«

»Sehr gut.«

»Jetzt ist es sieben«, sagt Onkel nach einem Blick auf die Uhr, »um acht komm' ich wieder. Wird alles fertig sein?«

»Nein«, antwortet jener, »um acht wird es nicht gehen ... Viele haben sich ihre Sachen vorausbestellt ... Aber so gegen neun wird im ganzen Restaurant keine fremde Seele sein.«

»Gut.«

»Was soll ich vorbereiten?«

»Selbstverständlich einen Zigeunerchor.«

»Und noch was?«

»Ein Orchester.«

»Nur eines?«

»Nein, lieber zwei.«

»Soll ich den Rjabyka holen lassen?«

»Selbstverständlich.«

»Französische Damen?«

»Nein, die will ich nicht!«

»Weine?«

»Den ganzen Keller.«

»Speisen?«

»Die Karte!«

Man reicht ihm die Tageskarte.

Der Onkel wirft einen Blick auf die Karte, liest sie wohl gar nicht, klopft mit dem Stock auf das Papier und sagt:

»Dies alles für hundert Personen.«

Und er rollt die Karte zusammen und steckt sie sich in die Tasche.

Der Franzose ist erfreut, zugleich aber auch etwas verlegen.

»Für hundert Personen kann ich es unmöglich herrichten«, sagt er, »denn es sind auch sehr teure Sachen dabei, von denen ich nur fünf oder sechs Portionen im Hause habe.«

»Wie soll ich meine Gäste sortieren? Ein jeder soll alles haben, was er will. Verstanden?«

»Sehr wohl.«

»Sonst wird dir auch der Rjabyka nicht helfen, mein Lieber! Kutscher, pascholl!«

Wir ließen den Restaurateur mit seinen Lakaien stehen und fuhren davon.

Nun war es mir vollkommen klar, dass ich auf ein falsches Geleise geraten war. Ich versuchte, mich zu verabschieden, der Onkel hörte aber nicht auf mich. Er schien sehr besorgt. Wir fahren durch den Park, und er ruft bald den einen und bald den andern an.

»Um neun Uhr zum ›Jar‹!«, sagt Onkel einem jeden kurz.

Die Leute, an die er sich wendet, sind lauter ehrwürdige Greise. Alle ziehen vor ihm den Hut und antworten ebenso kurz: »Wir sind deine Gäste, Fedossejewitsch.«

Ich glaube, wir hatten auf diese Weise an die zwanzig Personen eingeladen. Als die Uhr neun schlug, fuhren wir wieder zum ›Jar‹. Ein ganzes Rudel Kellner stürzte uns entgegen, alle halfen dem Onkel aus dem Wagen, der Franzose selbst empfing ihn vor der Türe und klopfte ihm mit der Serviette den Staub von der Hose ab.

»Ist's geräumt?«, fragt der Onkel.

»Ein General ist nur noch da«, sagt jener. »Er bittet sehr, noch eine Weile im Séparée bleiben zu dürfen.«

»Hinaus mit ihm!«

»Er wird wirklich sehr bald fertig.«

»Ich will nicht, er hat genug Zeit gehabt, soll er seine Sachen draußen auf dem Rasen zu Ende essen.«

Ich weiß nicht, wie das geendet hätte, aber der General kam in diesem Augenblick mit seinen zwei Damen heraus, stieg in den Wagen und fuhr davon. Gleichzeitig begannen die Gäste zusammenzuströmen, die der Onkel im Parke eingeladen hatte.

III

Das Restaurant war aufgeräumt, sauber und vollkommen leer. Nur in einem der Säle saß irgendein riesengroßer Kerl, der dem Onkel schweigend entgegenkam und ihm, ohne ein Wort zu sagen, sofort den Stock aus der Hand nahm, den er gleich irgendwohin versteckte.

Der Onkel gab ihm den Stock ohne Widerspruch und reichte ihm zugleich auch seine Brieftasche und sein Portemonnaie.

Dieser leicht ergraute, massive Riese war jener selbe Rjabyka, dessen Name in dem mir unverständlichen Auftrag des Onkels erwähnt worden war. Von Beruf war er eigentlich Schulmeister, hier versah er aber offenbar irgendein anderes Amt. Er schien hier ebenso notwendig wie die Zigeuner, wie das Orchester und wie das ganze Personal, das vollzählig erschienen war. Ich verstand nur nicht, welche Rolle der Schulmeister spielen sollte, aber das konnte ich bei meiner Unerfahrenheit auch noch gar nicht wissen.

Das hell erleuchtete Restaurant war in vollem Betrieb: Die Musik dröhnte, die Zigeuner gingen auf und ab und blieben jeden Augenblick vor den Büfetts stehen, und der Onkel besichtigte die Säle, den Wintergarten, die Grotten und die Galerien. Er wollte sich überzeugen, ob tatsächlich keine Fremden da waren; der Schulmeister wich nicht von seiner Seite.

Als sie aber nach diesem Rundgang in den Hauptsaal, wo schon die ganze Gesellschaft versammelt war, zurückkehrten, konnte man zwischen ihnen einen großen Unterschied wahrnehmen: Der Schulmeister war ebenso nüchtern, wie vor dem Rundgang, der Onkel aber gänzlich betrunken.

Ich weiß nicht, wieso das so schnell geschehen war; jedenfalls war er in bester Laune. Er übernahm das Präsidium, und die Geschichte ging los.

Alle Türen waren abgesperrt, und das Restaurant war von der ganzen Welt abgeschnitten. Zwischen uns und der übrigen Welt gähnte ein Abgrund: der Abgrund des ganzen ausgetrunkenen Weines, der verzehrten Speisen und, vor allen Dingen, der, ich will nicht sagen, hässlichen, aber wilden und tollen Ausgelassenheit, die ich kaum zu schildern vermag. Das kann man von mir auch gar nicht verlangen: Als ich mich hier festgeklemmt und von der ganzen Welt abgeschnitten sah, verlor ich jeden Mut und hatte es sehr eilig, mich zu betrinken. Darum werde ich auch gar nicht beschreiben, wie diese

Nacht verging. Meiner Feder ist es auch gar nicht gegeben, alles zu schildern; ich kann mich nur an zwei besonders bemerkenswerte Episoden der Schlacht und an das Finale erinnern, doch das Unheimliche steckte eben in ihnen.

IV

Man meldete einen gewissen Iwan Stepanowitsch. Wie es sich später herausstellte, war er ein angesehener Moskauer Fabrikant und Großkaufmann.

Eine peinliche Pause trat ein.

»Ich hab' ja gesagt: Niemand darf herein«, erwiderte der Onkel.

»Der Herr lässt inständigst bitten.«

»Soll er sich nur dorthin begeben, wo er bisher war.«

Der Kellner ging hinaus und meldete nach einer Weile sehr kleinlaut: »Iwan Stepanowitsch lässt sehr bitten.«

»Nein, ich will nicht.«

Die anderen schlagen vor: »Soll er ein Strafgeld zahlen!«

»Nein, jagt ihn hinaus, ich will sein Strafgeld nicht.«

Der Kellner kommt zurück und meldet noch kleinlauter: »Er ist bereit, jede Strafe zu zahlen. Er sagt, dass es für ihn bei seinem Alter sehr kränkend ist, von der Gesellschaft ausgeschlossen zu sein.«

Der Onkel erhob sich mit funkelnden Augen von seinem Platz; im gleichen Augenblick ragte aber schon zwischen ihm und dem Kellner Rjabyka. Er stieß den Kellner mit der linken Hand wie ein Küken zurück und setzte mit der Rechten den Onkel wieder auf seinen Platz.

Unter den Gästen wurden Stimmen für Iwan Stepanowitsch laut: Er solle hundert Rubel für die Musiker zahlen und hereinkommen.

»Er ist doch einer von den unsrigen, ein frommer Greis – was soll er jetzt anfangen? Er wird vielleicht vor den Augen des ganzen

Publikums Skandal machen. Man muss mit ihm ein Einsehen haben.«

Der Onkel ließ sich erweichen und sagte: »Gut, es soll aber weder nach meinem noch nach eurem, sondern nach Gottes Willen geschehen: Iwan Stepanowitsch darf herein, muss aber die große Pauke schlagen.«

Der Kellner ging hin und meldete wieder: »Er möchte doch lieber eine Geldstrafe zahlen.«

»Zum Teufel! Wenn er nicht trommeln will, so soll er sich scheren, wohin er mag!«

Iwan Stepanowitsch hielt es aber doch nicht aus und ließ nach kurzer Zeit sagen, dass er bereit sei, die Pauke zu schlagen.

»Gut, soll er kommen.«

Ein großer Mann von ehrwürdigem Aussehen mit ernstem Gesicht, erloschenen Augen, gekrümmtem Rücken und zerzaustem und grün angelaufenem Bart tritt ein. Er will scherzen und die Gäste begrüßen, man weist ihn aber zurecht.

»Nachher, nachher«, schreit ihm der Onkel zu: »Jetzt sollst du die Pauke schlagen.«

»Die Pauke schlagen!«, fallen die andern ein.

»Musik! Einen Marsch!«

Das Orchester stimmt einen dröhnenden Marsch an, der ehrwürdige Greis nimmt den hölzernen Schlegel und beginnt im Takt und auch nicht im Takt zu trommeln.

Ein Höllenlärm und ein Höllengeschrei. Alle sind zufrieden und schreien: »Lauter!«

Iwan Stepanowitsch gibt sich noch mehr Mühe.

»Lauter! Lauter! Noch lauter!«

Der Greis trommelt mit aller Kraft, wie der Mohrenfürst bei Freiligrath. Schließlich erreicht er sein Ziel: Man hört einen fürchterlichen Krach, das Trommelfell zerspringt, alle lachen, der Lärm wird ganz unerträglich, und Iwan Stepanowitsch muss den Musikern für die vernichtete Pauke fünfhundert Rubel zahlen. Er zahlt, wischt sich den Schweiß aus der Stirn und setzt sich zu den andern. Während alle auf sein Wohl trinken, bemerkt er zu seinem Entsetzen unter den Anwesenden seinen Schwiegersohn.

Wieder erhebt sich ein Lachen und Lärmen, und das geht so, bis ich das Bewusstsein verliere. In den wenigen lichten Augenblicken, die ich noch habe, sehe ich die Zigeunerinnen tanzen und den Onkel, auf dem Stuhle sitzend, mit den Beinen zucken. Plötzlich taucht vor ihm jemand auf, aber im gleichen Augenblick ragt schon zwischen dem Onkel und dem andern Rjabyka. Der andere fliegt auf die Seite, der Onkel sitzt wieder auf seinem Platz, und vor ihm stecken in der Tischplatte zwei Gabeln. Nun verstehe ich Rjabykas Rolle.

Zum Fenster wehte der erste frische Hauch des Moskauer Morgens herein; ich kam wieder zum Bewusstsein, aber wohl nur, um an der Klarheit meiner Vernunft zu zweifeln. Ich sah eine wilde Schlacht und das Abholzen eines Waldes: Ich hörte ein Dröhnen und Krachen und sah die riesengroßen exotischen Bäume schwanken und fallen. Hinter ihnen drängte sich ein Haufen seltsamer Gestalten mit braunen Gesichtern. An den Wurzeln der Palmen funkelten schreckliche Äxte; mein Onkel fällte die Bäume, auch Iwan Stepanowitsch tat mit ... Eine mittelalterliche Vision!

Die Zigeunerinnen, die sich in der Grotte hinter den Bäumen versteckt hielten, sollten »gefangen genommen« werden; die Zigeuner verteidigten sie nicht und überließen sie ihrer eigenen Kraft. Scherz und Ernst waren hier nicht mehr auseinanderzuhalten: Durch die Luft flogen Teller, Stühle und Steine aus der Grotte; die Feinde drangen aber immer tiefer in den Wald ein, und am mutigsten zeigten sich Iwan Stepanowitsch und mein Onkel.

Die Festung wurde schließlich genommen: Die Zigeunerinnen wurden ergriffen, umarmt und abgeküsst, und eine jede bekam einen Hundertrubelschein in das Mieder gesteckt. Damit war die Sache erledigt.

Ja, auf einmal war alles still ... Alles war zu Ende. Es war keine Störung von außen, aber alle hatten genug. Wenn es vorher, wie mein Onkel gesagt hatte, »gar kein Leben« war, so fühlten wohl jetzt alle einen Überfluss an Leben.

Alle hatten genug, und alle waren zufrieden. Vielleicht hatte auch die Bemerkung des Schulmeisters, dass es für ihn Zeit sei, in die Schule zu gehen, einige Bedeutung. Jedenfalls war die Walpurgisnacht zu Ende, und »das Leben« trat wieder in seine Rechte.

Die Gäste gingen ohne Abschied, einer nach dem andern; das Orchester und die Zigeuner waren längst verschwunden. Das Restaurant bot das Bild vollständiger Verwüstung: Keine einzige Draperie, kein einziger Spiegel waren ganz; selbst der große Kronleuchter lag zertrümmert am Boden, und die Kristallprismen zerbrachen unter den Füßen der Kellner, die sich vor Müdigkeit kaum auf den Beinen hielten. Der Onkel saß ganz allein mitten auf dem Sofa und trank Kwas. Ab und zu schwebten ihm wohl irgendwelche Erinnerungen durch den Sinn, und er zuckte mit den Beinen. Vor ihm stand Rjabyka, der in seine Schule eilte.

Man reichte ihnen die Rechnung. Es war eine kurze »Pauschalrechnung«.

Rjabyka studierte die Rechnung sehr aufmerksam und verlangte einen Nachlass von fünfzehnhundert Rubeln. Man widersprach ihm nicht viel und zog das Fazit: Die Endsumme machte siebzehntausend, und Rjabyka erklärte, dass die Rechnung jetzt stimme. Der Onkel sagte einsilbig »Zahl's!«, setzte den Hut auf und bedeutete mir durch ein Zeichen, ihm zu folgen.

Zu meinem Entsetzen merkte ich, dass er mich nicht vergessen hatte und dass ich ihm nicht entrinnen konnte. Er flößte mir eine unheimliche Angst ein, und ich konnte mir gar nicht vorstellen, wie ich mit ihm nun allein unter vier Augen bleiben würde. Er hatte mich ja so ganz zufällig mitgenommen, hatte mir noch keine zwei vernünftigen Worte gesagt und schleppte mich überall mit sich herum. Was werde ich noch alles erleben? Vor Entsetzen wurde ich auf einmal ganz nüchtern. Ich fürchtete dieses schreckliche, wilde Tier mit der zügellosen Fantasie und den furchtbaren Einfällen. Im Vorzimmer umringte uns eine Menge Kellner. Der Onkel befahl: »Je fünf!«, und Rjabyka zahlte; die Hausmeister, Nachtwächter, Schutzleute und Gendarmen, die irgendwelche Dienste geleistet haben wollten, bekamen etwas weniger. Alle diese Leute wurden befriedigt. Das machte eine Riesensumme aus. Im Park draußen drängten sich aber, so weit das Auge reichte, zahllose Droschken. Die Droschkenkutscher warteten auf ihr »Väterchen« Ilja Fedossejewitsch, »ob Seine Gnaden sie nicht irgendwie brauchen können«.

Man stellte ihre Zahl fest und gab einem jeden von ihnen drei Rubel. Der Onkel und ich stiegen in den Wagen, und Rjabyka reichte dem Onkel seine Brieftasche.

Ilja Fedossejewitsch nahm aus der Brieftasche einen Hunderter und gab ihn Rjabyka.

Dieser drehte die Banknote in den Fingern und sagte unwirsch:

»Zu wenig.«

Der Onkel gab ihm noch zwei Fünfundzwanziger.

»Auch das genügt noch nicht: Es hat ja keinen einzigen Skandal gegeben.«

Der Onkel gab ihm noch einen dritten Fünfundzwanziger, der Schulmeister reichte ihm nun auch seinen Stock und verabschiedete sich.

V

Nun blieben wir beide unter vier Augen zurück und fuhren im Trab nach Moskau; hinter uns jagte aber mit Geschrei und Geklapper das ganze unübersehbare Heer der Droschken. Ich konnte gar nicht begreifen, was sie von uns wollten, der Onkel aber hatte es gleich erraten. Es war eigentlich empörend: Um von ihm noch mehr Geld zu erpressen, gaben sie ihm unter dem Vorwande einer besonderen Ehrung das Geleite und lieferten ihn auf diese Weise dem allgemeinen Spott aus.

Moskau lag vor unseren Blicken in herrlicher Morgenbeleuchtung, von leichten Rauchwölkchen aus den Kaminen und von friedlichem Glockengeläute umschwebt.

Rechts und links vom Schlagbaum zogen sich Warenspeicher hin. Der Onkel ließ vor dem ersten Speicher halten, zeigte auf ein Fässchen, das an der Schwelle stand, und fragte:

»Ist's Honig?«

»Honig.«

»Was kostet das Fässchen?«

»Wir verkaufen nur pfundweise.«

»Rechne aus, was das kostet.«

Ich kann mich nicht mehr genau erinnern, wie viel man dafür verlangte. Ich glaube siebzig oder achtzig Rubel.

Der Onkel zählte das Geld ab. Das Droschkenheer hatte uns inzwischen eingeholt.

»Habt ihr mich lieb, ihr städtischen Droschkenkutscher?«

»Gewiss! Wir sind immer bereit, Euer Gnaden zu dienen.«

»Seid ihr mir ergeben?«

»Mit Leib und Seele.«

»Nehmt die Räder ab!«

Die Kutscher stehen verständnislos da.

»Macht es schnell!«, kommandiert der Onkel.

An die zwanzig Kutscher, die flinker als die anderen sind, holen unter den Sitzen ihre Schraubenschlüssel hervor und beginnen die Räder abzunehmen.

»Gut so«, sagt der Onkel, »und jetzt schmiert die Räder mit Honig.«

»Väterchen!«

»Schmiert!«

»Das kostbare Gut ... So was nimmt man doch lieber in den Mund!«

»Schmiert!«

Ohne auf seinem Wunsche noch weiter zu bestehen, setzte er sich wieder in den Wagen, und wir rasten davon. Die Droschkenleute blieben jedoch sämtlich mit den abgeschraubten Rädern beim Honig, mit dem sie aber ihre Räder gar nicht schmierten: Sie verteilten ihn wohl unter sich oder verkauften ihn weiter an den nächsten Krämer. Jedenfalls waren wir sie los. Wir fuhren ins Bad. Hier erwartete ich das Jüngste Gericht: Ich saß mehr tot als lebendig in der Marmorwanne, während der Onkel in einer seltsamen apokalyptischen Pose auf dem Boden lag. Die ganze Masse seines schweren Körpers ruhte nur auf den Spitzen der Finger und der Zehen. Der rote Körper bebte auf diesen Stützpunkten unter der kalten Dusche, und er brüllte dabei dumpf wie ein Bär, der sich einen Dorn aus der Tatze herausziehen will. Das dauerte eine halbe Stunde, und er zitterte ununterbrochen, wie ein Gelee auf schwankendem Tisch. Plötzlich sprang er auf, ließ sich Kwas geben, wir kleideten uns an und fuhren auf die Schmiedebrücke zum »Franzosen«.

Wir ließen uns hier die Haare stutzen, kräuseln und frisieren und begaben uns dann zu Fuß durch die innere Stadt ins Geschäft.

Der Onkel sprach mit mir noch immer nicht, ließ mich aber nicht los. Nur einmal wandte er sich an mich: »Wart, nicht alles auf einmal. Wenn du jetzt etwas nicht verstehst, so wirst du es mit den Jahren verstehen.«

Im Geschäft verrichtete er zunächst das Morgengebet, vergewisserte sich, ob alles in Ordnung sei, und stellte sich vor das Schreibpult. Das Gefäß war von außen gereinigt, aber innen noch voller Greuel und lechzte nach Läuterung.

Ich sah es und hatte keine Angst mehr. Die Sache interessierte mich; ich wollte sehen, wie er nun mit sich selbst fertig würde, wie er das Läuterungswerk machte: ob durch Enthaltsamkeit oder durch irgendeine andere göttliche Gnade?

Gegen zehn Uhr morgens litt es ihn nicht mehr im Geschäft. Er wartete immer auf seinen Nachbarn, um mit ihm ins nächste Wirtshaus zum Teetrinken zu gehen: Wenn man den Tee zu dritt trinkt, kommt er um ganze fünf Kopeken billiger. Der Nachbar kam aber nicht; er war eines plötzlichen Todes gestorben.

Der Onkel bekreuzigte sich und sagte: »Wir alle werden sterben.«

Der plötzliche Tod des Nachbarn brachte ihn aber nicht aus der Fassung, obwohl er mit ihm seit vierzig Jahren täglich im gleichen Wirtshause Tee getrunken hatte.

Er ließ den Nachbarn von der anderen Seite bitten, und wir gingen ins Wirtshaus, aßen und tranken, nahmen aber keine Spirituosen zu uns. Den ganzen Tag verbrachte ich mit ihm, teils im Geschäft und teils auf der Straße. Gegen Abend ließ er den Wagen anspannen, und wir fuhren zur »Allgepriesenen«.

Man kannte ihn hier gut und empfing ihn mit der gleichen Ehrfurcht wie beim ›Jar‹.

»Ich will vor der Allgepriesenen niederfallen und über meine Sünden weinen. Dieser da ist aber mein Neffe, der Sohn meiner Schwester.«

»Treten Sie nur ein«, sagten die Klosterfrauen. »Von wem soll die Allgepriesene ein Bußgebet empfangen, wenn nicht von Ihnen, dem größten Wohltäter ihres Klosters? Jetzt ist just die Stunde der Gnade: Eben wird die Abendmesse gelesen.«

»Soll nur die Messe zu Ende gehen; ich will, dass keine Leute dabei sind und dass man mir in der Kirche eine gnadenvolle Dämmerung macht.«

Man löschte alle Lampen bis auf eine oder zwei aus und ließ auch die große grüne Glasampel vor dem Gnadenbilde brennen. Der Onkel fiel nicht, sondern stürzte auf die Knie, berührte mit der Stirne den Boden, schluchzte auf und erstarrte.

Ich saß mit zwei Klosterfrauen in einer dunklen Ecke hinter der Türe. Der Onkel lag lange Zeit unbeweglich und ohne einen Ton von sich zu geben. Ich glaubte sogar, dass er eingeschlafen sei, und teilte diesen Verdacht einer der Schwestern mit. Die erfahrene Schwester dachte eine Weile nach, schüttelte den Kopf, zündete ein dünnes Lichtchen an, umschloss die Flamme mit der hohlen Hand und schlich sich leise zum Büßenden. Sie ging einmal auf den Fußspitzen um ihn herum, kehrte erregt zu uns zurück und flüsterte: »Es wirkt ... sogar mit Rückschlag!«

»Woran merken Sie das?«

Sie beugte sich vor, bedeutete mir durch ein Zeichen, dasselbe zu tun, und sagte: »Blicken Sie gerade über die Flammen hin auf seine Beine.«

»Ja!«

»Sehen Sie nicht das Ringen?«

Ich blicke genauer hin und sehe wirklich eine Bewegung: Der Onkel liegt voller Andacht im Gebet, aber ihm zu Füßen regt sich etwas; ich glaube zwei Kater zu sehen, die miteinander ringen: Bald hat der eine die Oberhand, bald der andere.

»Schwester«, frage ich, »wie kommen denn die Kater her?«

»Das kommt Ihnen nur so vor, dass es Kater sind. Es sind aber keine Kater, es ist die Versuchung: Sie sehen doch, wie seine Seele als reine Flamme in den Himmel strebt und wie seine Beine sich noch in der Hölle bewegen.«

Nun sehe ich, dass der Onkel mit den Füßen den gestrigen »Trepak« zu Ende tanzt; ob seine Seele aber auch wirklich als reine Flamme in den Himmel strebt?

Kaum hatte ich mir das gedacht, als er, gleichsam als Antwort auf meinen Zweifel, tief aufseufzte und aufschrie: »Ich erhebe mich nicht, ehe Du mir vergeben hast! Du allein bist heilig, und wir alle sind verdammt!« Und er fing zu schluchzen an.

Er schluchzte so herzerweichend, dass auch wir drei in Tränen ausbrachen: »Herr, erfülle sein Flehen!«

Und wir merken gar nicht, wie er sich neben uns stellt und mit frommer Stimme zu mir sagt:

»Komm, wollen wir uns stärken.«

Die Klosterfrauen fragen ihn: »Hatten Sie auch die Gnade, den Lichtschein zu sehen, Väterchen?«

»Nein«, antwortete er, »den Lichtschein habe ich nicht gesehen, aber diese Gnade ward mir zuteil ... «

Und er ballte die Faust zusammen und hob sie langsam, wie man einen Jungen am Schopf in die Höhe hebt.

»Wurden Sie in die Höhe gehoben?«

»Ja.«

Die Schwester bekreuzigte sich, ich tat dasselbe, der Onkel aber erklärte: »Jetzt ist mir alles vergeben! Von oben, aus der Mitte der Kuppel streckte sich eine offene Hand nach mir aus, sie fasste mich bei den Haaren und stellte mich auf die Beine ... «

Nun ist er glücklich und nicht mehr verworfen. Er beschenkte königlich das Kloster, in dem er sich dieses Wunder erfleht hatte. Er fühlte wieder »Leben« in sich und schickte meiner Mutter die Mitgift, die sie einst von ihren Eltern zu bekommen hatte. Mich aber führte er in den guten alten Volksglauben ein.

Von nun an erfasste ich den Geschmack des Volkes für das Fallen und das Sich-Erheben ... Dies nennt man eben »Teufelsaustreibung«. Ich wiederhole aber, dass man sie nur in Moskau allein sehen kann, und das auch nur bei besonderem Glück und besonderer Protektion seitens der ehrwürdigsten Greise.

Figura

Erstes Kapitel

Als ich noch in Kiew lernte und nicht im entferntesten daran dachte, Schriftsteller zu werden, verkehrte ich bei einer armen, aber hochanständigen Familie, die in einem eigenen kleinen Häuschen am entferntesten Ende der Stadt in der Nähe des aufgehobenen Kyrill-Klosters wohnte. Die Familie bestand aus zwei älteren unverheirateten Schwestern und ihrer alten Tante, die gleichfalls unverheiratet war. Sie lebten bescheiden von einer kleinen Pension und vom Ertrag ihrer Milchwirtschaft und ihres Gemüsegartens. Nur drei Menschen pflegten sie zu besuchen: der bekannte russische Abolitionist Dmitrij Petrowitsch Shurawskij, ich und ein sehr origineller, ganz wie ein Bauer aussehender Mann, welcher Wigura hieß, den aber alle »Figura« nannten.

Dies ist meine Gedächtnisrede auf ihn.

Zweites Kapitel

Figura, oder wie die Kleinrussen dieses Wort aussprechen, »Chwigura« war in der Zeit, als ich ihn kannte, an die sechzig Jahre alt, aber noch sehr kräftig und rüstig und beklagte sich niemals über seine Gesundheit. Er war riesengroß und wie ein Athlet gebaut; sein Haar war braun und dicht, fast gar nicht ergraut, aber der Schnurrbart ganz grau. Er pflegte zu sagen, dass er »wie ein Hund grau würde«, d. h. nicht wie die Menschen, mit dem Kopfe, sondern wie die alten Hunde mit dem Schnurrbart beginnend. Auch sein Kinnbart war grau, aber er rasierte ihn. Seine Augen waren grau und groß, die Lippen rot, das Gesicht sonnengebräunt. Sein Blick war kühn und klug, mit einem Anflug der versteckten kleinrussischen Ironie.

Figura lebte wie ein echter Vorstadtbauer im Vororte Kurinewka in einem eigenen Gehöft und führte selbst die Wirtschaft mithilfe einer jungen und auffallend hübschen Kleinrussin, namens Christja. Figura machte alles mit eigenen Händen und hielt alles in einer einfachen, aber tadellosen Ordnung. Er grub selbst die Beete um, säte selbst die Gemüse und brachte sie auch selbst auf den Getreidemarkt am Podol, wo er sich mit seinem Wagen neben den anderen Bauern aufstellte und seine Gurken, Kürbisse, Melonen, Kohlköpfe und Rüben feilbot.

Figura verkaufte besser als die anderen, weil seine Gemüse sich durch höchste Güte auszeichneten. Besonders berühmt waren seine zarten und süßen Kürbisse von ungewöhnlicher Größe, manchmal bis zu einem Pud schwer.

Auch seine Gurken, Rüben und Kohlköpfe waren die größten und besten.

Die Händlerinnen des Podoler Getreidemarktes wussten, dass man nirgends bessere Ware bekommen konnte als bei ihm; aber er verkaufte ihnen ungern, »damit sie die Leute nicht beschwindeln«, und zog es vor, die Sachen direkt an die Verbraucher abzusetzen.

Auf die Händler und Händlerinnen war Figura schlecht zu sprechen; er liebte es, hinter ihre Schliche zu kommen und über sie zu spotten. Mochte ein Händler oder eine Händlerin sich noch so geschickt verkleiden oder jemand anders zu Figura schicken, um bei ihm einzukaufen, er durchschaute sofort den Schwindel und antwortete auf die Frage: »Was kostet das Schock?«:

»Es kostet Geld, ist aber leider nichts für Euer Gnaden.«

Wenn aber der Betreffende zu versichern versuchte, dass er ein gewöhnlicher Mensch sei und für sich selbst einkaufe, so antwortete Figura, ohne die Pfeife aus dem Munde zu nehmen:

»So, so! Lass es, kriegst sowieso nichts!« Und er sagte kein Wort mehr.

Alle Leute auf dem Markte kannten ihn und wussten, dass er kein einfacher Mensch war und sich nur wie ein einfacher Mensch gebärdete, aber seinen wahren Stand und Namen, auch warum er ein so einfaches Leben führte, wusste niemand, und niemand versuchte auch dahinterzukommen.

Auch ich wusste es lange Zeit nicht; seinen wirklichen Rang weiß ich aber auch heute nicht.

Drittes Kapitel

Figuras Häuschen war eine gewöhnliche kleinrussische Lehmhütte, die innen übrigens in ein Wohnzimmer und eine Küche abgeteilt war. Er aß nur Pflanzen- und Milchspeisen, die ihm auf die einfachste, bäuerliche Art die obenerwähnte auffallend hübsche Christja zubereitete. Christja war ledig, hatte aber ein Kind. Dieses Kind, ein auffallend hübsches Mädchen, hieß Katrja. In der Nachbarschaft hielt man sie für »Chwiguras Tochter«, aber Figura verzog nur das Gesicht und sagte:

»Gewiss ist sie mein Kind! Da mir Gott die Gnade erwies, dass ich sie ernähren kann, so ist sie mein; aber den Wohltäter, der sie in dieses Jammertal gesetzt hat, kenne ich nicht. Soll nur jeder glauben, was ihm passt: von mir aus kann sie auch mein Kind sein, mir ist es gleich.«

In Bezug auf Katrja zweifelte man noch; was aber die schöne Christja selbst betrifft, so hielt man sie ohne jeden Zweifel für die »Freundin« Figuras.

Figura nahm auch das gleichgültig auf, und wenn jemand darüber Witze machte, so antwortete er bloß:

»Ihr seid wohl neidisch?«

Dafür trugen ja auch Figura und Christja und selbst die vollkommen unschuldige Katrja eine freiwillige Buße: keiner von den Dreien aß Fleisch oder Fisch oder überhaupt etwas Lebendiges.

Die Weiber von Kurinewka glaubten zu wissen, wofür ihnen diese Buße auferlegt worden war.

Figura aber lächelte nur und sagte:

»Dumme Gänse!«

Viertes Kapitel

Das Verhältnis zwischen Christja und Figura war sehr nett, vermochte aber nichts zu enthüllen. Christja lebte im Hause nicht wie eine Magd bei einer Hausfrau, sondern wie eine Verwandte bei Verwandten. Sie schleppte Wasser aus dem Brunnen, scheuerte die Böden, tünchte die Stube, wusch und nähte die Wäsche für sich,

Katrja und Figura, aber die Kühe melkte sie nicht, denn diese waren für sie zu groß und stark; dieses Geschäft besorgte Figura selbst mit seinen dazu geeigneten mächtigen Händen. Sie aßen alle drei am gleichen Tisch, wobei Christja die Speisen auftrug und das Geschirr abräumte. Tee tranken sie überhaupt nicht, »weil dies eine unnütze Angewohnheit sei«, tranken aber an Feiertagen einen Aufguss von getrockneten Kirschen oder Himbeeren, und zwar ebenfalls alle drei am gleichen Tisch. Zu Besuch kamen nur die erwähnten älteren Fräuleins, Shurawskij und ich. In unserer Gegenwart tat Christja sehr geschäftig, und man konnte sie nur mit Mühe bewegen, sich für eine Weile hinzusetzen; wenn aber die Gäste sich erhoben, um wegzugehen, sprang Christja schnell von ihrem Platze auf und beeilte sich, allen in die Mäntel und Galoschen zu helfen. Die Gäste widerstrebten, aber sie bestand darauf, und auch Figura trat für sie ein, indem er zu den Gästen sagte:

»Lassen Sie sie doch ihr Gesetz erfüllen.«

Christja beruhigte sich nur dann, wenn die Gäste ihr erlaubten, ihnen, »wie es das Gesetz vorschreibt«, in die Mäntel und Galoschen zu helfen. Das war eben ihr »Gesetz«, dem die gutmütige Schöne treu und gewissenhaft nachkam.

Im Gespräche titulierten Figura und Christja einander verschieden: Figura sagte zu ihr »du« und nannte sie Christino oder Christja, sie sagte aber zu ihm »Sie« und nannte ihn mit dem Vor- und Vatersnamen. Das Kind nannten alle beide »Tochter«, Katrja sagte aber zu Figura »Papa« und zu Christja »Mama« ... Katrja war neun Jahre alt und ihrer schönen Mutter wie aus dem Gesicht geschnitten.

Fünftes Kapitel

Weder Figura noch Christja hatten Verwandte. Christja war eine »Waise ohne Anhang«; Figura (eigentlich Wigura) hatte zwar Verwandte, von denen der eine sogar Universitätsprofessor war, unterhielt aber zu jenen Wiguras keinerlei Beziehungen, – »weil sie mit noblen Herren verkehrten«, was nach Figuras Ansicht zwar nicht gerade tadelnswert, aber für ihn »unpassend« war.

»Gott sei mit ihnen; sie sind vielleicht Assessoren oder gar Räte, wir gehören aber, wie ihr seht, zu den einfachen Schweinen.«

Im Charakter und in allen Handlungen Figuras zeigte sich eine so originelle Persönlichkeit, dass das Sprichwort, welches behauptet, ein geschlagener Mensch sei wertvoller als ein nicht geschlagener, seine scheinbare Widersinnigkeit verlor.

Hier ist eine seiner Handlungen, die die größte Bedeutung für sein ganzes Leben hatte und dieses Leben überhaupt bestimmte. Die Geschichte war und ist wohl kaum jemand bekannt, ich aber habe sie von Figura selbst gehört und will sie wiedergeben, soweit ich mich ihrer erinnere.

Sechstes Kapitel

Ich lebte in Kiew in einem sehr verkehrsreichen Stadtteile, zwischen der Michaels- und der Sophienkathedrale; dazwischen gab es noch zwei Holzkirchen. An Feiertagen konnte man es hier vor Glockengeläute kaum aushalten, in allen Straßen, die auf den Kreschtschatik mündeten, gab es eine Menge von Branntweinschenken und Bierhallen, auf dem Platze aber allerlei Buden und Schaukeln. Darum rettete ich mich an solchen Tagen zu Figura. Bei ihm war es still und ruhig: das hübsche Kind spielte im Grase, die schönen Frauenaugen leuchteten gütig, und der immer vernünftige und immer nüchterne Figura sprach leise und gemessen.

Einmal beklagte ich mich bei ihm über den Lärm, der in meinem Stadtteile schon am frühen Morgen zu beginnen pflegte, und er antwortete mir:

»Sprechen Sie mir nicht davon. Unsere russische Art, die Feste zu begehen, konnte ich schon als Kind nicht leiden und fürchte sie auch jetzt noch. Als ich Kadett war, führte man uns manchmal zu den Schaukeln und sagte uns: ›Seht, das sind volkstümliche Belustigungen!‹ Ich dachte mir aber schon damals: was ist dabei Gutes, wenn es auch volkstümlich ist! Beim Propheten Amos lesen wir: ›Ich bin euren Feiertagen gram‹, und ich hatte nicht umsonst das Gefühl, dass ich einmal bei solchem Feiern etwas Schlimmes erleben werde. So kam es auch, aber es ist gut, dass alles Schlechte sich für mich doch zum Guten gewendet hat.«

»Darf ich wissen, was es war?«

»Ich denke, ja. Sehen Sie ... als Sie noch bei Ihrer Großmutter im Ärmel saßen, hatten wir zwei Armeen: die eine hieß die erste, und die andere hieß die zweite. Ich diente unter Osten-Sacken[1] ... Es ist derselbe Dmitrij Jerofejitsch, der auch heute noch seine Akathiste[2] singt. Er war ein großer Beter vor dem Herrn, betete immer auf den Knien oder legte sich auch auf den Boden und lag lange da; bei jedem Schritt und bei jeder Bewegung bekreuzigte er sich. Viele Offiziere der Armee bemühten sich damals, ihm nachzuahmen, um sich bei ihm einzuschmeicheln ... Manchen, die es konnten, gelang es auch gut ... Auch mir half es einmal so, dass ich auch heute noch eine Pension beziehe. Die Sache war so.«

Siebentes Kapitel

»Unser Regimentsstand im Süden, in einer Stadt, und daselbst befand sich auch der Stab Jerofejitschs. Es fügte sich, dass ich in der Nacht auf den Ostersonntag zur Bewachung der Pulverkeller kommandiert wurde. Ich trat den Wachtdienst am Sonnabend um zwölf Uhr mittags an und musste bis Sonntag mittag stehen.

Ich hatte bei mir meine Soldaten, zweiundvierzig Mann und außerdem sechs berittene Kosaken.

Als der Abend anbrach, beschlich mich eine Trauer. Ich war jung und meinen Angehörigen zugetan. Meine Eltern waren noch am Leben, auch meine Schwester ... aber das Wichtigste und Wertvollste für mich war meine Mutter ... meine wohltätige Mutter! ... Eine herrliche Mutter habe ich gehabt, seelengut und herzensrein, in Güte geboren und in Güte gehüllt ... Sie war so barmherzig, dass sie niemand, weder einem Menschen, noch einem Tiere ein Haar krümmen konnte, – sie aß sogar kein Fleisch und keine Fische aus Mitleid mit den Tieren. Mein Vater machte ihr manchmal Vorwürfe: ›Erlaube doch, sag mal, wie lange sollen sie sich noch vermehren? Es bleibt bald für uns kein Platz übrig.‹ Und sie antwortete: ›Nun, das kann noch eine Weile dauern, ich habe sie aber selbst großgezogen,

---

[1] Graf D. J. Osten-Sacken (1790-1881), russischer General, zeichnete sich im persischen Kriege 1826 aus.

[2] Akathistos in der griechischen Kirche Gesang zu Ehren Christi, der heiligen Jungfrau und der Heiligen.

und sie sind mir wie Verwandte. Ich kann doch nicht meine Verwandten essen.‹ Auch bei den Nachbarn aß sie sie nicht: ›Ich habe sie doch lebend gesehen‹, sagte sie, ›sie sind meine Bekannten, und ich kann meine Bekannten nicht essen.‹ Dann wollte sie auch die Unbekannten nicht essen. ›Es ist ganz gleich‹, pflegte sie zu sagen, ›sie sind doch gemordet.‹ Der Geistliche versuchte sie zu überreden, sagte, dass der Fleischgenuss von Gott befohlen sei, und zeigte ihr im Brevier das Gebet zur Weihe des Fleisches, sie blieb aber bei ihrer Meinung und sagte: ›Schön, da Sie es gelesen haben, so essen Sie es nur.‹ Der Geistliche sagte zu meinem Vater, sie habe es wohl von irgendwelchen Weibern, die in die Häuser eindringen und alle verführen, die ewig lernen und doch niemals Vernunft annehmen können. Meine Mutter sagte aber zum Vater: ›Das ist Unsinn: ich kenne keine solchen Weiber, aber es ekelt mich einfach, dass ein Geschöpf das andere auffrisst.‹

Von meiner Mutter kann ich gar nicht ruhig sprechen, ich muss mich immer aufregen. So geschah es auch damals. Ich sehnte mich so nach meiner Mutter! Ich gehe auf und ab, beiße vor Langeweile an einem Strohhalm und denke mir: jetzt gehen alle ins Kirchdorf zur Frühmesse, sie sammelt aber alle abgerissenen und ungewaschenen Waisenkinder bei sich, wäscht sie am Ofen, kämmt ihnen die Haare und zieht ihnen reine Hemden an. So schön ist es mit ihr! Wäre ich nicht adlig, so wäre ich bei ihr geblieben, hätte gearbeitet und nicht den Pulverkeller bewacht. Was bewachen wir da? Schießpulver, das zum Töten dient ... Aber ich darf mich gar nicht beklagen ... Ich sollte mich schämen! Ich bekomme doch mein Gehalt, werde befördert, aber der Soldat, der ist ein ganz unglücklicher Mensch, man prügelt ihn auch noch ohne Erbarmen, er hat es unvergleichlich schwerer ... und doch lebt er und duldet alles und murrt nicht ... Kopf hoch, alle diese Gedanken werden schon vergehen. Ich denke mir: Was ist wohl das Beste, was der Mensch tun kann, wenn es ihm schwer ums Herz ist? Ich denke mir das eine, das andere, das dritte, und schließlich muss ich wieder an meine Mutter denken; sie pflegte zu sagen: ›Wenn es dir schlecht geht, so gehe zu denen, denen es noch schlechter geht ... ‹ Nun, den Soldaten geht es noch schlechter als mir ...

›Ich will mal den armen Soldaten‹, sage ich mir, ›eine Freude machen! Ich will sie bewirten, mit Tee traktieren, will mit ihnen auf meine Kosten das Osterfest begehen!‹

Dieser Gedanke gefiel mir gut.«

Achtes Kapitel

»Ich rief die Ordonnanz, gab ihr Geld aus meinem Beutel und schickte sie, ein viertel Pfund Tee, drei Pfund Zucker, ein Schock rote Eier und für den Rest Safranbrot zu kaufen. Ich hätte noch mehr kaufen lassen, aber ich hatte nicht mehr Geld bei mir.

Die Ordonnanz brachte alles, ich setzte mich an den Tisch, schlug den Zucker in Stückchen und vertiefte mich in die Berechnung: wie viel Stück kommen auf einen Mann.

Die Arbeit war nicht groß, aber sie vertrieb meine Langeweile. Ich sitze vergnügt da, zähle die Stücke und denke mir: es sind einfache Menschen, niemand ist gut zu ihnen, diese Aufmerksamkeit wird ihnen angenehm sein. Wenn ich die Glocken höre und die Leute aus der Kirche gehen, werde ich meinen Leuten gratulieren: ›Kinder! Christ ist erstanden!‹ und werde ihnen meine Gaben darbieten.

Wir lagen aber draußen vor der Stadt, denn die Pulverkeller befinden sich immer weit von Menschenwohnungen. Als Wachtstube diente uns aber der Vorraum eines leeren Kellers, in dem damals kein Pulver war. Im gleichen Raum saßen die Soldaten und ich, die Wachtposten standen draußen ... drei Kosaken waren bei den Soldaten, und drei waren ausgeritten.

Nun hören wir in der Stadt die Glocken läuten und sehen auch Lichter. Auch nach der Uhr sehe ich, dass der Gottesdienst gleich zu Ende gehen muss, – also werde ich gleich meine Leute bewirten. Ich stehe auf, um nach den Posten zu schauen, und höre plötzlich einen Lärm ... ein Handgemenge ... Ich gehe hin, und von dort fliegt mir etwas unter die Füße, und im gleichen Augenblick bekomme ich eine Ohrfeige ... Was schauen Sie mich so an? Ja, eine richtige Ohrfeige, und im gleichen Nu fliegt mir ein Epaulett von der Schulter!

›Was ist das? ... Wer hat mich geschlagen?‹

Dabei ist es stockfinster.

›Kinder!‹, schreie ich: ›Brüder! Was geht da vor?‹

Die Soldaten erkannten meine Stimme und antworteten:

›Euer Wohlgeboren, die Kosaken haben sich betrunken und hauen um sich.‹

›Wer hat sich eben auf mich gestürzt?‹

›Auch Sie, Euer Wohlgeboren, haben eben von einem Kosaken eine Maulschelle gekriegt. Da liegt er ganz besinnungslos, zwei andere sind im Keller und werden gebunden. Sie wollten mit ihren Säbeln hauen.‹«

Neuntes Kapitel

»In meinem Kopfe wirbelte plötzlich alles durcheinander. Die schwerste Beleidigung! Ich war jung und sah alles nicht mit eigenen Augen an, sondern wie man es mir eingedrillt hatte; so dachte ich damals: ›Wenn man dich geschlagen hat, ist es entehrend, wenn aber du schlägst, so macht es nichts, so ist es sogar eine Ehre ... ‹ Ich hätte den Kosaken auf der Stelle erschlagen müssen! ... Ich erschlug ihn aber nicht. Wozu tauge ich noch? Ich bin ein geohrfeigter Offizier. Nun ist für mich alles zu Ende ... Ich schwöre, dass ich ihn erstechen werde! Ich muss ihn erstechen! Er hat mir meine Ehre genommen, er hat mir meine ganze Karriere verdorben. Ich muss ihn erschlagen, auf der Stelle umbringen! Ob das Gericht mich freisprechen wird oder nicht, – meine Ehre wird aber gerettet sein.

In meinem Innersten spricht aber eine Stimme: ›Du sollst nicht töten!‹ Und ich begriff, wessen Stimme es war! Es war Gott, der so zu mir sprach, meine Seele war davon überzeugt. Wissen Sie, es war eine so feste und unwankbare Überzeugung, dass ich keines Beweises bedurfte. Es ist Gott! Er steht doch über Sacken selbst! Sacken kommandiert und wird einmal mit einem hohen Orden verabschiedet werden. Gott wird aber die Welt in alle Ewigkeit kommandieren! Wenn Er mir nicht erlaubt, den zu töten, der mich geschlagen hat, was soll ich dann mit ihm anfangen? Was soll ich machen? Mit wem soll ich mich beraten? ... Am besten doch mit Dem, der es selbst erfahren hat. Jesus Christus! ... Hat man Dich nicht auch geschlagen? ... Man hat Dich geschlagen, und Du hast verziehen ... was bin ich aber vor Dir ... ein Wurm ... eine Null! Ich will Dein sein: ich habe verziehen! ich bin Dein ... Dabei muss ich aber weinen ... und ich weine, weine!

Die Soldaten glauben, dass ich vor Kränkung weine; ich weinte aber, Sie verstehen doch... gar nicht vor Kränkung...

Die Soldaten sagen:

›Wir werden ihn erschlagen!‹

›Was fällt euch ein! ... Gott sei mit euch! ... Man darf einen Menschen nicht töten!‹

Und ich frage den Ältesten: ›Was hat man mit ihm gemacht?‹

‹Wir haben ihm die Hände gebunden und ihn in den Keller geworfen.‹

›Bindet ihm sofort die Hände auf und bringt ihn her.‹

Sie gingen hin, um ihn aufzubinden, und plötzlich geht die Kellertüre weit auf, und der Kosak fliegt wie auf Flügeln auf mich zu, fällt mir wie ein Sack vor die Füße und schreit:

›Euer Wohlgeboren! ... ich bin ein unglücklicher Mensch! ... ‹

›Gewiss bist du ein unglücklicher Mensch.‹

›Was haben sie mit mir gemacht! ... ‹

Dabei weint er bitter und heult sogar.

›Steh auf!‹, sage ich ihm.

›Ich kann nicht aufstehen, ich bin meiner Sinne noch nicht mächtig ... ‹

›Warum bist du deiner Sinne nicht mächtig?‹

›Ich trinke nie, sie haben mich aber betrunken gemacht ... Ich habe ein junges Weib und kleine Kinder daheim ... und alte Eltern ... Was habe ich angestellt!.‹

›Wer hat dich betrunken gemacht?‹

›Die Kameraden, Euer Wohlgeboren, – sie zwangen mich, für die Lebenden und für die Toten zu trinken. Ich trinke sonst nie!‹

Und er erzählte mir, dass die Kameraden ihn in eine Schenke geführt und gezwungen hätten, um des Auferstehungsfestes willen beim ersten Glockenläuten zu trinken, damit es alle Lebenden und Toten ›leicht hätten‹; ein Kamerad hätte ihm ein Gläschen spendiert, ein anderer – ein zweites, das dritte hätte er sich aber schon selbst gekauft und auch die anderen traktiert; er wisse nicht mehr, wie es ihm eingefallen sei, sich auf mich zu stürzen, mich zu schlagen und mir das Epaulett herunterzureißen.

Eine schöne Bescherung! Jetzt wälzt er sich mir zu Füßen, weint wie ein Kind, der ganze Rausch ist verflogen ... Er jammert:

›Meine Kindchen, meine Täubchen! ... Meine armen Eltern! ... Meine unglückselige Frau! ... ‹«

Zehntes Kapitel

»Der arme Kerl jammert, alle Soldaten schauen ihn an, und ich sehe es ihnen an, dass es ihnen schwer zumute ist; mir ist es aber schwerer als allen. Wie ich mir aber die Sache ein wenig überlegte, beruhigte sich mein Herz; ich denke mir: hätte er mich unter vier Augen geschlagen, so würde ich nicht einen Augenblick geschwankt haben; ich würde ihm sagen: ›Gehe in Frieden und tue es nicht wieder.‹ Aber es war doch vor den Augen meiner Untergebenen geschehen, denen ich mit dem Beispiel vorangehen musste ...

Dieses Wort rettete mich ... Mit welchem ›Beispiel‹ muss ich ihnen vorangehen? Ich kann es doch nicht vergessen ... ich kann nicht an Jesus denken und zugleich den Menschen ganz anders behandeln ...

›Nein‹, denke ich mir, ›das geht nicht ... ich habe mich verirrt, – ich will es lieber vorerst beiseite lassen ... wenigstens für eine Weile, und nur das sagen, was sich gehört ... ‹

Ich nehme ein Ei in die Hand und will schon sagen: ›Christ ist erstanden!‹ – aber ich fühle, dass ich schwindele. Jetzt bin ich nicht mehr Sein, ich bin Ihm fremd ... Ich will es aber nicht ... ich will mich Ihm nicht entfremden. Warum handle ich aber so wie die, denen es mit Ihm schwer war ... wie der, der da sagte: ›Herr, gehe von mir, denn ich bin ein sündiger Mensch!‹ Ohne Ihn ist es natürlich leichter ... Ohne Ihn kann man mit allen Menschen auskommen ... sich allen anpassen ...

Das will ich aber nicht! Ich will nicht, dass es mir leichter sei! Ich will es nicht!

Da fällt mir etwas anderes ein ... Ich will Ihn nicht bitten, dass Er von mir gehe, sondern ich will Ihn zu mir rufen ... Komm näher! Und ich beginne: ›Jesu Christ, Du wahrhaftes Licht, das jeden Menschen, der in Frieden geht, erleuchtet ... ‹

Die Soldaten spitzen die Ohren ... jemand spricht mir nach:

›Jeden Menschen!‹

›Ja‹, sage ich, ›jeden Menschen, der in Frieden geht.‹ Und ich lege die Worte so aus, dass Er den erleuchte, der von Feindschaft zum Frieden gehe. Und ich rufe noch lauter: ›Das Licht Seines Antlitzes erleuchte uns Sünder!‹

›Es erleuchte uns! ... es erleuchte uns!‹ hauchen alle Soldaten in einem Atem ... Alle erzittern ... alle schluchzen ... alle haben das höchste Licht erblickt und drängen sich zu ihm.

›Brüder!‹, sage ich: ›Wollen wir schweigen!‹

Alle begreifen es sofort.

›Mögen unsere Zungen verdorren‹, antworteten sie, ›wir werden nichts sagen.‹

›Gut‹, sage ich: ›Christ ist erstanden!‹ Und ich küsse zuerst den Kosaken, der mich geschlagen hat, und fange dann an, auch die anderen zu küssen. ›Christ ist erstanden!‹ – ›Er ist in Wahrheit erstanden!‹

Und wir umarmten einander in wahrhafter Freude. Der Kosak weinte aber noch immer und sagte: ›Ich will nach Jerusalem pilgern und dort zu Gott beten ... Ich will den Geistlichen bitten, dass er mir eine Buße auferlege.‹ ›Gott sei mit dir‹, sagte ich ihm, ›geh nicht nach Jerusalem, sondern trinke lieber nicht mehr.‹

›Nein‹, sagte er weinend, ›ich werde keinen Schnaps mehr trinken, Euer Wohlgeboren, und auch zum Geistlichen gehen ... ‹

›Nun, wie du willst.‹

Es kam die Ablösung, wir kehrten zurück, und ich meldete, dass alles in Ordnung sei; auch alle Soldaten schwiegen. Aber es fügte sich doch so, dass unser Geheimnis ans Licht kam.«

Elftes Kapitel

Am dritten Feiertag ruft mich der Kommandeur zu sich, sperrt sich mit mir ein und sagt:

›Wie konnten Sie bloß, als Sie das letzte Mal vom Wachtdienst kamen, melden, dass alles in Ordnung sei, während bei Ihnen etwas Schreckliches passiert war?‹

Ich antworte:

›Zu Befehl, Herr Oberst, der Vorfall war wirklich schrecklich, aber Gott hat uns erleuchtet, und alles ist gut abgelaufen.‹

›Ein Gemeiner hat einen Offizier tätlich beleidigt und ist ungestraft geblieben ... das nennen Sie glücklich abgelaufen? Wissen Sie denn nichts von Subordination und von Ehrgefühl?‹

›Herr Oberst‹, sage ich ihm, ›der Kosak hat sonst nie getrunken und war wahnsinnig geworden, weil man ihn mit Gewalt betrunken gemacht hatte.‹

›Trunksucht ist keine Entschuldigung!‹

›Auch ich halte sie nicht für eine Entschuldigung, – Trunksucht ist eine Verderbnis, aber ich hatte nicht den Mut, den Vorfall zu melden, damit man nicht meinetwegen einen unvernünftigen Menschen bestrafe. Verzeihung, Herr Oberst, ich habe ihm vergeben.‹

›Sie hatten kein Recht, ihm zu vergeben!‹

›Ich weiß es sehr gut, Herr Oberst, aber ich konnte mich nicht beherrschen.‹

›Sie können nach dem Vorgefallenen nicht mehr im Dienst bleiben.‹

›Ich bin bereit, meinen Abschied zu nehmen.‹

›Ja, reichen sie ein Abschiedsgesuch ein.‹

›Zu Befehl.‹

›Sie tun mir leid, aber ihre Handlungsweise ist ganz unstatthaft. Machen sie dafür sich selbst verantwortlich und den, der Ihnen solche Anschauungen eingegeben hat.‹

Diese Worte stimmten mich sehr traurig; ich bat um Entschuldigung und sagte, dass ich niemanden verantwortlich machen würde, am allerwenigsten aber den, der mir solche Anschauungen eingegeben, da ich sie der christlichen Lehre entnommen hätte.

Das gefiel dem Obersten gar nicht.

›Was kommen Sie mir mit Ihrem Christentume!‹, sagte er. ›Ich bin doch kein reicher Kaufmann und keine Dame. Ich kann weder eine Glocke spenden, noch verstehe ich einen Teppich für die Kirche zu sticken; von Ihnen verlange ich aber, dass Sie Ihre Dienstpflicht tun. Der Soldat muss die christlichen Regeln aus seinem Diensteid schöpfen; wenn Sie aber das eine mit dem anderen nicht in Einklang bringen konnten, so hätte Ihnen der Geistliche alles aufgeklärt. Sie sollten sich doch schämen, dass der Kosak, der Sie geschlagen, besser gewusst hat, was er zu tun hatte: er ging zum Geistlichen und gestand ihm alles! Nur dieses hat ihn gerettet, und nicht Ihre Verzeihung. Dmitrij Jerofejitsch hat ihm nicht Ihretwegen verziehen, sondern dem Geistlichen zuliebe, aber alle Soldaten, die mit Ihnen auf der Wache waren, werden degradiert werden. Bemühen Sie sich nun zu Sacken; er wird mit Ihnen selbst reden, ihm können Sie von Ihrem Christentume erzählen: er kennt die kirchlichen Bücher so gut wie das Militärstatut. Nehmen Sie es mir nicht übel: alle sind der Ansicht, dass Sie, nachdem Sie, mit Verlaub zu sagen, eine Maulschelle bekommen, dem Kosaken nur darum zu verzeihen geruht haben, damit die Ihrer Ehre zugefügte Beleidigung Ihnen nicht im Wege sei, im Dienste zubleiben ... Das geht nicht! Ihre Kameraden wollen mit Ihnen nicht länger dienen.‹

Dies kam mir damals, da ich noch jung war, grausam und kränkend vor.

›Zu Befehl, Herr Oberst‹, sagte ich ihm, ›ich gehe zum Grafen Sacken, melde ihm den Sachverhalt und erkläre ihm, was mich bewegte, so zu handeln, – ich will ihm alles gewissenhaft erzählen. Vielleicht wird er die Sache mit anderen Augen anschauen.‹

Der Kommandeur winkte nur mit der Hand.

›Sagen Sie ihm alles, was sie wollen, aber es wird Ihnen nichts helfen. Sacken kennt wohl die kirchlichen Satzungen, das stimmt, aber jetzt folgt er doch noch dem Militärstatut. Er ist noch nicht Bischof.‹

In Offizierskreisen erzählte man sich damals allerlei Unsinn über Sacken: die einen sagten, er hätte Visionen und wisse von einem Engel, wann er eine Schlacht zu beginnen habe; andere erzählten noch merkwürdigere Dinge; der Regimentszahlmeister aber, der einen großen Bekanntenkreis in der Kaufmannschaft hatte, versicherte, dass der Moskauer Metropolit Philaret dem Grafen Protassow gesagt habe: ›Wenn ich sterbe, so ernennen Sie um Gottes willen weder Murawjow zum Ober-Prokurator des Synods noch den Kiewer Rektor Innokentij zum Moskauer Metropoliten. Sie scheinen nur gut, werden aber ihre Sache nicht gut machen; ernennen Sie an Ihre Stelle Sacken und an meine irgendeinen bescheidenen Mönch. Sonst werde ich Ihnen nach dem Tode in einem finsteren Leuchten erscheinen.«

Zwölftes Kapitel

Ich wollte damals nicht dulden, dass Sacken glaube, ich hätte die erhaltene Ohrfeige nur darum verheimlicht, um im Dienste bleiben zu können. Furchtbar dumm! Ist es denn nicht ganz gleich? Jetzt erscheint es mir lächerlich, aber in meinem damaligen rasenden Zustande sah ich meine Ehre wirklich in solchen Dummheiten wie eine fremde Meinung ... Ich hatte schon mehrere Nächte nicht geschlafen: die eine Nacht auf der Wache und die folgenden drei Nächte vor Aufregung ... Es kränkte mich, dass die Kameraden schlecht von mir dachten, und dass Sacken schlecht von mir dachte! Sehen Sie, ich wollte, dass alle von mir gut denken! ...

Deswegen schlief ich wieder die ganze Nacht nicht, am nächsten Morgen stand ich aber früh auf und ging zu Sacken. Im Empfangssaal befand sich erst nur ein Auditor, dann versammelten sich auch noch mehr Leute. Sie tuscheln leise miteinander, ich habe aber keine Bekannten da, – ich schweige und fühle, wie mich ganz ungelegen der Schlaf überwältigt. Die Augen fallen mir zu. Lange wartete ich mit den anderen auf Sacken, an diesem Morgen wollte er wie absichtlich nicht kommen: er betete noch immer in seinem Schlafzimmer vor dem wundertätigen Heiligenbilde. Er war ja ungemein fromm: jeden Tag sprach er alle Morgen- und Abendgebete und noch drei Akathiste dazu; manchmal dauerte das unendlich lange. Es kam vor, dass er müde wurde zu knien und auf den Teppich hinfiel, dann betete er liegend weiter. Ihn dabei zu stören oder sein Gebet zu unterbrechen, Gott behüte davor einen jeden! Dazu würde sich wohl auch vor einem Sturmangriff niemand entschließen, denn ihn beim Beten zu stören war dasselbe, wie ein Kind, das nicht ausgeschlafen hat, zu wecken. Dann wurde er launisch und zänkisch, und man konnte ihn mit nichts beschwichtigen. Seine Adjutanten wussten das, – die einen waren ebenso fromm wie er, die anderen verstellten sich bloß. Er machte keinen Unterschied, und liebte und begünstigte alle gleich.

Wenn er in den Saal trat, so erkannten seine Stabsoffiziere sofort, ob er sich satt gebetet hatte; dann war er in guter Laune, und man brachte ihm alle Papiere zur Unterschrift.

Ich hatte gerade dieses Glück: sobald Sacken im Empfangssaal erschien, sagte ein erfahrener Mann zu mir:

»Sie haben es gut getroffen, heute kann man ihn um alles bitten, er hat sich satt gebetet.«

Ich fragte:

»Woran erkennen Sie das?«

Der erfahrene Mann antwortete mir:

»Sehen Sie denn nicht: seine Knie sind weiß, und über den Brauen hat er helle Fleckchen ... es ist wie ein Leuchten ... Also wird er freundlich sein.«

Das Leuchten über den Brauen sah ich nicht, die Hose war aber an den Knien wirklich weiß.

Er sprach mit allen und entließ sie, mich behielt er aber als den letzten zurück und befahl mir, ihm ins Kabinett zu folgen.

– Nun – denke ich mir – jetzt kommt das Ende. – Und mein Schlaf war verflogen.

Dreizehntes Kapitel

In seinem Kabinett stand ein großes Heiligenbild mit kostbaren Beschlägen auf einer eigenen Erhöhung, und davor brannte eine dreiflammige Lampe.

Sacken ging zuerst zum Heiligenbild, bekreuzigte sich und verneigte sich bis zur Erde, dann erst wandte er sich zu mir um und sagte:

»Ihr Regimentskommandeur tritt für Sie ein. Er lobt Sie sogar, er sagt, Sie seien ein guter Offizier gewesen, aber ich kann Sie doch nicht im Dienste behalten.«

Ich antworte ihm, dass ich darum gar nicht bitte.

»Sie bitten nicht darum? Warum bitten Sie nicht?«

»Ich weiß, dass es nicht geht, und bitte nicht um etwas Unmögliches.«

»Sie sind stolz!«

»Zu Befehl, nein.«

»Warum sprechen Sie dann vom »Unmöglichen«? Es ist französischer Geist! Hochmut! Bei Gott ist alles möglich! Stolz!«

»In mir ist kein Stolz.«

»Unsinn! ... Ich sehe es. Es ist die französische Krankheit! ... Willkür! ... Sie wollen Ihren Willen durchsetzen. Aber ich kann Sie wirklich nicht behalten. Ich habe auch meine Vorgesetzten über mir ... Ihr freigeistiger Streich kann auch dem Kaiser zu Ohren kommen ... Was war das auch für ein Einfall! ...

»Der Kosak«, sage ich ihm, »hat sich durch ein schlechtes Beispiel verleiten lassen, sich bis zur Bewusstlosigkeit zu betrinken, und war, als er mich schlug, seiner Sinne nicht mächtig.«

»Und Sie haben es ihm verziehen?«

»Ja, ich konnte nicht anders! ... «

»Aus welchem Grunde?«

»Es war eine Eingebung meines Herzens.«

»Hm! ... Des Herzens! ... Im Dienste kommt erst die Pflicht und nicht das Herz ... Sie bereuen es doch wenigstens?«

»Ich konnte nicht anders.«

»Sie bereuen es also nicht?«

»Nein.«

»Und Sie bedauern es auch nicht?«

»Ihn bedauere ich wohl, mich aber nicht.«

»Und Sie würden ihm vielleicht auch zum zweiten Mal verzeihen?«

»Ich denke, zum zweiten Mal würde es mir leichter fallen.«

»So, so! ... So denken Sie also! ... Der Soldat hat ihn auf die eine Backe geschlagen, und er will ihm auch die andere anbieten.«

Ich denke mir: Halt! Untersteh dich nicht, über solche Sachen zu scherzen! – Und ich sah ihn stumm mit diesem Ausdruck an.

Er schien etwas verlegen, setzte aber gleich wieder die Generalsmiene auf und fragte:

»Wo bleibt dann Ihr Stolz?«

»Ich hatte eben die Ehre, Ihnen zu melden, dass ich keinen Stolz habe.«

»Sind Sie Edelmann?«

»Ja, ich bin adliger Abstammung.«

»Und Sie haben diesen ... noblesse oblige ... Adelsstolz nicht?«

»Nein.«

»Ein Edelmann ohne Stolz?«

92

Ich schwieg und dachte mir dabei:

– Nun, ja, ja: ein Edelmann ganz ohne Stolz. Was wirst du mit mir wohl anfangen? –

Er lässt aber nicht locker und sagt:

»Warum schweigen Sie denn? Ich frage Sie nach diesem edlen Stolz?«

Ich schwieg wieder, er fuhr aber fort:

»Ich frage Sie wieder nach dem edlen Stolz, der den Menschen erhebt. Jesus Sirach hat befohlen: ›Siehe zu, dass du einen guten Namen behaltest‹ ... «

Ich sah mich schon als entlassen und darum als frei an und antwortete ihm, dass ich im Evangelium nichts von einem edlen Stolze gelesen hätte, wohl aber vom satanischen Hochmut, der dem Herrn ein Greuel ist.

Sacken ließ mich plötzlich los und sagte:

»Bekreuzigen Sie sich! ... Hören Sie: ich befehle es Ihnen, bekreuzigen Sie sich!«

Ich bekreuzigte mich.

»Noch einmal!«

Ich bekreuzigte mich wieder.

»Noch ein drittes Mal!«

Ich bekreuzigte mich zum dritten Mal.

Nun ging er auf mich zu, bekreuzigte mich auch selbst und flüsterte:

»Sprechen Sie nicht vom Satan! Sie sind doch orthodox?«

»Ja, orthodox.«

»Ihre Paten haben sich bei Ihrer Taufe vom Satan losgesagt, auch vom Hochmut und von allen seinen Taten, und haben ihn angespuckt. Er ist ein Mörder von Anfang und der Vater der Lüge. Spucken Sie aus.«

Ich spie aus.

»Noch einmal!«

Ich spie noch einmal aus.

»Ordentlich! ... Noch ein drittes Mal!«

Ich spie aus, auch Sacken spie aus und zerrieb den Speichel mit den Füßen. So bespien wir den Satan von oben bis unten.

»Ja so! ... Und jetzt ... sagen Sie mal ... Was werden Sie anfangen, wenn Sie Ihren Abschied genommen haben?«

»Ich weiß es noch nicht.«

»Haben Sie Vermögen?«

»Nein.«

»Das ist nicht gut! Haben Sie einflussreiche Verwandte?«

»Auch nicht.«

»Das ist schlimm! Auf wen hoffen Sie noch?«

»Nicht auf die Fürsten und nicht auf die Menschensöhne: ohne Gott fällt auch nicht ein Sperling auf die Erde, und ich erst recht nicht.«

»Oho, wie belesen Sie sind ... Wollen Sie Mönch werden?«

»Zu Befehl, nein, ich will nicht.«

»Warum nicht? Ich könnte Innokentij schreiben.«

»Ich fühle keinen Beruf dazu.«

»Was wollen Sie dann?«

»Ich will nur, dass Sie nicht denken, ich hätte die empfangene Ohrfeige verschwiegen, um im Dienste zu bleiben: ich tat es einfach, um ... «

»Um Ihre Seele zu retten! Ich verstehe Sie sehr gut! Darum sage ich Ihnen auch: werden Sie Mönch.«

»Nein, ich kann nicht Mönch werden, auch dachte ich gar nicht an die Rettung meiner Seele; mich dauerte einfach der Mensch, dass er nicht zu Tode geprügelt werde.«

»Die Strafe ist oft von Nutzen. »Welchen der Herr lieb hat, den züchtiget er.« Sie haben doch alles gelesen ... Übrigens tun Sie mir doch leid. Sie leiden für Ihre Überzeugung! ... Wollen Sie in die Kommissariats-Kommission?«

»Nein, ich danke ergebenst.«

»Warum denn nicht?«

»Ich weiß nicht, wie ich es Ihnen wahrheitsgemäß erklären soll ... ich bin dazu ungeeignet.«

»Dann in die Proviantverwaltung?«

»Auch dazu bin ich ungeeignet.«

»Dann ins Zeughaus! Es kommen dort mitunter auch ehrliche Beamte vor.«

Er hat mich mit seinen Fragen einfach hypnotisiert, ich bin so schläfrig, dass ich mich kaum noch halten kann.

Sacken steht aber vor mir, nickt im Takte mit dem Kopf und zählt an den Fingern ab:

»Ist in der Schrift belesen; hat keinen edlen Stolz; ist geohrfeigt; will nicht in die Kommissariats-Kommission; will nicht in die Proviantverwaltung, will auch nicht ins Kloster! Aber ich glaube, jetzt verstehe ich, warum Sie nicht ins Kloster wollen: Sie sind verliebt?«

Ich will aber nur schlafen.

»Zu Befehl, nein, ich bin in niemand verliebt.«

»Haben auch nicht die Absicht zu heiraten?«

»Nein.«

»Warum nicht?«

»Ich habe einen schwachen Charakter.«

»Das sieht man Ihnen an! Auf den ersten Blick! Sind Sie schüchtern, fürchten Sie die Frauen, ja?«

»Manche Frauen fürchte ich.«

»Sie tun gut daran! Die Frauen sind eitel und ... es gibt auch sehr böse; aber nicht alle Frauen sind böse und nicht alle betrügen.«

»Ich fürchte, selbst Betrüger zu sein.«

»Wieso? ... Warum?«

»Ich hoffe nicht, eine Frau glücklich zu machen.«

»Warum? Fürchten Sie die Verschiedenheit der Charaktere?«

»Ja«, sage ich ihm, »die Frau kann missbilligen, was ich für gut halte, und auch umgekehrt.«

»Beweisen Sie ihr, dass Sie recht haben.«

»Man kann alles beweisen, aber das führt nur zu Streitigkeiten, und der Mensch wird dadurch schlechter und nicht besser.«

»Sie lieben die Streitigkeiten nicht?«

»Ich kann sie nicht leiden.«

»Dann gehen Sie doch, mein Lieber, ins Kloster! Was haben Sie dagegen?! Als Mönch werden Sie es ja mit Ihrer Stimmung sehr gut haben.«

»Das glaube ich nicht.«

»Warum? Warum glauben Sie das nicht? Warum?«

»Ich fühle keinen Beruf dazu.«

»Sie sind im Irrtum: Beleidigungen verzeihen, ehelos leben, – das ist ja der mönchische Beruf. Was bleiben denn sonst noch für Schwierigkeiten? Kein Fleisch essen? Ist es das, was Sie fürchten? Aber es ist doch nicht so streng ... «

»Ich esse niemals Fleisch.«

»Dafür haben Sie vorzügliche Fische.«

»Ich esse auch keine Fische.«

»Was, auch keine Fische? Warum?«

»Es ist mir unangenehm.«

»Wie kann es unangenehm sein, Fische zu essen?«

»Es ist wohl angeboren: meine Mutter aß keine geschlachteten Tiere und auch keine Fische.«

»Wie sonderbar! Sie essen also nur Pilze und Gemüse?«

»Ja, auch Milch und Eier. Es gibt ja noch viele andere Sachen, die man essen kann.«

»Nun, dann kennen Sie sich selbst nicht: Sie sind ein geborener Mönch, und man wird Sie sofort in den strengsten Orden aufnehmen. Das freut mich sehr! Das freut mich sehr! Ich will Ihnen gleich einen Brief an Innokentij mitgeben!«

»Durchlaucht, ich gehe doch nicht ins Kloster!«

»Nein, Sie gehen hin, – solche, die auch keine Fische essen, gibt es nur sehr wenige! Sie sind ein Asket! Ich schreibe gleich den Brief.«

»Schreiben Sie ihn bitte nicht: ich gehe nicht ins Kloster. Ich will mein Brot im Schweiße meines Angesichts essen!«

Vierzehntes Kapitel

Sacken verzog das Gesicht.

»Sie haben«, sagte er, »zu viel in der Bibel gelesen, lesen Sie die Bibel nicht. Das passt für die Engländer: sie sind schwach im Glauben und legen alles falsch aus. Die Bibel ist gefährlich, sie ist ein weltliches Buch. Ein Mensch mit asketischen Anlagen soll sie nicht in die Hand nehmen.«

– Mein Gott! – denke ich mir. – Was ist das für ein Peiniger!

Und ich sage ihm:

»Durchlaucht, ich habe Ihnen schon gesagt: in mir sind keinerlei asketische Anlagen.«

»Macht nichts, gehen Sie auch ohne die Anlagen ins Kloster! Die Anlagen kommen später; am wertvollsten ist, dass es Ihnen angeboren ist: Sie essen nicht nur kein Fleisch, sondern auch keine Fische. Was wollen Sie noch mehr!«

Ich verstumme. Ich verstumme und denke nur noch daran, wann er mich endlich entlassen wird, damit ich schlafen gehen kann.

Er aber legt mir seine Hände auf die Schultern, blickt mir lange in die Augen und sagt:

»Lieber Freund! Sie sind schon berufen, aber Sie verstehen es selbst noch nicht! ... «

»Ja«, antworte ich ihm, »ich verstehe es nicht!«

Ich fühle, dass mir schon alles gleich ist, dass ich sofort im Stehen einschlafen werde, darum antworte ich ihm instinktiv:

»Ich verstehe es nicht.«

»Nun, dann wollen wir«, sagte er, »zusammen vor diesem Heiligenbild eifrig beten. Dieses Bild habe ich in Frankreich, in Persien und an der Donau mitgehabt ... Viele Male fiel ich vor ihm zweifelnd nieder, und wenn ich mich erhob, war mir alles klar. Knien Sie auf dem Teppich nieder und verneigen Sie sich bis zur Erde ... Ich fange an.«

Ich kniete nieder und verneigte mich, und er begann mit andächtiger Stimme: »Eröffne mir den ewigen Rat ... «

Weiter hörte ich nichts mehr, ich fühlte nur, dass ich, sobald ich den Teppich mit der Stirn berührte, wie ein Nagel zu sinken begann, immer tiefer und tiefer zum Mittelpunkt der Erde.

Ich fühle, dass es nicht das ist, was ich brauche: ich müsste wie eine leichte Feder emporfliegen, sinke aber wie ein Nagel in die Tiefe, in das nach Goethes Worten »Unbetretene, nicht zu Betretende«.

Ich kehre nach einer längeren Weile aus der Tiefe an die Oberfläche zurück und erkenne nichts mehr: die dreiflammige Lampe brennt, in den Fenstern ist es dunkel, vor mir schläft auf dem Teppich irgendein General, zu einem Knäuel zusammengerollt.

»Was ist das für ein Ort?« Im Schlafe hatte ich alles vergessen.

Ich erhebe mich leise, setze mich auf und frage mich: Wo bin ich? Ist das wirklich ein General, oder kommt es mir nur so vor? ... Ich berühre ihn ... er ist warm; da sehe ich, dass auch er erwacht und sich rührt ... Auch er setzt sich auf und schaut mich an ... Dann sagt er:

»Was sehe ich? ... Figura!«

Ich antworte: »Zu Befehl.«

Er bekreuzigte sich und befahl auch mir:

›Bekreuzige dich!‹

Ich bekreuzigte mich.

›Wir waren doch zusammen dort?‹

›Jawohl.‹

›Wie war es da?‹

Ich sagte nichts.

›Welche Seligkeit!‹

Ich verstehe nicht, was er meint, aber er fährt glücklicherweise fort: ›Sahen Sie diese Heiligkeit?!‹

›Wo?‹

›Im Paradiese!«

›Im Paradiese? Nein‹, sage ich, ›ich war nicht im Paradiese und habe nichts gesehen.‹

›Wieso haben Sie nichts gesehen! Wir sind doch zusammen geflogen ... Dorthin ... hinauf!‹

Ich antworte, dass ich geflogen bin, doch nicht hinauf, sondern hinunter.

›Wieso, hinunter?‹

›Zu Befehl, ja.‹

›Hinunter?‹

›Zu Befehl, ja.‹

›Unten ist die Hölle!‹

›Das habe ich nicht gesehen.‹

›Hast du die Hölle nicht gesehen?‹

›Nein.‹

›Was für ein Dummkopf hat dich hereingelassen?‹

›Der Graf Osten-Sacken.‹

›Ich bin der Graf Osten-Sacken.‹

›Jetzt‹, sage ich, ›sehe ich es.‹

›Bisher hast du es nicht gesehen?‹

›Verzeihung‹, sage ich, ›mir ist, als hätte ich geschlafen.‹

»Du hast geschlafen?«

»Zu Befehl, ja.«

»Dann marsch hinaus!«

»Zu Befehl«, sage ich ihm; »aber es ist hier dunkel, und ich weiß nicht, wie ich hinaus soll.«

Sacken stand auf, öffnete mir selbst die Tür und sagte auf Deutsch:

»Zum Teufel!«

So verabschiedeten wir uns, wenn auch etwas trocken, aber seine Gnadenbeweise waren damit noch nicht zu Ende.

Fünfzehntes Kapitel

Ich war vollkommen ruhig, weil ich wusste, was mir teurer als alles war: meine Freiheit, die Möglichkeit, nach einem und nicht nach mehreren Geboten zu leben, nicht zu streiten, mich an niemand anzupassen und niemand etwas beweisen zu wollen, wenn es ihm von oben eingegeben – und ich wusste, wo ich diese Freiheit finden konnte. Ich wollte keine Stellung mehr annehmen, weder eine, wo man den edlen Stolz braucht, noch eine, wo man ganz ohne Stolz auskommen kann. Der Mensch kann in keiner Stellung er selbst sein;

er darf nichts im Voraus versprechen und dann nach seinem Versprechen handeln; ich sehe aber, dass ich verdorben bin und weder etwas versprechen kann, noch darf, denn der Sabbat ist für den Menschen und nicht der Mensch für den Sabbat ... Wenn mein Herz Mitleid fühlt, so kann ich das gegebene Versprechen auch nicht halten: wenn ich einen leidenden Menschen sehe, so beherrsche ich mich nicht und verstoße gegen den Sabbat! Im Dienste muss man eine unwankbare Festigkeit haben und sich selbst zu überreden verstehen, ich aber habe diese Gabe nicht. Ich brauche etwas ganz Einfaches ... Ich überlegte mir lange, wo ich dieses Einfache finden kann, wo ich mich nicht zu überreden brauche, und kam zum Schluss, dass es das Beste sei, die Erde zu bearbeiten.

Mich erwartete aber noch eine Belohnung.

Kurz vor meiner Abreise erklärte mir der Oberst:

»Es war doch von Nutzen für Sie, dass Sie mit Dmitrij Jerofejitsch gesprochen haben. Er war damals in bester Laune, da er sich am Morgen satt gebetet hatte; ich glaube, er hat dann auch noch mit Ihnen gebetet?«

»Gewiss«, sage ich, »wir haben gebetet.«

»Sind zusammen in den paradiesischen Gefilden gewesen? ... «

»Das heißt ... wie soll ich es Ihnen sagen ... «

»Sie sind ja ein vorzüglicher Politiker! Sie haben es auch erreicht, Sie haben ihm außerordentlich gefallen. Er lässt Ihnen sagen, dass er Ihnen auf besonderem Wege eine Pension erwirken wird.«

»Ich habe«, sage ich, »keine Pension verdient.«

»Nun, jetzt ist es zu spät, nachzurechnen, er hat schon die Eingabe gemacht, ihm wird man es nicht abschlagen.«

So bekam ich eine Pension von sechsunddreißig Rubel im Jahre, und ich beziehe sie auch jetzt noch. Die Soldaten verabschiedeten sich von mir sehr schön.

»Macht nichts«, sagten sie, »wir sind mit Ihnen, Euer Wohlgeboren, sehr zufrieden und haben uns über nichts zu beklagen. Uns ist es ganz gleich, wo wir dienen. Ihnen wünschen wir aber, Euer

Wohlgeboren, dass Sie bei uns Pope werden, um uns auf dem Schlachtfelde zu segnen.‹

So viel Gutes wünschten sie mir!

Statt ihren frommen Wünschen nachzukommen, habe ich mir aber dieses Gehöft gekauft ... Das Gehöft ist nicht groß, aber gut ... Vielleicht wird hier einmal Katrja mit ihrem Manne wirtschaften ... Die arme Katrja! Ich habe sie einmal mit ihrer Mutter unter den Pappeln des Podol-Gartens aufgelesen ... Die Mutter wollte sie in fremde Hände geben und selbst Amme bei irgendeiner Gnädigen werden. Ich wurde aber böse und sagte ihr:

›Bist du von Geburt so dumm oder verrückt? Wie denkst du nur daran, dein eigen Kind zu verlassen und herrschaftliche Kinder mit deiner Milch zu ernähren! Soll nur die feine Dame, die sie geboren, sie mit ihrer eigenen Milch großziehen: so hat es Gott geboten. Komm aber einfach zu mir und ernähre dein Kind.‹

Sie stand auf, wickelte Katrja in ihre Lumpen und ging mit mir. Sie sagte:

›Ich will gehen, wohin mich mein Schicksal führt!‹

So leben wir, ackern und säen, und wenn uns etwas fehlt, so sehnen wir uns nicht danach. Denn wir sind einfache Leute: die Mutter ist eine heimatlose Waise, die Tochter ist klein, und ich bin ein geohrfeigter Offizier, ganz ohne jeden edlen Stolz. Eine ganz traurige Figur!«

Figura ist nach meinen Informationen Ende der fünfziger oder Anfang der sechziger Jahre gestorben. In der Literatur habe ich nichts über ihn gefunden.

Interessante Männer

I

Im Hause einer mir befreundeten Familie erwartete man mit Ungeduld das Eintreffen des Februarheftes der Moskauer Zeitschrift »Mysl«. Diese Ungeduld war wohl begreiflich, weil in diesem Hefte eine neue Erzählung des Grafen Leo Tolstoi hatte erscheinen sollen. Ich kam nun fast täglich zu meinen Freunden, um das neue Werk unseres großen Dichters gleich nach Eintreffen der Zeitschrift in einer angenehmen Gesellschaft am runden Tisch beim milden Schein der Esszimmerlampe zu lesen. Gleich mir kamen auch andere intime Freunde mit der gleichen Absicht fast jeden Abend hin. Das ersehnte Heft traf endlich ein, die Tolstoische Erzählung war aber darin nicht enthalten: Ein kleiner rosa Zettel teilte den Abonnenten mit, dass die Erzählung nicht veröffentlicht werden könne. Alle waren enttäuscht und betrübt, und ein jeder zeigte es je nach seinem Charakter und Temperament: Der eine runzelte die Stirne und schwieg, der andere schimpfte, der dritte suchte nach Parallelen zwischen der Gegenwart, die wir erlebten, der Vergangenheit, deren wir gedachten, und der Zukunft, die wir ersehnten. Ich aber blätterte schweigend in der Zeitschrift und durchflog die neue Skizze Gljeb Uspenskijs, eines der sehr wenigen russischen Literaten, die immer der Wahrheit des Lebens treu bleiben und nicht den sogenannten »Richtungen« zuliebe lügen. Darum ist die Unterhaltung mit ihm immer angenehm und oft sogar nützlich.

Uspenskij schrieb diesmal über ein Gespräch mit einer älteren Dame, die ihm von der jüngsten Vergangenheit erzählt und die Meinung geäußert hatte, dass die Männer einst viel interessanter gewesen seien. In ihren engen Uniformen hätten sie zwar einen kühlen und reservierten Eindruck gemacht, dabei aber viel Begeisterung, Herzensglut, Edelsinn und andere Eigenschaften besessen, die den Menschen interessanter und anziehender machen. Alle diese Eigenschaften seien heute, meinte die Dame, nur sehr selten und oft gar nicht anzutreffen. Die Männer übten heute zwar freiere Berufe aus und kleideten sich auch viel ungezwungener, hätten zuweilen auch große Ideen im Kopfe, seien aber dabei alle nach der gleichen Form gestanzt, langweilig und uninteressant.

Die Bemerkungen der alten Dame erschienen mir durchaus treffend, und ich machte den Vorschlag, nicht länger über die Erzählung Tolstois, die wir nicht lesen könnten, zu trauern, sondern die Skizze Uspenskijs vorzunehmen. Mein Vorschlag wurde angenommen, und die von Uspenskij geäußerten Gedanken fanden allgemeine Zustimmung. Nun rückte ein jeder mit Erinnerungen und Vergleichen heraus. Unter den Anwesenden gab es einige, die den jüngst verstorbenen dicken General Rostislaw Fadejew gekannt hatten; man erzählte sich, wie ungewöhnlich interessant dieser Mann trotz seines gewöhnlichen, plumpen und wenig versprechenden Äußeren gewesen war. Wie er selbst im Alter die Aufmerksamkeit der klügsten und nettesten Damen zu fesseln vermochte und die blühendsten jungen Gecken aus dem Felde zu schlagen wusste.

»Ist es denn wirklich so erstaunlich?«, sagte ein Herr, der älter als alle Anwesenden war und wohl auch einen klareren Blick hatte. »Ist es denn für einen so klugen Mann, wie es der verstorbene Fadejew war, schwer, das Interesse einer klugen Frau zu fesseln?! Die klugen Frauen fühlen sich immer ungemütlich. Erstens gibt es ihrer nur sehr wenige, und zweitens haben sie, da sie mehr als die andern verstehen, auch größeres Leid zu tragen; daher freuen sie sich so, wenn sie auf einen wirklich klugen Mann stoßen. Hier gilt der Satz: ›Simile simili curatur‹ oder ›gaudet‹ – ich weiß nicht, was richtiger ist. Sie alle und auch die Dame, deren Worte unser Dichter anführt, wählen ihre Beispiele unter den Männern von hervorragender Begabung und Bedeutung; weit bemerkenswerter ist es aber meines Erachtens, dass man einst auch auf weit tieferen Stufen ungemein lebendige und anziehende Persönlichkeiten, die man ›interessante Männer‹ zu nennen pflegte, antreffen konnte. Auch die Damen, auf die sie solchen Eindruck machten, gehörten nicht zu den Auserwählten, die imstande sind, einen Mann mit hervorragenden Geistesgaben zu vergöttern; selbst unter den allergewöhnlichsten Durchschnittsfrauen gab es viele von hervorragender Empfindsamkeit. In ihnen war wie in tiefen Wassern eine latente Wärme enthalten. Solche Durchschnittsmenschen halte ich für viel bemerkenswerter als die Lermontowschen Charaktere, in die sich selbstverständlich jeder verlieben musste.«

»Haben Sie einmal einen solchen Durchschnittsmenschen mit der latenten Wärme der tiefen Wasser gekannt?«

»Gewiss.«

»Erzählen Sie uns also von ihm und entschädigen Sie uns auf diese Weise für die Unmöglichkeit, die Erzählung Tolstois zu lesen.«

»Als Entschädigung kann meine Erzählung natürlich nicht gelten, aber einfach zu Ihrer Unterhaltung will ich Ihnen eine Geschichte aus dem allergewöhnlichsten Offiziersmilieu zum Besten geben.«

II

Ich diente bei der Kavallerie. Das Regiment lag in mehreren Dörfern des T-schen Gouvernements in Quartier; der Regimentskommandeur und sein Stab hielten sich natürlich in der Gouvernementsstadt selbst auf. Die Stadt war auch damals schon sauber und freundlich und hatte ein Theater, einen Adelsklub und ein riesengroßes, übrigens recht unsinnig angelegtes Hotel, dessen größten Teil wir mit Beschlag belegt hatten. Die Zimmer waren sowohl von den Offizieren bewohnt, die sich ständig in der Stadt aufhielten, als auch für die Offiziere reserviert, die periodisch aus ihren Dorfquartieren in die Stadt kamen. Diese Zimmer wurden niemals an gewöhnliche Passanten vermietet. Sobald der eine Offizier auszog, kam sofort ein anderer gefahren, und diese »Offizierszimmer« waren immer besetzt.

Unser Zeitvertreib bestand natürlich im Kartenspiel und im Dienste des Bacchus, sowie auch der Göttin der Herzensfreuden.

Man spielte zuweilen – besonders im Winter, während der Wahlen zur Adelsversammlung – sehr hoch. Man spielte nicht im Klub, sondern in den Hotelzimmern, wo man die Röcke ablegen durfte und sich überhaupt ungezwungener fühlte. Auf diese Weise verbrachte man Tage und Nächte. Es gibt wohl keinen sinnloseren und öderen Zeitvertreib, und Sie können daraus wohl selbst schließen, was für Menschen wir damals waren und was für Ideen uns begeistern konnten. Wir lasen wenig und schrieben noch weniger; Letzteres nur nach großen Verlusten, wenn es galt, unsere Eltern anzulügen und von ihnen eine Extrasumme zu erpressen. Kurz und gut, man konnte von uns nichts Gutes lernen. Wir spielten teils unter uns, teils mit den durchreisenden Gutsbesitzern, die nicht viel ernster waren als wir. In den Zwischenpausen betranken wir uns, schlugen uns mit den Beamten herum und entführten Kaufmannsfrauen und Schauspielerinnen, die wir gleich darauf wieder laufen ließen.

Die Gesellschaft war furchtbar stupid und verbummelt; die Jüngeren eiferten den Älteren nach, und die einen wie die anderen zeigten nichts Gescheites und Beachtenswertes.

Über die Fragen der Ehre und des Anstandes wurde bei uns niemals gesprochen. Man trug seine Uniform und lebte nach der einmal eingeführten Sitte – man bummelte und war bemüht, Herz und Seele gegen alles Erhabene, Empfindsame und Ernste abzustumpfen. Und doch gab es auch in unserem seichten Sumpfe die »latente Wärme«, die sonst nur tiefen Wassern eigen ist.

III

Unser Regimentskommandeur war ein nicht mehr junger, sehr anständiger und guter Soldat, aber ein rauer, strenger Mensch, ganz »ohne Zartgefühl für das weibliche Geschlecht«, wie man sich damals ausdrückte. Er war einige fünfzig Jahre alt und schon zweimal verheiratet gewesen; seine zweite Frau hatte er in T. verloren und war eben im Begriff, ein junges Mädchen, das aus einer nicht sehr reichen Gutsbesitzersfamilie stammte, zu heiraten. Sie hieß Anna Nikolajewna. Dieser so gewöhnliche Name entsprach durchaus ihrer ganzen gewöhnlichen Erscheinung. Sie war von mittlerem Wuchs, weder dick noch schlank, weder hübsch noch hässlich, hatte blonde Haare, blaue Äuglein, rote Lippen, weiße Zähne, ein rundes, weißes Gesicht und je ein Grübchen in jeder rosigen Wange – mit einem Worte, ein Mädchen, das wenig Begeisterung wecken kann, eines von denen, die man »Trost des Greisenalters« zu nennen pflegt.

Unser Kommandeur lernte sie in Gesellschaft durch ihren Bruder, der bei uns als Kornett diente, kennen und hielt durch Vermittlung dieses selben Bruders um ihre Hand an.

Das wurde ganz einfach und kameradschaftlich gemacht. Er ließ den jungen Offizier zu sich ins Kabinett kommen und sagte ihm: »Hören Sie einmal, Ihre würdige Schwester hat auf mich den angenehmsten Eindruck gemacht. Sie wissen wohl selbst, wie unangenehm es mir in meinem Alter und bei meiner Position wäre, einen Korb zu bekommen. Wir beide sind aber Soldaten, und Ihre Aufrichtigkeit kann mich unmöglich verletzen. Wenn mein Antrag angenommen wird, so ist es gut. Wenn sie mir aber absagen sollte, wird es mir auch im Traume nicht einfallen, es Ihnen irgendwie übel zu nehmen. Erkundigen Sie sich also ...«

Jener erwiderte ebenso einfach: »Gut, ich werde mich erkundigen.«

»Danke.«

»Kann ich vielleicht zu diesem Zweck einen Urlaub von drei oder vier Tagen bekommen?«

»Bitte sehr, auch für eine Woche.«

»Darf mich vielleicht mein Vetter begleiten?«

Sein Vetter war ein ebenso zarter und rosiger Jüngling wie er selbst. Wir nannten ihn »Sascha die Rose«. Beide junge Leute waren gleich gewöhnlich und verdienen keine eingehende Schilderung.

Der Kommandeur fragte den Kornett: »Was brauchen Sie Ihren Vetter in dieser Familienangelegenheit?«

Der Kornett antwortet, dass er den Vetter eben für diese Familienangelegenheit brauche.

»Während ich mit den Eltern verhandeln werde«, sagt der Kornett, »wird der Vetter meine Schwester in ein Gespräch ziehen und ihre Aufmerksamkeit ablenken, bis ich mit den Eltern fertig geworden bin.«

Der Kommandeur antwortet: »Gut, fahren Sie in diesem Falle alle beide hin, ich will auch Ihrem Vetter einen Urlaub geben.«

Die beiden Kornetts fahren heim und führen den Auftrag zu voller Zufriedenheit des Kommandeurs aus. Der Bruder des jungen Mädchens kommt nach einigen Tagen zurück und meldet: »Wenn Sie wollen, können Sie bei meinen Eltern brieflich oder mündlich um die Hand meiner Schwester anhalten. Sie haben keine Absage zu gewärtigen.«

»Und wie stellt sich Ihre Schwester dazu?«

»Auch die Schwester ist einverstanden.«

»Nun, freut sie sich oder nicht?«

»Ich weiß wirklich nicht.«

»Ist sie wenigstens zufrieden oder eher unzufrieden?«

»Um die Wahrheit zu sagen, hat sie überhaupt nichts geäußert. Sie sagte nur zu den Eltern: Ganz wie Sie es befehlen, ich will mich Ihnen fügen.«

»Es ist ja sehr schön, dass sie das sagte, aber man kann doch in den Augen und im Gesicht lesen, was sich ein junges Mädchen dabei denkt!«

Der Kornett entschuldigt sich und sagt, er sei als Bruder an das Gesicht seiner Schwester so gewöhnt, dass er darin nicht zu lesen verstünde und den Ausdruck ihrer Augen nicht beobachtet habe; darum könne er darüber nichts Bestimmtes sagen.

»Aber Ihr Vetter hat doch etwas bemerken können. Haben Sie denn nicht auf der Rückfahrt mit ihm darüber gesprochen?«

»Nein«, antwortet jener, »wir haben darüber nicht sprechen können: Ich wollte Ihnen die Antwort so schnell wie möglich überbringen, mein Vetter ist aber noch dort geblieben, und ich habe die Ehre, Ihnen gehorsamst zu melden: Er ist plötzlich erkrankt, und wir haben sofort seine Eltern benachrichtigt.«

»So! Was hat er denn?«

»Es war eine plötzliche Ohnmacht und ein Schwindelanfall.«

»Eine echte Mädchenkrankheit. Schön. Ich danke Ihnen. Da wir nun miteinander so gut wie verwandt sind, bitte ich Sie, mit mir heute zu Mittag zu essen.«

Beim Mittagessen fragt er ihn immer nach dem Vetter aus: Was der für ein Mensch sei, wie seine Eltern sich zu ihm verhielten, unter welchen Umständen er in Ohnmacht gefallen sei. Dabei schenkt er dem jungen Mann immer wieder Wein ein und macht ihn so betrunken, dass der Kornett sich wohl sicher verschnappt hätte, hätte er etwas gewusst. Glücklicherweise lag aber nichts vor, und der Kommandeur heiratete bald darauf Anna Nikolajewna. Wir alle waren bei der Hochzeit und tranken Bier und Wein. Die beiden Kornette – der Bruder und der Vetter – waren Brautführer, und man konnte keinem von den Beteiligten auch nur das Geringste anmerken. Die jungen Leute setzten ihr flottes Leben fort, unsere Kommandeuse aber wurde von Tag zu Tag voller und begann seltsame Gelüste zu äußern. Der Kommandeur freute sich darüber und bemühte sich, alle ihre Wünsche zu befriedigen, und die beiden jungen Leute – der Bruder und der Vetter – suchten ihn darin noch zu übertreffen. Wegen jeder Kleinigkeit schickte man eine Troika nach Moskau. Ihr Appetit war aber nicht auf irgendwelche ausgesuchte Leckerbissen, sondern auf ganz gewöhnliche Dinge gerichtet, doch auf solche, die schwer zu beschaffen waren: Bald verlangte sie nach Suhan-Datteln, bald nach griechischer Chalwa, mit einem Worte nach lauter einfachen und kindlichen Dingen, wie sie auch selbst einen durchaus kindlichen Eindruck machte. Endlich kam für sie die schwere Stunde, und man ließ aus Moskau eine Hebamme kommen. Ich erinnere mich noch, dass diese Hebamme in die Stadt just um die Stunde gefahren kam, als man in allen Kirchen zur Abendmesse läutete, was unsere Heiterkeit erregte: »Schaut nur, die weise Frau wird mit Glockengeläute begrüßt! Was für Freuden wird sie uns wohl bringen?« Und wir warteten auf das Ereignis mit solcher Spannung, wie wenn das ganze Regiment daran beteiligt wäre. Indessen geschah aber etwas ganz Unerwartetes.

IV

Wenn Sie bei Bret-Harte gelesen haben, welches Interesse ein Häuflein Vagabunden in der amerikanischen Wüste für die Niederkunft einer fremden Frau zeigte, so werden Sie auch das Interesse begreifen, mit dem wir, verbummelte Offiziere, die Niederkunft unserer jungen Kommandeuse erwarteten. Diesem Ereignis maßen wir große Bedeutung bei und fassten den Beschluss, die Geburt des Kindes durch ein Trinkgelage zu feiern. Wir gaben unserem Restaurateur den Auftrag, einen ordentlichen Vorrat an Sekt bereitzuhalten. Um aber inzwischen die Zeit totzuschlagen, setzten wir uns beim Abendläuten an die Kartentische.

Ich wiederhole, das Kartenspiel war für uns eine Beschäftigung, eine Gewohnheit, eine Arbeit und das beste uns bekannte Mittel gegen Langeweile. Das Spiel begann an diesem Abend auf die gleiche Weise wie an den vorhergegangenen. Die älteren Offiziere, die Rittmeister und die Stabsrittmeister mit den ersten grauen Haaren in den Schnurrbärten und an den Schläfen machten den Anfang. Sie setzen sich an die Kartentische just in dem Augenblick, als man zur Abendmesse zu läuten anfing und die Bürger, einander mit großem Respekt begrüßend, in die Kirchen zogen, um zu beichten, und zu kommunizieren: Das Ereignis, von dem ich spreche, spielte sich am Freitag in der sechsten Fastenwoche ab.

Die Rittmeister blickten diesen guten Christen und auch der Hebamme nach, die gerade in die Stadt einzog, wünschten ihnen allen in ihren einfältigen Soldatenherzen Glück und Erfolg, ließen in dem größten Hotelzimmer die grünen Kattunvorhänge herunter, zündeten die Leuchter an und setzten sich an die Arbeit.

Die Jugend machte indessen noch einige Touren durch die Straßen, wechselte im Vorbeigehen Blicke mit den Kaufmannstöchtern und erschien, als es schon ganz dunkel war, im selben Hotelzimmer.

Ich kann mich gut an diesen Abend, und wie er diesseits und jenseits der grünen Vorhänge verlief, erinnern. Draußen war es wunderschön. Der heitere Märztag war im schönsten Abendrot verglommen; die Pfützen, die während des Tages aufgetaut waren, überzogen sich wieder mit einer Eiskruste; es wurde frisch und kühl, in der Luft aber schwebte schon der Duft des Frühlings, und in der Höhe sangen die Lerchen. Die Kirchen waren halb beleuchtet, und die von ihren Sünden erlösten Beichtenden kamen einzeln heraus. Ganz langsam, ohne mit jemandem zu sprechen, gingen sie durch die Gassen und verschwanden stumm in den Häusern. Sie alle waren nur um das eine besorgt: jeder Ablenkung aus dem Weg zu gehen und den Frieden, der ihre Herzen erfüllte, nicht zu verlieren.

In der ganzen Stadt, die ja auch sonst nicht sehr belebt war, wurde es auf einmal still. Die Haustore wurden abgesperrt, hinter den Zäunen erklirrten die Ketten der Hofhunde, und alle kleinen Wirtshäuser wurden geschlossen; nur vor dem von uns besetzten Hotel standen noch immer zwei Mietsdroschken mit ausgesucht schönen Pferden, in Erwartung, dass wir sie noch zu irgendeinem Zweck brauchen würden.

Auf der hart gefrorenen Schneedecke der großen Straße klapperte plötzlich ein mit drei Pferden bespannter Reiseschlitten. Er hielt vor dem Hotel, ihm entstieg ein uns unbekannter schlanker Herr in einem Bärenpelz mit langen Ärmeln und erkundigte sich, ob noch ein Zimmer frei sei.

Das geschah gerade in dem Augenblick, als ich und noch zwei junge Offiziere vom letzten Rundgang durch die Straßen, in deren Fenstern nochmals die spröden Kaufmannstöchter erschienen, ins Hotel zurückkehrten.

Wir hörten, wie der Neuankömmling ein Zimmer verlangte und wie der Zimmerkellner Marko, der ihn mit »Awgust Matwejitsch« anredete, seine Frage beantwortete; »Ich wage es nicht, Sie anzulügen und zu sagen, dass wir kein Zimmer haben. Wir haben wohl ein Zimmer, aber ich weiß wirklich nicht, ob es Ihnen passen wird.«

»Was ist denn damit?«, fragte der Gast. »Ist es schmutzig oder voller Wanzen?«

»Nein, Sie wissen doch selbst, dass wir bei uns keinen Schmutz und keine Wanzen dulden. Wir haben aber sehr viel Offiziere im Hause.«

»Machen die solchen Lärm?«

»Ja, Sie können es sich wohl selbst denken: Es sind lauter Junggesellen, die immer auf und ab rennen und pfeifen ... Ich muss es Ihnen sagen, damit Sie uns später keine Vorwürfe machen ... Wir können ja die jungen Leute nicht bändigen.«

»Das wäre ja nicht schlecht! Selbstverständlich darf sich niemand unterstehen, Offizieren Ruhe zu gebieten! Was wäre das für ein Leben? ... Ich bin müde und glaube, dass ich schon irgendwie einschlafen werde.«

»Natürlich werden Sie einschlafen. Ich musste aber Euer Gnaden für jeden Fall darauf aufmerksam machen. Darf ich das Gepäck und das Bettzeug hinauftragen?«

»Trag es nur hinauf, mein Bester. Ich komme direkt aus Moskau, habe mich unterwegs nirgends aufgehalten und bin so müde, dass mich wohl kein Lärm wecken wird.«

Der Kellner führte den Gast hinauf, und wir begaben uns in das größte Zimmer, das dem Schwadrons-Rittmeister gehörte. Hier war unsere ganze Gesellschaft versammelt mit Ausnahme des Vetters der Kommandeuse: Er klagte über Unwohlsein, wollte weder trinken noch spielen und ging immer den Korridor auf und ab.

Der Bruder der Kommandeuse hatte an unserer Fensterparade teilgenommen und sich gleich uns an den Kartentisch gesetzt, Sascha aber blickte nur einmal in das Spielzimmer herein und begann dann wieder im Korridor auf und ab zu gehen.

Er machte einen seltsamen Eindruck, so dass wir auf ihn aufmerksam werden mussten. Er schien entweder krank oder verstimmt; wenn man ihn aber genauer ansah, schien keines von beiden der Fall zu sein. Er machte nur den Eindruck, wie wenn er im Geiste irgendwo weit von uns allen schweifte und an etwas, was uns allen fremd und ferne lag, dächte. Wir sagten im Scherze: »Du hast dich wohl in die Hebamme vergafft!«, legten aber seinem Benehmen keine große Bedeutung bei. Er war ja noch sehr jung und den beliebten Offizierstrank »aus neun Elementen« nicht gewohnt. Es war sehr wahrscheinlich, dass sein Zustand nur eine Folge der vorhergehenden Trinkgelage war. Im Spielzimmer war es wie immer so vollgeraucht, dass man leicht Kopfweh bekommen konnte; schließlich war es auch möglich, dass seine Finanzen zerrüttet waren: Er hatte in der letzten Zeit sehr hoch gespielt und größere Summen verloren. Er hatte aber gewisse moralische Grundsätze und scheute sich, seinen Eltern mit solchen Dingen zu kommen.

Wir ließen also den jungen Mann in dem mit einem Tuchläufer belegten Korridor auf und ab gehen. Wir selbst aber spielten, tranken und aßen, stritten und lärmten und dachten weder an die späte Stunde noch an das freudige Ereignis, das im Hause des Kommandeurs erwartet wurde. Diese Vergessenheit wurde vollständig, als sich bald nach Mitternacht etwas ereignete, wobei der unbekannte Gast, der, wie gesagt, vor unseren Augen dem Reiseschlitten entstiegen war, die Hauptrolle spielte.

V

Gegen zwei Uhr nachts erschien in unserem Spielzimmer der Zimmerkellner Marko und meldete nach einigem Zögern, dass der eben eingetroffene fürstliche Generalbevollmächtigte sich höflichst entschuldige und anfrage, ob die Herren Offiziere ihm gestatten möchten, zu ihnen zu kommen und am Kartenspiel teilzunehmen; er könne nämlich nicht einschlafen und langweile sich.

»Kennst du denn den Herrn?«, fragte der älteste Offizier.

»Aber ich bitte Sie! Wie sollte ich denn Awgust Matwejitsch nicht kennen? Man kennt ihn nicht nur hier, sondern in ganz Russland, überall wo der Fürst seine Güter hat. Awgust Matwejitsch ist sein Generalbevollmächtigter, verwaltet alle fürstlichen Güter und Besitztümer, und sein Gehalt allein beträgt an die vierzigtausend Rubel im Jahre.« (Damals rechnete man noch nach Assignaten.)

»Ist er Pole?«

»Er stammt wohl von Polen ab, ist aber ein wirklich vornehmer Herr und war einmal selbst Offizier.«

Wir alle hielten den Kellner, der uns das meldete, für zuverlässig und uns ergeben. Er war intelligent und sehr religiös; er ging jeden Morgen zur Frühmesse und sparte Geld, um seinem Heimatorte eine Kirchenglocke zu stiften.

Als Marko sah, dass wir uns für den Fremden interessierten, berichtete er uns noch mehr: »Awgust Matwejitsch kommt jetzt direkt aus Moskau. Man sagt, dass er eben zwei fürstliche Güter bei der Vormundschaftsbank verpfändet hat. Er wird wohl eine nette Summe bei sich haben und möchte sich gerne zerstreuen.«

Die Offiziere wechselten Blicke, flüsterten miteinander und erklärten: »Nun, soll er nur die Dukaten aus seinem Beutel in unsere Taschen umquartieren. Der neue Mensch soll nur kommen und neues Leben in unsere Gesellschaft bringen!«

»Garantierst du uns auch dafür«, fragten wir den Zimmerkellner, »dass er das Geld bei sich hat?«

»Aber erlauben Sie! Awgust Matwejitsch hat immer Geld bei sich.«

»Wenn es sich so verhält, so soll er nur mit seinem Gelde kommen. Nicht wahr, meine Herren?«, wandte sich der älteste Rittmeister an uns alle.

Alle erklärten sich einverstanden.

»Schön. Sag ihm also, Marko, dass wir ihn bitten lassen.«

»Zu Befehl.«

»Deute ihm aber an oder sage es ihm auch geradeaus, dass wir, obwohl wir Kameraden sind, auch unter uns nur um bares Geld spielen. Es gibt bei uns weder Kreide noch Kredit.«

»Zu Befehl. Sie können aber unbesorgt sein: Er hat immer Geld.«

»Gut, wir lassen bitten.«

Nach einer ganz kurzen Weile, die für einen Mann, der kein besonderer Stutzer ist, eben genügt, um sich umzuziehen, geht die Türe auf, und in unserer Rauchwolke erscheint ein schlanker, wohlgebauter, nicht mehr junger Herr von höchst anständigem Aussehen. Er trägt Zivil, hält sich aber wie ein Militär, man könnte beinahe sagen, wie ein Gardeoffizier, das heißt kühn, selbstbewusst, nicht ohne eine träge Grazie und Blasiertheit, wie es damals Mode war. Sein Gesicht ist hübsch, seine Züge sind darin ebenso streng und regelmäßig verteilt wie die Ziffern auf dem Metallzifferblatt einer englischen Standuhr von Graham. Alles bewegt sich darin so abgemessen wie die Zeiger auf einer solchen Uhr. Er ist auch so lang wie eine Standuhr, und seine Stimme klingt wie ein Grahamsches Schlagwerk.

»Meine Herren, ich bitte um Vergebung, dass ich in Ihren Freundeskreis eingedrungen bin. Ich heiße so und so, eile aus Moskau nach Hause, bin aber sehr müde und wollte hier ausschlafen. Da hörte ich Ihre Stimmen, und die Ruhe floh meine Augenlider. Ich fühlte mich wie ein altes Kriegsross von Kampfeslust beseelt und danke Ihnen aufrichtig, dass Sie mich in Ihren Kreis aufnehmen wollen.«

Man antwortet ihm: »Wir bitten recht schön! Wir sind einfache Menschen und machen keine großen Zeremonien. Wir sind unter uns Kameraden und halten uns ganz ungezwungen.«

»Einfachheit«, antwortet er, »ist das Schönste in der Welt: Gott liebt sie, und in ihr liegt die ganze Poesie des Lebens. Ich war ja einmal selbst beim Militär. Obwohl ich aus Familienrücksichten den Dienst quittieren musste, bin ich den militärischen Sitten doch treu geblieben und hasse alles Zeremonielle. Sie haben aber, wie ich sehe, Ihre Röcke an, und hier ist es doch so heiß?«

»Offen gestanden, haben wir die Röcke erst unmittelbar vor Ihrem Erscheinen angezogen.«

»Sie sollten sich schämen! Das befürchtete ich ja eben. Da Sie aber schon einmal so freundlich waren, mich aufzunehmen, so können Sie mir gleich bei Beginn unserer Bekanntschaft eine große Freude machen, wenn Sie die Röcke wieder ablegen und sich ebenso ungezwungen fühlen, wie vor meinem Erscheinen.«

Die Offiziere ließen sich überreden und saßen bald in Hemdsärmeln da; dasselbe verlangten sie aber auch vom Unbekannten. Awgust Matwejitsch schlüpfte flink aus seiner elegant zugeschnittenen Joppe, die in den Ärmeln mit blauer Seide gefüttert war, und erklärte sich bereit, unsere Bekanntschaft mit einem Gläschen Schnaps einzuweihen.

Alle tranken mit und gedachten bei dieser Gelegenheit des Vetters Sascha, der noch immer im Korridor auf und ab ging.

»Gestatten Sie«, sagte man dem Gast, »hier fehlt einer von den Unsrigen. Wir müssen ihn holen!«

Awgust Matwejitsch fragte: »Sie vermissen wohl den interessanten jungen Kornett, der in so rührender Versunkenheit im Korridor auf und ab geht?«

»Ja, diesen. Ruft ihn doch her, meine Herren!«

»Er will nicht kommen.«

»Was für Dummheiten ... ! Er ist sonst ein so lieber junger Kamerad und hat in der Wissenschaft des Trinkens und Kartenspiels schon so schöne Fortschritte gezeigt; heute ist er uns aber plötzlich untreu geworden und benimmt sich so dumm. Meine Herren, bringt ihn mit Gewalt her!«

Viele protestierten, und es wurde die Meinung laut, dass Sascha vielleicht tatsächlich krank sei.

»Was euch nicht einfällt! Ich setze meinen Kopf ein, dass er einfach müde ist oder den letzten großen Verlust noch nicht verschmerzen kann.«

»Hat der Kornett viel verloren?«

»Ja, in der letzten Zeit hat er immer Pech gehabt. Er war irgendwie aufgeregt und verlor jeden Einsatz.«

»Was Sie nicht sagen! So was kommt allerdings vor. Er sieht aber so aus, wie wenn er weniger Unglück im Spiel als Unglück in der Liebe hätte.«

»Haben Sie ihn denn gesehen?«

»Gewiss. Ich habe sogar Gelegenheit gehabt, ihn mir sehr genau anzusehen. Er ist so sehr in Gedanken versunken, dass er vorhin aus Versehen in mein Zimmer statt in das seinige eintrat, mich auf dem Bette gar nicht liegen sah, direkt auf die Kommode zuging und etwas zu suchen begann. Ich glaubte sogar, dass es ein Schlafwandler sei, und rief Marko herbei.«

»Seltsam!«

»Als Marko ihn fragte, was er bei mir zu suchen habe, verstand er im ersten Augenblick gar nicht, was man von ihm wolle. Und als er seinen Irrtum einsah, wurde er furchtbar verlegen ... Ich gedachte der alten Zeiten und sagte mir gleich: Der muss eine Herzensaffaire haben!«

»Ach was, Herzensaffaire! Das wird wohl bald vergehen. Bei Ihnen in Polen misst man solchen Gefühlsduseleien viel zu viel Bedeutung bei; wir Moskowiter sind aber ein rohes Volk.«

»Ja, der junge Mann sieht aber gar nicht roh aus; im Gegenteil, er scheint mir sehr empfindsam und furchtbar erregt.«

»Er ist einfach müde, und unsere Lebensphilosophie lehrt, dass man in einem solchen Falle Gewalt anwenden muss. Meine Herren, zwei von Ihnen möchten hinausgehen und Sascha herbringen: Soll er sich nur gegen die Beschuldigung, dass er hoffnungslos verliebt sei, verteidigen.«

Zwei Offiziere gingen in den Korridor und kamen mit Sascha zurück, auf dessen jugendlichem Gesicht Müdigkeit, Verlegenheit und ein Lächeln miteinander kämpften.

Er sagte, er fühle sich tatsächlich unwohl und es rege ihn auf, dass man von ihm Rechenschaft fordere. Als man ihm im Scherz sagte, dass auch der »fremde Herr« der Ansicht sei, es handle sich wohl um eine Liebesaffaire, wurde Sascha plötzlich über und über rot, warf unserem Gast einen unsagbar gehässigen Blick zu und rief erbost aus: »Unsinn!«

Er bat um Erlaubnis, auf sein Zimmer zu gehen und sich schlafen zu legen. Wir erinnerten ihn aber daran, dass heute ein wichtiges Ereignis bevorstehe, das wir alle gemeinsam begrüßen wollten; es sei daher unstatthaft, die Gesellschaft zu verlassen. Als er vom »Ereignis« hörte, erbleichte er wieder.

Man sagte ihm: »Du darfst nicht fortgehen; trinke deinen Schnaps, und wenn du nicht mitspielen willst, so ziehe deinen Rock aus und lege dich hier aufs Sofa. Wenn dort das Kind zu schreien beginnt, werden wir es hier hören und dich wecken.«

Sascha gehorchte, jedoch nicht ganz; er trank seinen Schnaps, zog aber den Rock nicht aus und legte sich nicht hin, sondern setzte sich in den Schatten am Fenster, aus dem, da es nicht ganz dicht war, ein frischer Hauch ins Zimmer zog, und begann auf die Straße hinauszuschauen.

Ich weiß wirklich nicht, ob er auf jemanden wartete oder ob ihn irgendetwas innerlich beunruhigte; jedenfalls blickte er unverwandt auf die Straßenlaterne, die im Winde schwankte und flackerte, warf sich bald in die Tiefe des Sessels zurück und machte dann wieder den Eindruck, wie wenn er aufspringen und davonrennen wollte.

Unser Gast, neben den ich zu sitzen kam, merkte, dass ich Sascha beobachtete, und beobachtete ihn auch selbst. Ich musste es seinen Blicken anmerken und auch seinen höchst unpassenden Worten, die ich mein Leben lang nicht vergessen werde: »Sind Sie mit dem jungen Kameraden gut befreundet?«

Bei diesen Worten streifte er den niedergeschlagenen Sascha mit einem schnellen Blick.

»Selbstverständlich!«, antwortete ich mit dem ganzen Eifer meiner Jugend, die in dieser Frage eine allzu plumpe Vertraulichkeit erblickt hatte.

Awgust Matwejitsch bemerkte meine Aufregung und drückte mir unter dem Tisch stumm die Hand. Ich blickte sein hübsches, ruhiges Gesicht an und musste wieder an die gleichmütige englische Standuhr im langen Gehäuse mit dem Grahamschen Werk denken. Jeder Zeiger bewegt sich in der ihm vorgeschriebenen Richtung und registriert Stunden und Tage, Minuten und Sekunden, die Phasen des Mondes und die Tierkreiszeichen, das Zifferblatt aber ist kühl und teilnahmslos: Die Uhr zeigt alles, merkt sich alles und bleibt dabei selbst unveränderlich. Awgust Matwejitsch versöhnte mich durch seinen freundlichen Händedruck; dann fuhr er fort: »Seien Sie mir nicht böse, junger Mann. Glauben Sie mir: Ich will von Ihrem Freund nichts Böses sagen, ich habe aber schon manches erlebt, und sein Zustand flößt mir seltsame Gedanken ein ... «

»Wie meinen Sie das?«

»Sein Zustand erscheint mir – wie soll ich es Ihnen sagen? – irgendwie verhängnisvoll. Er rührt und beunruhigt mich.«

»So, er beunruhigt Sie?«

»Ja, er beunruhigt mich.«

»Nun, ich kann Ihnen versichern, dass Ihre Unruhe grundlos ist. Ich kenne alle Verhältnisse meines Freundes und bürge dafür, dass in ihnen nichts enthalten ist, was seinen Lebensfaden verwirren oder zerreißen könnte.«

»Zerreißen!«, wiederholte er. »C'est le mot! Das ist das richtige Wort: den Lebensfaden zerreißen!«

Diese Worte machten auf mich einen unangenehmen Eindruck. Warum hatte ich nur diesen Ausdruck gewählt, an den sich der Fremde gleich festklammern konnte.

Awgust Matwejitsch machte auf mich plötzlich den unangenehmsten Eindruck, und ich blickte feindselig auf sein präzises Grahamsches Zifferblatt. Ich sah darin etwas Harmonisches und zugleich Drückendes und Unwiderstehliches. Das Werk läuft gleichmäßig, lässt in bestimmten Abständen seine metallischen Schläge erklingen und läuft unverändert weiter. Alles, was der Mann anhat, ist von erster Qualität: Sein Hemd ist unvergleichlich feiner und weißer als unsere Hemden, und unter den weißen Manschetten leuchtet wie Blut eine rotseidene Jacke hervor. Es sieht so aus, wie wenn er unter den Kleidern keine Haut am Leibe hätte. Am Handgelenk tragt er aber ein goldenes Damenarmband, das bald nach unten rutscht und bald im Ärmel verschwindet. Ich lese darauf den in polnischen Schriftzeichen gravierten russischen Frauennamen »Olga«.

Diese »Olga« erregt mein Missfallen. Wer sie auch sei – seine Verwandte oder seine Geliebte –, ich muss mich über sie ärgern.

Warum? Ich weiß es nicht. Es war wohl eine von den zahllosen Dummheiten, die uns, niemand weiß woher, in den Sinn kommen, um »die Gedanken des Sterblichen zu verwirren«.

Ich will mich von der unangenehmen Wirkung des Wortes »zerreißen«, das ich selbst zuerst gebraucht habe und dem er einen mir durchaus unerwünschten Sinn unterschiebt, befreien und sage: »Es tut mir leid, dass ich mich so ausgedrückt habe; das von mir gebrauchte Wort kann aber gar nicht die Bedeutung haben, die Sie ihm beilegen. Mein Freund ist jung, vermögend, der einzige Sohn seiner Eltern und der Liebling aller ... «

»Ja, ja, und doch gefällt er mir nicht.«

»Ich verstehe Sie nicht.«

»Er ist doch sterblich.«

»Selbstverständlich, wie Sie und ich, wie alle Menschen.«

»Sehr richtig, von den andern Menschen weiß ich aber nichts, und von uns beiden trägt keiner die verhängnisvollen Zeichen, die ich an ihm sehe.«

»Was für verhängnisvolle Zeichen meinen Sie?«

Ich lachte ziemlich unerzogen auf.

»Warum lachen Sie darüber?«

»Entschuldigen Sie, ich will wohl zugeben, dass mein Lachen unpassend ist; versetzen Sie sich aber in meine Lage: Wir betrachten beide das gleiche Gesicht, und Sie erzählen mir, dass Sie darin etwas Ungewöhnliches wahrnehmen, während ich darin nur das sehe, was ich immer gesehen habe.«

»Was Sie immer gesehen haben? Das kann nicht sein.«

»Ich versichere es Ihnen.«

»Das hypokratische Gesicht!«

»Das verstehe ich nicht.«

»Sie verstehen es nicht? Es gibt doch einen solchen ›agent psychique‹!«

»Ich verstehe es nicht«, sagte ich und fühlte zugleich, wie mir dieses Wort irgendeine dumme Angst einjagte.

»Agent psychique oder das hypokratische Gesicht ist ein unerklärliches, seltsames Zeichen, das den Menschen längst bekannt ist. Diese unfassbaren Züge erscheinen auf den Gesichtern der Menschen nur in jenen verhängnisvollen Augenblicken ihres Lebens, wenn sie eben im Begriff sind, den großen Schritt in das Land zu machen, aus dem noch kein Wanderer zurückgekehrt ist ... Die Schotten und die Hindus der Blauen Berge haben für diese Züge einen besonders scharfen Blick.«

»Waren Sie denn je in Schottland?«

»Ja, ich habe dort die Landwirtschaft studiert; ich bin auch in Indien gewesen.«

»Und Sie behaupten, dass Sie diese verdammten Zeichen auf dem Gesicht unseres guten Sascha sehen?«

»Ja, wenn dieser junge Mann heute noch Sascha heißt, so wird er wohl bald anders heißen.«

Ich fühlte mich plötzlich von einer namenlosen Angst erfasst und war sehr froh, dass in diesem Augenblick einer von unseren Offizieren, der schon recht angeheitert war, auf mich zuging und fragte:

»Was hast du? Worüber streitest du mit diesem Herrn?«

Ich antwortete, dass wir uns gar nicht stritten, sondern uns nur über sehr seltsame Dinge unterhielten. Und ich erzählte ihm kurz alles, worüber ich eben mit dem Polen gesprochen hatte.

Der Offizier, ein einfacher und entschlossener Bursche, warf einen Blick auf Sascha und sagte: »Er sieht tatsächlich schlecht aus!« Darauf wandte er sich an Awgust Matwejitsch und fragte ihn ziemlich barsch: »Was sind Sie eigentlich: ein Phrenologe oder ein Wahrsager?«

Jener antwortete: »Ich bin weder Phrenologe noch Wahrsager.«

»Sondern weiß der Teufel was?«

»Ich bin auch nicht ›weiß der Teufel was‹!«, erwiderte jener ruhig.

»Was sind Sie dann: ein Zauberer?«

»Auch kein Zauberer.«

»Was denn?«

»Mystiker.«

»Ach so, Mystiker – Whistiker! Sie lieben wohl Whist zu spielen. Solche Mystiker kenne ich gut«, sagte der Offizier gedehnt. Obwohl er ohnehin schon betrunken war, wandte er sich wieder den Getränken zu.

Awgust Matwejitsch blickte ihm halb bedauernd und halb verachtungsvoll nach. Die Zeiger auf seinem Zifferblatt hatten sich verschoben; er stand auf und ging zu den Spielenden, die polnischen Verse Krasinskis vor sich hinmurmelnd: »Ich will keinen Gott, ich will keinen Himmel ... «

Mir wurde es plötzlich so unheimlich zumute, wie wenn ich mit dem berühmten Zauberer Pan Twardowski gesprochen hätte. Um mir neuen Mut zu machen, trat ich an den Tisch, auf dem die Schnäpse standen, und unterhielt mich eine Weile mit dem Kameraden, der vorhin die Bedeutung des Wortes Mystiker erläutert hatte. Und als ich nach einiger Zeit, wie von einer Welle erfasst, zum Kartentisch geworfen wurde, hielt der Pole schon die Bank.

Auf dem Tische vor ihm waren Riesensummen von Gewinnen und Verlusten angekreidet, und alle Gesichter drückten Feindseligkeit gegen ihn aus, die sich auch in allerlei dummen Bemerkungen äußerte. Die Situation wurde von Augenblick zu Augenblick gespannter, und man befürchtete ernste Unannehmlichkeiten.

Es erschien mir ganz unmöglich, dass die Sache ohne Zwischenfall ablaufen könnte: Ein böses Ende schien vom Schicksal beschieden.

VI

Als ich wieder am Kartentisch stand, bemerkte jemand wie nebenbei zu Awgust Matwejitsch, dass ihm das Armband, das auf seinem Handgelenk hin und herrutschte, beim Bankhalten hinderlich sein müsse. Und er fügte dem noch hinzu: »Vielleicht wäre es besser, wenn Sie diesen Frauenschmuck ablegten.«

Awgust Matwejitsch bewahrte aber seine Ruhe und antwortete: »Es wäre freilich besser, wenn ich ihn ablegen könnte, ich kann aber Ihrem guten Rat nicht folgen: Das Armband ist festgenietet.«

»Ein seltsamer Einfall, einen Sklaven zu spielen!«

»Warum auch nicht? Als Sklave fühlt man sich zuweilen gar nicht schlecht.«

»So! Das haben also auch die Polen schon eingesehen!«

»Gewiss. Was mich betrifft, so habe ich vom ersten Tage an, an dem mir die Begriffe des Guten, Wahren und Schönen verständlich geworden sind, anerkannt, dass diese Ideale wert sind, über die Gefühle und den Willen des Menschen zu herrschen.«

»Wo finden Sie aber diese Ideale vereint?«

»Natürlich nur im schönsten Geschöpfe Gottes – im Weibe.«

»Das den Namen Olga trägt«, scherzte jemand, nachdem er die Inschrift auf dem Armband gelesen.

»Ja, Sie haben es erraten: Meine Frau heißt Olga. Es ist doch ein schöner russischer Name, nicht wahr? Besonders, wenn man bedenkt, dass die Russen ihn nicht wie die andern Dinge den Griechen entlehnt, sondern schon in ihrer eigenen Umgangssprache vorrätig hatten.«

»Sind Sie mit einer Russin verheiratet?«

»Ich bin Witwer. Das große Glück, dessen ich würdig befunden war, war zu groß und zu vollständig, um dauernd zu sein. Ich finde aber auch heute noch mein höchstes Glück in der Erinnerung an die Russin, die auch ihrerseits ihr Glück an meiner Seite gefunden hat.«

Die Offiziere wechselten Blicke. Seine Antwort erschien ihnen irgendwie doppelsinnig und verletzend.

»Hol ihn der Teufel!«, sagte jemand. »Will dieser Fremde damit vielleicht sagen, dass die Herren Polen ganz besonders nett und ritterlich sind, so dass jede Russin sich in sie verlieben muss?«

Awgust Matwejitsch hatte das sicher gehört; er blickte auch schweigend auf denjenigen, der es gesagt hatte, lächelte und fuhr fort, mit Seelenruhe die Karten zu verteilen. Er machte die Sache durchaus einwandfrei und korrekt. Die Pointierenden verfolgten mit der größten Aufmerksamkeit alle seine Bewegungen, konnten aber nichts Verdächtiges wahrnehmen. Jeder Verdacht wäre auch sinnlos gewesen, da Awgust Matwejitsch viel verloren hatte. Gegen vier Uhr hatte er schon über zweitausend Rubel bezahlt. Als er mit allen abgerechnet hatte, sagte er:

»Wenn die Herren weiterspielen wollen, setze ich noch einen Tausender ein.«

Die Offiziere, die gewonnen hatten, hielten es für unschicklich, seinen Vorschlag zurückzuweisen, und erklärten sich bereit, weiter zu pointieren.

Einige wandten sich weg und sahen sich die Banknoten, die sie von Awgust Matwejitsch erhalten hatten, genauer an.

Alles stimmte: Die Banknoten waren zweifellos echt.

»Ich muss aber bemerken, meine Herren«, sagte er, »dass ich keine kleineren Noten einsetzen kann: Ich habe sie alle ausgegeben. Ich habe aber Scheine zu fünfhundert und zu tausend Rubel und möchte Sie bitten, mir einige davon zu wechseln.«

»Das lässt sich wohl machen«, antwortete man ihm.

»In diesem Falle werde ich gleich die Ehre haben, Ihnen zwei größere Scheine vorzulegen und Sie zu bitten, sie zu untersuchen und zu wechseln.«

Mit diesen Worten stand er auf, ging zu seinem Rock, der auf dem Sofa neben dem geistesabwesenden Sascha lag, und begann in den Taschen zu suchen. Das dauerte auffallend lange. Awgust Matwejitsch warf plötzlich den Rock fort, griff sich mit der Hand an die Stirne, schwankte und fiel beinahe um.

Alle merkten diese Bewegung, und sie erschien so echt und ungekünstelt, dass Awgust Matwejitsch in vielen lebhaftes Mitgefühl weckte. Zwei oder drei Herren, die in seiner Nähe saßen, riefen teilnahmsvoll aus: »Was haben Sie?«, und beeilten sich, ihn zu stützen.

Unser Gast war leichenblass und ganz verändert. Ich sah zum ersten Mal im Leben, wie ein starker, beherrschter Mann – und für einen solchen musste ich den zu seinem eigenen und unserem Unglück in unseren Kreis eingedrungenen fürstlichen Generalbevollmächtigten wohl halten – vor großem und unerwartetem Kummer plötzlich alt und ganz verändert wird. Das plötzliche Unglück zerknittert und zerdrückt den Menschen und bearbeitet ihn wie die Wäscherin einen Lumpen so lange mit dem Waschbleuel, bis es aus ihm alles herausgeklopft hat. Ich bin gar nicht imstande, das Gesicht und die Blicke Awgust Matwejitschs zu beschreiben, erinnere mich aber lebhaft an den Vergleich, der dem Ernst der Situation gar nicht entsprach, der mir aber in den Sinn kam, als ich mich mit den andern über ihn stürzte und ihm eine Kerze vors Gesicht hielt. Dieser Vergleich bezog sich wiederum auf eine Uhr und ein Zifferblatt, und zwar in einem höchst komischen Zusammenhange.

Mein Vater war leidenschaftlicher Liebhaber alter Bilder. Er war immer auf der Suche nach solchen Kunstwerken, die er regelmäßig verdarb, indem er die alte Lackschicht entfernte und sie mit neuem Lack überzog. Oft bringt er so ein altes Bild heim, das eine gleichmäßige dunkle Fläche darstellt, in der alle Farbtöne friedlich ineinander geflossen sind, so dass man nichts erkennen kann. Da fährt er mit einem in Terpentin getauchten Schwamm darüber; der Lack wirft sich, schmutzige Ströme fließen über das ganze Bild hin, und alle Farbtöne kommen in Bewegung und Unordnung. Das Bild sieht plötzlich ganz verändert aus; eigentlich hat es erst jetzt sein wahres, ungeschminktes Aussehen, das vom Lack verdeckt war, wiedergewonnen. Ich erinnerte mich also, wie wir Kinder einst den Vater nachahmen wollten und das Zifferblatt der Uhr in unserem Kinderzimmer mit Terpentin abwuschen. Zu unserem Entsetzen sahen wir, wie der auf dem Zifferblatt dargestellte schwarze Mann mit dem Korb, in dem die ungezogenen Kinder saßen, seine Umrisse verlor und wie sein vorher so tapferes Gesicht plötzlich einen zweideutigen und lächerlichen Ausdruck bekam.

Dasselbe macht das Unglück mit den lebendigen, sogar beherrschten und oft stolzen Menschen. Das Unglück wäscht von ihm den Lack ab, und plötzlich kommen alle trüben Farbtöne und alle Sprünge zum Vorschein.

Unser Gast war aber stärker als mancher andere. Er beherrschte sich bald wieder und sagte: »Entschuldigen Sie, meine Herren, es ist nichts ... Schenken Sie dem bitte keine Beachtung und lassen Sie mich gehen. Mir ... mir ist plötzlich schlecht: Entschuldigen Sie mich, ich kann nicht weiterspielen.«

Awgust Matwejitsch wandte uns sein Gesicht zu, das ganz wie jenes abgewaschene Zifferblatt aussah. Er bemühte sich aber, verbindlich zu lächeln. Offenbar wollte er jeden Skandal vermeiden. In diesem Augenblick provozierte ihn aber einer von den Unsrigen, der offenbar ein Glas zu viel getrunken hatte: »War Ihnen vielleicht auch schon vorhin schlecht?«

Der Pole erbleichte.

»Nein«, sagte er mit erhobener Stimme, »nein, so schlecht war mir noch nie. Wer sich etwas anderes denkt, ist im Irrtum ... Ich habe eine unerwartete Entdeckung gemacht ... ich habe einen triftigen Grund, nicht weiter zu spielen, und verstehe wirklich nicht, was Sie von mir wollen!«

Nun begannen alle durcheinander zu reden: »Wie meint er das? Niemand will von Ihnen was, verehrter Herr! Es wäre aber immerhin interessant, zu erfahren, was für eine Entdeckung Sie in unserem Kreise gemacht haben!«

»Gar keine«, antwortete der Pole. Er dankte mit einem Kopfnicken den Offizieren, die ihn im Augenblick des Schwächeanfalls gestützt hatten, und fügte hinzu: »Meine Herren, Sie kennen mich ja nicht, die Aussage des Kellners über meine Reputation darf Ihnen nicht genügen. Darum halte ich es für unmöglich, dieses Gespräch fortzusetzen, und möchte mich von Ihnen verabschieden.«

Man hielt ihn aber zurück: »Erlauben Sie einmal«, sagte man ihm, »das geht doch nicht!«

»Ich weiß nicht, warum das nicht gehen sollte. Ich habe meine Spielschuld bezahlt, möchte nicht weiterspielen und bitte Sie, mir zu gestatten, Ihre Gesellschaft verlassen zu dürfen.«

»Wir sprechen nicht von der Bezahlung!«

»Ja, nicht von der Bezahlung!«

»Wovon denn? Ich frage, was Sie wollen, und Sie antworten, dass Sie von mir nichts wollen. Ich will mich schweigend zurückziehen, und Sie sind auch damit unzufrieden ... Hol's der Teufel, was ist eigentlich los?«

Nun ging auf ihn einer der älteren Rittmeister zu, ein ›in Schlachten ergrauter Kamerad‹, ein vielerfahrener Mann, der schon manchen Zusammenstoß am Kartentische erlebt hatte, und sagte: »Verehrter Herr! Gestatten Sie, dass ich mich mit Ihnen im Namen aller auseinandersetze.«

»Sehr gern, obwohl ich gar nicht weiß, worüber wir uns auseinanderzusetzen haben.«

»Ich will Ihnen gleich alles erklären.«

»Bitte sehr.«

»Verehrter Herr, meine Kameraden und ich kennen Sie tatsächlich nicht; wir haben Sie aber mit russischer Zutraulichkeit in unsere Gesellschaft aufgenommen. Es gelang Ihnen nicht, zu verheimlichen, dass Sie eben etwas Unerwartetes erlebt haben. Und zwar in unserem Kreise. Sie haben vorhin den Ausdruck ›Reputation‹ gebraucht. Auch wir haben unsere Reputation, hol's der Teufel – Jawohl! Wir vertrauen Ihnen, müssen Sie aber bitten, auch unserer Ehrlichkeit zu vertrauen.«

»Sehr gern«, unterbrach ihn der Pole, »sehr gerne!« Und er streckte ihm seine Hand entgegen.

Der Rittmeister schien es aber nicht zu sehen und fuhr fort: »Ich setze meinen Kopf und meine Hand dafür ein, dass Sie hier nicht die geringsten Unannehmlichkeiten zu gewärtigen haben und dass jeder, der es wagt, Sie, und wenn auch nur durch eine entfernte Andeutung, zu verletzen, in mir Ihren Verteidiger finden wird. Wir dürfen aber die Sache nicht als erledigt betrachten. Ihr Benehmen erscheint uns sonderbar, und ich bitte Sie im Namen aller Anwesenden, sich zu beruhigen und uns ernsthaft zu erklären, ob Sie sich tatsächlich unwohl fühlten oder ob Sie etwas Unerwartetes entdeckt haben. Wir bitten Sie, uns diese Frage in einem Worte und ganz aufrichtig zu beantworten.«

Alle fielen ihm ins Wort: »Ja, wir bitten, wir bitten!« Die Bewegung war eine allgemeine. Nur Sascha allein nahm an ihr nicht teil: Er verharrte nach wie vor in seiner dummen Versunkenheit, erhob sich aber von seinem Platz, sagte »Wie ekelhaft!«, und wandte sich mit dem Gesicht zum Fenster.

Der Pole aber, den wir so bedrängten, verlor seine Selbstbeherrschung nicht. Im Gegenteil, er nahm eine noch stolzere Haltung an und sagte:

»Meine Herren, in diesem Fall muss ich Sie um Verzeihung bitten. Ich wollte nichts sagen und alles in meinem Herzen tragen. Wenn Sie mich aber unter Berufung auf meine Ehre herausfordern, so muss ich als Ehrenmann und Adliger ... «

Jemand, der sich nicht beherrschen konnte, rief dazwischen: »Er redet mir zu viel von Ehre!«

Der Rittmeister warf einen zornigen Blick in die Richtung, aus der dieser Zwischenruf gekommen war, und Awgust Matwejitsch fuhr fort: »Als Ehrenmann und Adliger muss ich Ihnen, meine Herren, sagen, dass ich außer der Summe, die ich im Kartenspiel verloren, in meiner Brieftasche noch zwölf tausend Rubel in Banknoten zu tausend und zu fünfhundert Rubel gehabt habe.«

»Haben Sie das Geld bei sich gehabt?«, fragte der Rittmeister.

»Ja, bei mir.«

»Sie können sich daran genau erinnern?«

»Ja, ganz genau.«

»Und jetzt ist das Geld fort?«

»Ja, Sie haben es erraten: Es ist fort.«

Der betrunkene Offizier rief wieder dazwischen: »War denn das Geld auch wirklich da?«

Der Rittmeister sagte aber noch strenger:

»Ich bitte zu schweigen! Der Herr, den wir vor uns haben, wird sich nicht unterstehen, uns anzulügen. Er weiß, dass man mit solchen Dingen in anständiger Gesellschaft nicht scherzt: Solche Späße können einem leicht das Leben kosten. Dass wir aber wirklich anständige Menschen sind, müssen wir erst durch die Tat beweisen. Meine Herren, niemand rührt sich von seinem Platz, und ich bitte Sie, Leutnant soundso, und Sie, und auch Sie (er nannte die Namen dreier Kameraden), sofort alle Türen abzuschließen und die Schlüssel hier an sichtbarer Stelle niederzulegen. Der erste, der den Versuch macht, das Zimmer zu verlassen, wird es mit seinem Leben büßen. Ich hoffe aber, meine Herren, dass es niemand versuchen wird. Niemand wagt daran zu zweifeln, dass wir mit dem Verlust, von dem der fremde Herr spricht, nichts zu tun haben; aber das muss erst bewiesen werden.«

»Ja, ja, gewiss!«, bestätigten die Offiziere.

»Und wenn das einmal bewiesen ist, so wird sofort der zweite Akt beginnen. Jetzt aber müssen wir, um unsere Ehre und unseren

Stolz zu wahren, diesem Herrn gestatten, uns einer genauen Leibesvisitation zu unterziehen.«

»Ja, soll er uns nur durchsuchen!«, riefen die Offiziere.

»Und zwar bis aufs Hemd!«, sagte der Rittmeister.

»Ja, bis aufs Hemd!«

»Wir werden uns nun der Reihe nach vor diesem Herrn vollständig entkleiden. Ein jeder soll ganz nackt, wie er aus dem Mutterleibe hervorgegangen ist, vor ihn treten, und der Herr soll einen jeden eigenhändig durchsuchen. Ich bin hier der Älteste an Jahren und im Range und will mich als erster dieser Durchsuchung unterziehen, die für einen Ehrenmann nichts Ehrenrühriges ist. Ich bitte Sie alle, etwas zurückzutreten und sich in einer Reihe aufzustellen. Und nun entkleide ich mich.«

Er begann in großer Hast alle Kleidungsstücke von sich zu werfen und zog selbst die Socken aus. Als er ganz nackt war, legte er alle Sachen dem fürstlichen Generalbevollmächtigten vor die Füße, hob die Arme und sagte: »So stehe ich vor Ihnen wie ein Rekrut vor der Kommission. Wollen Sie mich durchsuchen.«

Awgust Matwejitsch weigerte sich mit der durchaus stichhaltigen Begründung, dass er keinerlei Verdacht ausgesprochen und diese Untersuchung nicht verlangt habe.

»Nein, auf solche Scherze lassen wir uns nicht ein!«, sagte der Rittmeister, vor Wut ganz rot werdend und mit den bloßen Fersen stampfend. »Jetzt ist es zu spät, mein Herr, den Großmütigen zu spielen. Ich habe mich nicht zum Spaß vor Ihnen entkleidet! Ich bitte Sie, meine Sachen genau zu durchsuchen. Sonst erschlage ich Sie, nackt wie ich bin, augenblicklich mit diesem Stuhl!« Und er ergriff mit seiner behaarten Hand den schweren Stuhl und schwang ihn über dem Kopf des Polen.

VII

Awgust Matwejitsch beugte sich mit Widerstreben über die auf dem Fußboden ausgebreiteten Sachen des Rittmeisters und tat, als ob er sie durchsuchte.

Die nackten Fersen stampften noch wütender, und zugleich zischte eine erstickte Stimme: »Nicht so durchsucht man die Sachen! Nicht so! Haltet mich, sonst stürze ich mich auf ihn und erwürge ihn, wenn er es nicht ordentlich macht!«

Der Rittmeister war buchstäblich außer sich vor Zorn und bebte so, dass selbst das üppige schwarze Moos unter seinen muskulösen Armen, die er krampfhaft über dem Kopfe hielt, zitterte.

Der Pole ließ sich aber nicht einschüchtern. Er streifte mit einem ruhigen Blick das von Wut entstellte Gesicht und die Achselhöhlen des Rittmeisters, in denen sich zwei schwarze Ratten zu regen schienen, und sagte:

»Sehr schön. Ich bin zwar fest überzeugt, dass Sie ein Ehrenmann sind; da Sie aber darauf bestehen, will ich Sie wie einen Dieb durchsuchen.«

»Ja, hol mich der Teufel, ich bin ein Ehrenmann und bestehe darauf, dass Sie mich wie einen Dieb durchsuchen!«

Awgust Matwejitsch durchsuchte ihn und fand selbstverständlich nichts.

»Nun bin ich also von jedem Verdacht rein«, sagte der Rittmeister. »Wollen jetzt die anderen Herren meinem Beispiele folgen.«

Ein zweiter Offizier entkleidete sich, und Awgust Matwejitsch durchsuchte ihn auf die gleiche Weise. Dann kam der dritte an die Reihe, und so unterzogen wir uns alle der Durchsuchung. Sascha allein war noch nicht durchsucht, und gerade in dem Augenblick, als die Reihe an ihn kommen sollte, wurde heftig an die Zimmertür geklopft.

Wir alle fuhren zusammen.

»Niemand darf herein!«, kommandierte der Rittmeister. Man klopfte aber noch heftiger.

»Wen bringt der Teufel her? Wir dürfen niemand hereinlassen, solange diese schmachvolle Sache nicht erledigt ist. Wer es auch sei, jagt ihn zum Teufel!«

Es wurde wieder geklopft, und wir hörten zugleich eine wohlbekannte Stimme: »Wollen Sie mich einlassen. Ich bin es.«

Es war die Stimme unseres Obersten.

Die Offiziere wechselten Blicke.

»Machen Sie auf, meine Herren!«, wiederholte der Oberst.

Die Tür wurde aufgemacht, und der nicht sehr beliebte Kommandeur trat wie ein Kamerad in unsere Mitte. Auf seinem Gesicht leuchtete ein freundliches Lächeln, was man nur sehr selten bei ihm sah.

»Meine Herren!«, begann er, noch ehe er sich im Zimmer umgesehen hatte. »Bei mir zu Hause steht alles gut. Nach den aufreibenden Augenblicken, die ich eben durchlebt habe, wollte ich etwas frische Luft atmen. Und da ich Ihren kameradschaftlichen Wunsch, meine Freude zu teilen, kenne, bin ich hierher gekommen, um Ihnen persönlich mitzuteilen, dass Gott mir ein Töchterchen geschenkt hat.«

Wir gratulierten ihm, unsere Gratulation klang aber nicht so lebhaft und freudig, wie es der Oberst, der von unseren Vorbereitungen gehört hatte, zu erwarten berechtigt war. Das fiel ihm gleich auf. Er sah sich mit seinen gelben Augen im Zimmer um und richtete sie auf den Fremden.

»Wer ist der Herr?«, fragte er leise.

Der Rittmeister antwortete ihm noch leiser und erzählte kurz die ganze unangenehme Geschichte.

»Wie ekelhaft!«, rief der Oberst. »Wie ist nun die Sache ausgegangen, oder ist sie noch immer nicht zu Ende?«

»Wir zwangen ihn, uns alle zu durchsuchen, und bei Ihrem Erscheinen blieb nur noch der Kornett N. undurchsucht.«

»Machen Sie ein Ende!«, sagte der Oberst, sich auf einen Stuhl in der Mitte des Zimmers setzend.

»Kornett N., wollen Sie sich entkleiden!«, kommandierte der Rittmeister.

Sascha, der, die Arme auf der Brust gekreuzt, am Fenster stand, antwortete nichts und rührte sich nicht.

»Hören Sie denn nicht, Kornett?«, wandte sich der Oberst an ihn.

Sascha rührte sich nun von seinem Platz und antwortete: »Herr Oberst und meine Herren Offiziere, ich schwöre bei meiner Ehre, dass ich das Geld nicht gestohlen habe.«

»Pfui, wozu dieses Schwören!«, entgegnete der Oberst. »Alle sind hier über jeden Verdacht erhaben; wenn aber Ihre Kameraden einmal beschlossen haben, sich der Durchsuchung zu unterziehen, so müssen auch Sie sich dem fügen. Dieser Herr soll Sie nun gleich in Gegenwart aller durchsuchen, und dann beginnt der zweite Akt.«

»Ich kann es nicht.«

»Was ... Was können Sie nicht?«

»Ich habe das Geld nicht gestohlen, ich will mich aber nicht durchsuchen lassen!«

Es erhob sich ein unzufriedenes Geflüster, und alle gerieten in Bewegung.

»Was soll das heißen? Es ist einfach dumm ... Warum wollen Sie sich nicht durchsuchen lassen?«

»Ich kann es nicht.«

»Sie müssen! Sie müssen einsehen, dass Ihr Trotz den für uns alle erniedrigenden Verdacht verstärkt. Wenn Sie auf Ihre eigene Ehre keinen Wert legen, so muss Ihnen doch die Ehre Ihrer Kameraden teuer sein, die Ehre des Regiments und der Uniform! Wir alle verlangen von Ihnen, dass Sie sich augenblicklich entkleiden und sich durchsuchen lassen. Und da Ihr Benehmen den Verdacht bereits verstärkt hat, so freuen wir uns alle, dass Sie in Gegenwart des Obersten durchsucht werden können ... Wollen Sie sich augenblicklich entkleiden?«

»Meine Herren!«, sagte der Jüngling, der nun leichenblass geworden und mit kaltem Schweiß bedeckt war. »Ich habe das Geld nicht genommen ... Ich schwöre es Ihnen bei meinen Eltern, die ich über alles in der Welt liebe ... Ich habe das Geld dieses Herrn nicht! Ich werde sofort dieses Fenster einschlagen und mich hinausstürzen, werde mich aber um nichts in der Welt ausziehen, das verlangt meine Ehre!«

»Was für eine Ehre?! Was für eine Ehre steht über der Ehre des Regiments und der Uniform? Wessen Ehre ist es?«

»Ich sage Ihnen kein Wort mehr, werde mich aber nicht ausziehen. Ich habe in der Tasche eine Pistole und mache Sie darauf aufmerksam, dass ich jeden niederschieße, der Gewalt gegen mich anzuwenden versucht!«

Als der Jüngling das sagte, wurde er bald blass und bald feuerrot. Er keuchte und sah mit irren Blicken auf die Tür; sein einziger Wunsch war, sich von hier loszureißen. Man hörte, wie er in der Tasche seiner Reithose den Hahn seiner Pistole spannte.

Mit einem Wort, Sascha war ganz außer sich. Seine Ekstase machte alle weiteren Einwände unmöglich und stimmte uns alle nachdenklich.

Der Pole zeigte als erster große und fast rührende Teilnahme. Seine isolierte und daher sehr unvorteilhafte Stellung in unserem Kreis gänzlich außer Acht lassend, rief er voller Entsetzen, das seltsam ansteckend wirkte: »Fluch über diesen Tag und dieses Geld! Ich will es nicht mehr, ich suche es nicht mehr, ich beklage es nicht mehr, ich werde niemals und niemandem von diesem Verlust auch nur ein Wort sagen. Aber ich beschwöre Sie beim Gott Zebaoth, der Sie alle erschaffen hat, beim Heiland, der für Recht und Wahrheit ans Kreuz geschlagen wurde, bei allem, was Ihnen wert und teuer ist, lassen Sie von diesem Knaben ab!«

Ja, er sagte »Knaben« und nicht »Jüngling«. Plötzlich fügte er mit einer gänzlich veränderten, aus der tiefsten Tiefe der Seele dringenden Stimme hinzu: »Beschleunigen Sie den Gang des Schicksals nicht! Sehen Sie denn nicht, wohin er geht ... ?«

Sascha ging oder schlich vielmehr tatsächlich an den Offizieren vorbei auf die Türe zu.

Der Oberst verfolgte ihn mit seinen gelben Augen und sagte: »Soll er nur gehen ...«

Dann fügte er leise hinzu: »Ich glaube, ich fange an, etwas zu verstehen.«

Als Sascha die Schwelle erreicht hatte, wandte er sich zu allen um und sagte: »Meine Herren! Ich weiß wohl, wie schwer ich Sie beleidigt habe und wie niedrig Ihnen meine Handlung erscheinen muss. Verzeihen Sie mir ...! Ich konnte nicht anders ... Es ist mein Geheimnis ... Verzeihen Sie ... So verlangt es die Ehre.«

Seine Stimme bebte wie vor kindlichen Tränen. Er schämte sich ihrer, bedeckte die Augen mit der Hand, rief »Lebt wohl!«, und stürzte hinaus.

VIII

Es ist sehr schwer, Ereignisse wie dieses gleichgültigen Zuhörern zu schildern, wenn man auch selbst nicht mehr so erregt ist, wie man es seinerzeit war. Jetzt, da ich Ihnen erzählen muss, was weiter geschah, fühle ich, dass ich es unmöglich mit jener Lebendigkeit, Kompaktheit und Intensität wiedergeben kann, mit der die Ereignisse sich damals überstürzten und sich aufeinander türmten, um gleichsam von einer schicksalsschweren Höhe auf die Unzulänglichkeit der menschlichen Vernunft herabzublicken und sich gleich wieder in der Natur aufzulösen.

Wenn Sie die Berichte Jacolios oder unserer Landsmännin Rada-Bay gelesen haben, so wissen Sie vielleicht noch, was sie von der »psychischen Kraft« der Hindus und von der Abhängigkeit dieser Kraft von der »geistigen Stimmung« erzählen. Die psychische Kraft wohnt vielleicht auch dem Stutzer inne, der, das Stöckchen schwingend, durch die Straßen flaniert und »Nun sind wir da, nun sind wir da!« aus dem »Orpheus« singt. Nun versuche aber einer zu ergründen, wo in ihm diese Kraft steckt und worauf sie sich anwenden lässt. Der Prediger Salomo erläutert es trefflich am Beispiel des Schattens, den der Baum in der Richtung des auf ihn fallenden Lichtes wirft: Bei einer allgemeinen Panik verlieren alle den Kopf und halten das – Nebensächlichste für das Wichtigste; ein einziger anders gestimmter Blick sieht aber in diesem Moment das einzig Wichtige: Da haben Sie einen Fall der »psychischen Kraft«.

Ein winziges Teilchen dieser Kraft durchzuckte mich in dem Augenblick, als Sascha aus dem Zimmer stürzte. In seiner Bewegung, in seinem plötzlichen Sprung war etwas Schreckliches: Er war nicht einfach weggelaufen, er hatte sich von uns losgerissen, war uns sozusagen auf Nimmerwiedersehen entschwebt ... Wir hörten keine Schritte mehr, es war nur ein leises Rauschen durch den Korridor.

Der Pole stürzte ihm augenblicklich nach. Wir glaubten, dass er ihn einholen und des Diebstahls überführen wolle; ich habe Ihnen schon erzählt, dass Sascha vorher das Unglück gehabt hatte, aus Versehen in das Zimmer des Polen einzudringen, was diesem das Recht gab, seinen Verdacht gerade auf ihn zu richten. Übrigens waren alle davon überzeugt, dass der Pole das Geld tatsächlich gehabt hatte und dass es ihm in unserem Kreise abhanden gekommen war. Mehrere Offiziere stürzten zur Türe, um Awgust Matwejitsch den Weg zu versperren, und der Oberst rief ihm zu: »Sie bleiben hier! Ihr Geld wird Ihnen ersetzt werden!«

Der Pole aber stieß die Offiziere mit unerwarteter Kraft zurück, antwortete dem Obersten: »Der Teufel soll das Geld holen!«, und lief Sascha nach.

Jetzt erst sahen wir den unverzeihlichen Fehler ein, den wir vorhin gemacht hatten, als wir uns selbst durchsuchen ließen und dasselbe nicht auch vom Polen, der diese ganze Geschichte verschuldet hatte, verlangten. Wir stürzten ihm nach, um ihn zu packen und ihm die Möglichkeit zu nehmen, das Geld irgendwo zu verstecken und uns hinterher zu beschuldigen; aber in diesem selben Augenblick – es ging viel schneller, als ich es Ihnen erzähle – erklang im Korridor so etwas wie ein Händeklatschen ...

Uns durchzuckte der Gedanke, dass der Pole Sascha ins Gesicht geschlagen hätte, und wir eilten unserem Kameraden zu Hilfe. Die Hilfe war aber unnötig ...

In der Tür vor uns stand schwankend die lange, an eine Standuhr gemahnende Gestalt Awgust Matwejitschs mit dem Grahamschen Zifferblatt, dessen Zeiger nach unten wiesen ...

»Es ist zu spät ... «, keuchte er. »Er hat sich erschossen.«

IX

Wir drängten uns in Saschas kleines Zimmer und sahen ein erschütterndes Bild: Mitten im Zimmer stand, von einer niedergebrannten Kerze beleuchtet, Saschas erschrockener Bursche und hielt ihn in seinen Armen, während Saschas Kopf auf seiner Schulter ruhte. Die Arme hingen kraftlos herab, aber die eingeknickten Knie zuckten noch, als ob man ihn kitzelte.

Die Geschichte mit dem Geld, die dies alles verschuldet, die sich jedenfalls zur rechten Zeit abgespielt hatte, um dem Erscheinen der »hypokratischen Züge« auf dem jugendlichen Gesicht des armen Sascha eine Begründung zu geben, war nun vergessen. Auch die Angst vor einem Skandal war völlig in den Hintergrund getreten. Wir legten den Verwundeten aufs Bett, schickten nach Ärzten und bemühten uns, ihm, dem nichts mehr helfen konnte, Hilfe zu bringen. Wir versuchten das Blut, das unaufhörlich aus der Wunde strömte, zu stillen, riefen ihn bei seinem Namen und schrien ihm ins Ohr: »Sascha! Sascha! Lieber Sascha!« Er hörte aber wohl nichts mehr; er erlosch und erkaltete und lag nach einer Minute auf seinem Bett so steif und unbeweglich wie ein Bleistift.

Viele weinten, und der Bursche schluchzte laut. Der Zimmerkellner Marko drängte sich zu der Leiche vor und sagte leise, seiner religiösen Stimmung getreu: »Meine Herren, man darf nicht weinen, wenn eine Seele den Körper verlässt. Beten Sie doch lieber!« Mit diesen Worten schob er uns etwas zur Seite und stellte einen Teller mit reinem Wasser auf den Tisch.

»Was ist das?«, fragten wir ihn.

»Wasser«, antwortete er.

»Wozu?«

»Damit seine Seele sich darin wäscht.«

Marko legte die Leiche ordentlich auf den Rücken und drückte ihr die Augenlider zu.

Wir alle bekreuzigten uns und weinten. Der Bursche fiel auf die Knie und schlug mit der Stirn gegen den Fußboden, dass man es hörte.

Zwei Ärzte – unser Regimentsarzt und einer von der Polizei kamen gelaufen und konstatierten die »Tatsache des Todes«.

Sascha war tot.

Wer oder was war die Ursache seines Selbstmordes? Wo ist das Geld, wer ist der Dieb, der es genommen hat? Wie wird sich diese Geschichte, die wie der Inhalt eines aufgeschnittenen Daunenkissens durch die Luft wirbelte und an uns allen kleben blieb, weiter entwickeln?

Allen war es ganz wirr im Kopf. Die Leiche hatte aber doch die Kraft, alle Gedanken auf sich zu lenken und uns zu zwingen, sich in erster Linie mit ihr zu befassen.

In Saschas Zimmer erschienen Polizeibeamte, Ärzte und Heilgehilfen, und man begann ein Protokoll aufzunehmen. Unsere Gegenwart wurde als störend befunden, und man ersuchte uns, das Zimmer zu verlassen. Man entkleidete Sascha und durchsuchte seine Sachen in Gegenwart von Zeugen, unter denen sich der Zimmerkellner Marko, unser Regimentsarzt und einer der Offiziere als Delegierter befanden. Das Geld wurde selbstverständlich nicht gefunden.

Unter dem Tisch fand man die Pistole und auf dem Tische einen Zettel, auf dem Sascha mit flüchtiger Schrift hingekritzelt hatte: »Papa und Mama, verzeiht mir, ich bin unschuldig.«

Um das zu schreiben, hatte er wohl kaum mehr als zwei Sekunden gebraucht.

Der Bursche, der Zeuge des Selbstmordes gewesen war, erzählte, dass Sascha, gleich als er in sein Zimmer hereingestürzt war, stehend diese Zeilen geschrieben, sich dann die Kugel ins Herz gejagt habe und sterbend in seine Arme gefallen sei.

Der Soldat wiederholte diesen Bericht einige Male in der gleichen Fassung allen, die ihn fragten. Dann stand er schweigend da und zwinkerte mit den Augen. Als aber Awgust Matwejitsch auf ihn zuging, ihm in die Augen blickte und ihn nach weiteren Einzelheiten ausfragen wollte, wandte sich der Bursche an den Rittmeister und sagte: »Herr Rittmeister, erlauben Sie, dass ich hinausgehe und mich wasche: An meinen Händen ist Christenblut.«

Man erlaubte es ihm, weil er tatsächlich über und über mit Blut befleckt war, was einen schrecklichen Anblick bot.

Das alles spielte sich bei Tagesanbruch ab; der Himmel rötete sich, schon, und das erste Morgenlicht drang durch die Fenster herein.

In den von den Offizieren bewohnten Zimmern standen alle Türen nach dem Korridor offen, und überall brannte Licht. Einige Offiziere saßen mit gesenkten Köpfen ganz fassungslos in ihren Zimmern. Alle sahen mehr wie Mumien als wie lebende Menschen aus. Der Rausch hatte sich wie ein Nebel verflüchtigt, ohne auch nur eine Spur zu hinterlassen. Alle Gesichter drückten Verzweiflung und Trauer aus ...

Der arme Sascha! Wenn sein Geist sich noch für die irdischen Dinge interessieren könnte, so würde er sicher einen Trost darin finden, dass alle mit solcher Liebe an ihm hingen und dass es allen so weh tat, ihn, den blühenden und lebensvollen Jüngling, zu überleben!

Auf ihm lastete aber ein Verdacht – ein schrecklicher, schändlicher Verdacht. Wer würde es aber jetzt wagen, von diesem Verdacht zu seinen alten Kameraden zu sprechen, über deren bekümmerte Gesichter die Tränen rollten?

»Sascha! Sascha! Armer junger Sascha! Was hast du getan?«, flüsterten alle Lippen, und plötzlich standen alle Herzen still, und ein jeder von uns fragte sich: »Bist du nicht auch selbst schuld daran? Hast du nicht gesehen, in welcher Verfassung er war? Hast du auf deine Kameraden einzuwirken versucht, dass sie ihn in Ruhe lassen? Hast du ihnen gesagt, dass du ihm vertraust und die Unantastbarkeit seines Geheimnisses achtest? Sascha! Armer Sascha! Was ist das für ein Geheimnis, das ihn zugrunde gerichtet hat, das er ins Jenseits mitgenommen hat? Er ist natürlich rein und von jedem schmählichen Verdacht frei ... Fluch über den, der ihn in den Tod getrieben hat!«

Wer aber hat es getan?

X

Awgust Matwejitschs Tür stand ebenso offen wie die Türen aller Offizierszimmer; aber es brannte kein Licht darin, und im blassen Morgenscheine konnte man nur einen eleganten Reisekoffer und anderes Gepäck unterscheiden. In einer Ecke sah man das leicht aufgewühlte Bett.

Wenn man an diesem Zimmer vorbeiging, hatte man den Wunsch, stehen zu bleiben und einen Blick hineinzuwerfen: Was birgt dieses Zimmer? Woher und warum ist dieses Unglück über uns gekommen?

Mich zog es, nachzuschauen, ob das verschwundene Geld nicht in diesem Zimmer war: Hat nicht der Pole selbst das Geld hier vergessen und dann diese ganze Geschichte inszeniert, die uns so viel Unannehmlichkeiten und den Verlust unseres schönen, jungen Kameraden gebracht hat? Ich war schon bereit, in das Zimmer einzudringen und es zu durchsuchen; glücklicherweise aber wurde ich rechtzeitig gestört.

Aus dem Ende des Korridors, wo sich das große Zimmer befand, in dem nachts gespielt und gezecht wurde, riefen mir in diesem Augenblick mehrere Stimmen zu: »Wohin? Wohin? – Diese Dummheit fehlt uns noch gerade!«

Ich fühlte mich auf einmal verlegen und entmutigt. Ich sah plötzlich ein, wie leichtsinnig mein Vorhaben war und wie leicht ich dabei in den Verdacht kommen könnte, in diese Sache verwickelt zu sein.

Ich bekreuzigte mich und ging mit raschen Schritten auf die Stimmen zu, die mich von meinem Vorhaben abgebracht hatten.

Vor dem noch finsteren, nach Norden gehenden Korridorfenster saßen auf der mit einer schmutzigen Pferdedecke bedeckten Bank, die dem Burschen des Rittmeisters als Lager diente, drei Offiziere und unser Regimentspfarrer. Der Pfarrer trug sein langes Haar zum Zopf geflochten und hatte einen üppigen blonden Vollbart, dem er den Namen »Vater Barbarossa« verdankte. Er war sehr gutmütig, nahm sich alle unsere Regimentsaffären zu Herzen, drückte aber seine Gefühle nicht durch Worte, sondern nur durch ein vielsagendes Kopfnicken und ein gedehntes »Ja« aus. Nur in den dringendsten Fällen sprach er etwas mehr und zeigte dann immer Geistesgegenwart und Findigkeit.

Die drei Offiziere und der Pfarrer rauchten abwechselnd aus zwei Pfeifen. Der Pfarrer saß in der Mitte der Gruppe und bekam daher die Pfeife von rechts und auch von links gereicht; so hatte er vom Rauchen den doppelten Genuss, den er außerdem noch auf die Weise vergrößerte, dass er sich nach jedem Zug aus der Pfeife das Gesicht mit dem herrlichen Vollbart bedeckte und den Rauch ganz langsam durch diesen eigenartigen Respirator hinausließ.

Diese guten Menschen saßen auf ihrer Bank, nahe beim Zimmer des Rittmeisters, das jetzt abgesperrt war; drinnen wurde lebhaft, aber gedämpft gesprochen. Man hörte mehrere Stimmen, konnte aber kein einziges Wort verstehen.

Hinter der verschlossenen Tür befanden sich unser Regimentskommandeur, der Rittmeister und der Urheber des ganzen Unglücks – Awgust Matwejitsch. Der Oberst selbst hatte die beiden Herren zu dieser Besprechung eingeladen, niemand wusste aber, was er von ihnen wollte. Die drei Offiziere und der Pfarrer hatten aus eigenem Antriebe den Posten in der Nähe des Zimmers bezogen, um den Kameraden zu Hilfe eilen zu können, wenn sich die Auseinandersetzung zuspitzen sollte.

Diese Befürchtungen erwiesen sich aber als grundlos: Das Gespräch wurde, wie gesagt, in höchst anständiger Form geführt; der Ton wurde immer weicher und klang zuletzt durchaus freundschaftlich und herzlich. Dann hörten wir, wie die Stühle zurückgeschoben wurden und wie zwei Herren sich der Tür näherten.

Der Schlüssel wurde umgedreht, und in der offenen Tür erschienen der Regimentskommandeur und Awgust Matwejitsch.

Ihr Gesichtsausdruck war, wenn auch nicht gerade ruhig, so doch jedenfalls friedfertig.

Der Oberst drückte dem Polen die Hand und sagte: »Ich freue mich, dass ich Ihnen die Gefühle entgegenbringen kann, die Sie mir unter diesen schrecklichen Umständen einzuflößen verstanden. Ich bitte Sie, meiner Aufrichtigkeit ebenso zu vertrauen, wie ich der Ihrigen vertraue.«

Der Pole verbeugte sich vor ihm mit großer Würde und begab sich schweigend auf sein Zimmer; der Oberst aber wandte sich an uns mit den Worten: »Ich eile nach Hause und bitte Sie, sich zum Rittmeister zu begeben: Sie werden von ihm erfahren, wie wir uns alle zu verhalten haben.«

Der Oberst nickte uns zu und begab sich zum Ausgang. Noch ehe die Türe hinter ihm ins Schloss gefallen war, füllten wir schon das Zimmer des Rittmeisters.

XI

Unser Rittmeister war ein Prachtkerl, aber nervös und aufbrausend. Er war schlagfertig und klug, konnte sich aber nicht beherrschen, und seine Redegabe war echt militärisch: Er verstand wohl zu befehlen, aber nicht zu erzählen und seine Gedanken darzulegen.

So war er auch in diesem Augenblick. Er riss seine Halsbinde von sich und warf uns allen wütende Blicke zu.

»Nun, das sind schöne Geschichten, nicht wahr?«, wandte er sich an den Pfarrer.

Dieser sagte nur »Ja, ja, ja«, und nickte.

»Das ist es eben: ja, ja, ja! Gute Werke haben schöne Folgen!«

Der Pfarrer sagte wieder: »Ja, ja, ja.«

»Das wäre aber eigentlich Ihre Sache!«

»Was denn?«

»Uns ganz andere Stimmungen beizubringen ... «

»Ja.«

»Sie haben aber gar keinen Einfluss auf uns.«

»Unsinn!«

»Es ist kein Unsinn. Wozu sind Sie jetzt hergekommen? Viel notwendiger braucht man jetzt einen Küster, damit er bei der Leiche die Psalmen liest.«

»Wie steht es? Was sollen wir tun?«, drangen die Offiziere in ihn. »Der Oberst ist fort, und Sie sind aufgeregt und machen dem Pfarrer eine Szene ... Würden wir denn auf ihn hören, wenn er uns bekehren wollte? ... Wo ist der Pole? Weiß der Teufel, ob er das Geld überhaupt gehabt hat. Was treibt er jetzt allein auf seinem Zimmer? Sagen Sie bitte, was Sie beschlossen haben! Wer ist der Schuldige?«

»Der Teufel ist der Schuldige! Sonst gibt es keinen Schuldigen!«, antwortete der Rittmeister.

»Aber dieser Pole ... «

»Der Pole ist über jeden Verdacht erhaben.«

»Wer hat Ihnen das eröffnet?«

»Wir selbst, meine Herren, wir selbst! Ich und unser Regimentskommandeur bürgen für ihn. Wir behaupten nicht, dass er der ehrlichste Mensch ist, wir sehen aber, dass er die Wahrheit spricht, dass er das Geld gehabt hat und dass es verschwunden ist. Nur der Teufel allein kann es gestohlen haben ... Dass das Geld tatsächlich vorhanden war, folgt schon daraus, dass er auf die zwölftausend Rubel verzichtete, die der Oberst ihm in meiner Gegenwart anbot.«

»Er verzichtete?«

»Ja, und noch mehr als das: Er verpflichtete sich aus eigenem Antrieb, keine Anzeige über den Verlust zu erstatten und keinem Menschen auch nur ein Sterbenswort von dieser verfluchten Angelegenheit zu sagen. Kurz, er benahm sich so korrekt, vornehm und feinfühlend, wie man es nur wünschen kann.«

»Ja, ja, ja!«, versetzte der Pfarrer.

»Der Oberst und ich gaben ihm im Namen aller das Wort, dass wir ihm unser volles Vertrauen entgegenbringen und uns während eines ganzen Jahres als seine Schuldner betrachten werden; wenn die Sache sich vor Ablauf dieses Jahres nicht aufklärt und das Geld nicht zum Vorschein kommt, so bezahlen wir ihm die zwölftausend Rubel, und er verpflichtet sich, sie anzunehmen ... «

»Selbstverständlich nehmen wir diese Schuld auf uns und werden sie gewissenhaft abzahlen«, fielen ihm die Offiziere ins Wort.

»Meine Herren«, fuhr der Rittmeister etwas leiser fort, »er ist aber fest überzeugt, dass wir nichts zu zahlen brauchen werden; er behauptet, dass sich das Geld finden wird. Er sagt das so bestimmt und mit solcher Überzeugung, dass seine Erwartung sicher in Erfüllung gehen muss, wenn der Glaube wahrhaftig Berge versetzen kann. Ja, sie muss sich erfüllen, denn sie ist mit Blut erkauft ... Er hat mit seinem Glauben auch mich und den Kommandeur angesteckt. Er bat uns zwar, ihn zu durchsuchen, wir verzichteten aber darauf. Wenn Sie es aber wünschen, so können Sie es noch nachholen; er sitzt in seinem Zimmer und erwartet Sie, Sie können es tun. Ich stelle Ihnen aber eine Bedingung: Alles muss unter uns bleiben. Sie müssen sich dazu mit Ihrem Ehrenwort verpflichten.«

Wir gaben ihm das Ehrenwort, durchsuchten aber den Polen nicht. Wir gingen nur alle zu ihm ins Zimmer und drückten ihm stumm die Hand.

XII

Und doch blieb in uns allen neben der Trauer um den Kameraden ein schwerer Zweifel zurück. An Saschas Leiche wurde indessen die Sektion vorgenommen, man fälschte den Tatbestand und schrieb ins Protokoll, dass er den Selbstmord »in einem Anfall von Wahnsinn« verübt habe; der Pfarrer segnete die Leiche ein, und der Küster las eintönig den Psalm: »Wie der Hirsch schreiet nach frischem Wasser, so schreiet meine Seele, Gott, zu dir.«

Wir waren alle in gedrückter Stimmung. Wir gingen auf und ab, rauchten bis zur Bewusstlosigkeit und weinten sogar ab und zu. Eine solche Jugend, eine solche Frische musste erlöschen! ... So wenig hatte er vom Honig gekostet und musste schon sterben!

Wir alle, in Schlachten erprobte oder jedenfalls zu Schlachten bestimmte Männer waren auf einmal zu Waschlappen geworden. Der Pole verschob seine Abreise: Er wollte mit uns Sascha zum Grabe geleiten und dessen Vater sehen, der, gleich am Morgen benachrichtigt, gegen Abend ankommen sollte.

Wenn der Zimmerkellner Marko nicht gewesen wäre, so hätten wir wohl die Stunden der Mahlzeiten vergessen; er aber sorgte für uns und auch für die Leiche. Er wusch und kleidete sie ein, sagte uns, was und wo man kaufen müsse, und redete auf uns ein, wir sollten uns beruhigen.

»Alles geht nach dem Willen Gottes«, pflegte er zu sagen. »Wir sind wie Gras.«

Er war immer auf dem Sprung und machte allerlei Besorgungen. Man verhaftete die Hotelbediensteten unter verschiedenen Vorwänden und durchsuchte ihre Sachen. Auch Saschas Bursche wurde durchsucht und verhört, ob ihm der Selbstmörder vor dem Tode nichts übergeben hätte.

Der Soldat schien die Frage im ersten Augenblick nicht verstanden zu haben. Nach einer Weile antwortete er aber: »Der Herr Kornett hat mir keinerlei Geld übergeben.«

»Weißt du, was auf Hehlerei steht?«

»Jawohl.«

Selbstverständlich wurde er nicht von uns, sondern von den Gerichtsbeamten verhört, denen man bekanntlich keinen Überfluss an Zartgefühl vorwerfen kann.

Man ließ den Burschen laufen, und bald darauf sah man ihn schon mit dem Putzen von Saschas Reservestiefeln beschäftigt.

XIII

Abends kam der Vater, ein noch nicht sehr alter, etwa zweiundfünfzigjähriger Herr von angenehmem Äußeren. Er hatte eine militärische Haltung, trug die Uniform eines verabschiedeten Offiziers und Sporen, aber keinen Schnurrbart. Wir kannten ihn noch nicht und bemerkten gar nicht, wie er in das Zimmer seines Sohnes trat; wir sahen ihn erst, als er wieder herauskam.

Gleich nach seiner Ankunft fragte er nach dem Burschen, ließ sich von ihm ins Sterbezimmer führen und verblieb dort mit ihm unter vier Augen mehrere Minuten. Als er dann zu uns in den Saal trat, mussten wir über die stille Majestät in seinen Zügen staunen.

»Meine Herren«, sagte er, sich vor uns verbeugend, »ich stelle mich Ihnen vor: Ich bin der Vater Ihres unglücklichen Kameraden. Mein Sohn ist tot, er hat selbst Hand an sich gelegt und mich und seine Mutter in namenloses Unglück gestürzt ... Aber er konnte nicht anders, meine Herren ... Er starb wie ein Mann von Ehre und Gewissen. Und dies ist, glauben Sie es mir, mein einziger Trost.«

Mit diesen Worten ließ sich der alte Herr, der unsere Herzen sofort gefangen genommen hatte, in einen Sessel vor dem runden Tisch sinken, vergrub das Gesicht in die Hände und begann laut wie ein Kind zu schluchzen.

Ich reichte ihm mit zitternder Hand ein Glas Wasser.

Er trank davon zwei Schluck, drückte mir freundlich die Hand und sagte: »Ich danke Ihnen allen, meine Herren!«

Dann fuhr er sich mit dem Tuch übers Gesicht und sagte: »Das ist noch nicht das Schwerste ... Was bin ich? Aber wie soll ich es meiner Frau sagen? Das Mutterherz wird es nicht ertragen können!«

Er wischte sich wieder die Tränen aus den Augen und begab sich zum Oberst, um sich ihm vorzustellen.

Auch zum Oberst sagte er, dass Sascha »wie ein Mann von Ehre und Gewissen« gestorben sei und dass er anders gar nicht habe handeln können.

Der Oberst starrte ihn lange an, lutschte dabei, wie es seine Gewohnheit war, an einem Bonbon und sagte schließlich: »Sie wissen doch, dass dem Selbstmord ein gewisser unglücklicher Umstand vorangegangen war. Wir sind ja miteinander verwandt, und ich kann und muss Ihnen alles sagen. Ich glaube an nichts, aber das Benehmen des Kornetts war immerhin etwas sonderbar ... «

»Sein Benehmen war durchaus korrekt, Herr Oberst!«

»Ich glaube es Ihnen; wenn Sie aber doch den Schleier, der das Geheimnis vor uns verdeckt, ein wenig lüften wollten ... «

»Ich kann es nicht, Herr Oberst ... «

Der Oberst zuckte die Achseln.

»Was soll man machen?«, sagte er. »Nun, mag es so bleiben.«

»Nur noch eines, Herr Oberst. Der fürstliche Generalbevollmächtigte wird sein Geld nicht vom Regiment, sondern von mir bekommen. Das ist mein trauriges Vorrecht.«

»Ich wage nicht zu widersprechen.«

Saschas Vater überreichte an diesem selben Tag dem Polen unter vier Augen die zwölftausend Rubel.

Awgust Matwejitsch nahm das Geld in die Hand, sagte »Um nichts in der Welt!«, und steckte es dem Alten in die Tasche. Dann setzten sie sich einander gegenüber und fingen beide an zu weinen. »Großer Gott! Großer Gott!«, rief der Alte. »Er hat so ehrenhaft, so vornehm gehandelt, und doch ist noch ein Bösewicht im Spiele, der den Diebstahl verübt hat.«

»Man wird ihn schon finden.«

»Ja, aber mein Sohn wird nicht wieder lebendig!«

XIV

Worin bestand nun das Geheimnis?

Damit meine Erzählung endlich einmal verständlich wird, muss ich es nun verraten: Sascha trug an seiner Brust das Aquarellbildnis seiner geliebten rosigen Cousine Anna, die nun die Frau seines Obersten war und just in dem Augenblick, in dem Sascha sich das Leben genommen, einem neuen menschlichen Wesen das Leben geschenkt hatte.

Dieses Bildnis war weniger das Pfand leidenschaftlicher Liebe als unschuldsvoller kindlicher Freundschaft und keuscher Gelübde; die rosige Anna war aber die Frau des Obersten geworden, dieser wurde auf ihren Vetter eifersüchtig, und Sascha musste die Qualen eines Don Carlos erdulden. Als diese Qual ihn schon beinahe wahnsinnig gemacht hatte, kam die Geschichte mit dem Geld und der Durchsuchung, der obendrein auch noch der Oberst beiwohnte, dazwischen.

Sascha hatte das Geheimnis seiner Cousine treu bewahrt.

Als er die Pistole schon vor die Brust hielt, händigte er das Bildnis seinem Burschen ein und sagte ihm: »Ich beschwöre dich bei Gott: Übergib es dem Vater.«

Dieser gab es auch dem Vater vor dem Sarge des Sohnes.

Der Vater sagte, dass der Sohn wie ein Mann von Ehre und Gewissen gestorben sei.

Das Bildnis war unschuldig, ziemlich unähnlich und trug in winziger Schrift die Widmung: »Dem lieben Sascha seine treue Anna.«

Und kein Wort mehr ...

Heute erscheint es komisch, vielleicht sogar dumm! Vielleicht ist es auch wirklich dumm. »Jede Zeit hat ihre Vögel, jeder Vogel hat sein Lied.« Ich will nichts rechtfertigen und nichts kritisieren; ich will nur von den Mahnern sprechen, die den Frauen interessant erschienen.

Was war eigentlich dieser Kornett Sascha? Eine Null oder sehr wenig – ein rosiger Knabe, ein Junker, ein gemästetes Muttersöhnchen in Uniform. Er hatte keinerlei bezaubernde Gaben außer der Gabe der Jugend und des unbeugsamen Gefühls für die persönliche Ehre der Frau ... Sie werden wohl sagen: Ist denn das wert, dass man davor anbetend in die Knie sinkt? Ich will Ihnen aber erzählen, wie die Leute aufs Angesicht fielen!

Das Geheimnis, das ich Ihnen eben zum Verständnis der Geschichte eröffnen musste, war damals natürlich keinem Menschen in der Stadt bekannt; der Bursche kannte es nur zum Teil, und nur der Vater begriff es vollkommen. Außerdem kam ein neuer Umstand hinzu, der die Sache noch dunkler und verworrener erscheinen lassen musste: Der Zimmerkellner Marko erzählte vielen Leuten unter Diskretion, dass er mit eigenen Augen gesehen habe, wie der Bursche des Verstorbenen dem Vater etwas eingehändigt habe. Was mochte es wohl sein, das der eine so geheimnisvoll übergeben und der andere ebenso geheimnisvoll eingesteckt hatte? ... Das weiß Gott allein!

Marko bekreuzigte sich und sagte: »Ich will keine Sünde auf meine Seele nehmen – ich konnte nicht sehen, was es war; ich sah nur ein in Papier eingewickeltes Paketchen.«

War das vielleicht das Geld? Warum sollte man unter diesen Umständen, die von Augenblick zu Augenblick verworrener wurden und den demoralisierenden Verdacht immer weiter um sich verbreiteten, nicht auch an eine solche Möglichkeit denken? ... Ist denn nicht ein jeder, der ein Paar Hände hat, auch imstande, sich mit ihnen das Geld anzueigen? Den Dieb ausfindig zu machen – das ist die wichtigste Aufgabe; und die Pflicht eines jeden ist, keinen noch so winzigen verdächtigen Umstand außer Acht zu lassen.

Ja, die Pflicht eines jeden, dessen argwöhnische Augen besser sehen als das lichte Auge eines rührseligen Herzens. Die Menschheit ist aber zu ihrem großen Glück auch seelischen Offenbarungen zugänglich; die Menschen betasten gleichsam die unsichtbare Wahrheit und ehren, durch nichts gehemmt, einem elementaren Triebe gehorchend, das Unglück mit ihren Tränen. Das sind heilige Stürme, die herabgesandt werden, um den dicken erstickenden Nebel zu zerreißen; sie sind ein Hauch aus dem Jenseits, sie sind eine Offenbarung, in der alles Verworrene klar wird.

Man ließ Marko nicht viel erzählen, was er alles gesehen haben wollte. Alle wussten, dass der Bursche dem Vater des unglücklichen Sascha ein weibliches Bildnis übergeben hatte. Keine einzige Menschenseele wollte daran auch nur einen Augenblick zweifeln; davon zeugte das Licht, wenn es ins Fenster des Zimmers blickte, in dem die geheimnisvolle Übergabe stattgefunden hatte; jeder Windhauch bestätigte es, und die Lerche sang davon, wenn sie in den Himmel stieg.

Saschas Beerdigung war nicht feierlich und nicht einmal rührend, sondern erschreckend. Sie haben wohl alle, meine Herren, sogenannte »prunkvolle« Beerdigungen gesehen. Ich meine gar nicht die Beerdigungen mit großer Parade, in denen sich nur die menschliche Eitelkeit äußert. Denken Sie aber an die uns aus Beschreibungen bekannte Beerdigung Gogols, Nekrassows oder Dostojewskijs, die allgemein als »weltgeschichtliche Ereignisse« angesehen wurden. Sicher war in allen diesen Fällen auch viel aufrichtiges Gefühl dabei, die Aufrichtigkeit wurde aber von Nebensächlichkeiten erdrückt. Ich selbst habe der Beerdigung des Generals Skobelew in Moskau beigewohnt. In diesem Falle war vielleicht etwas mehr echte Trauer zum Durchbruch gekommen ... Sie können mich auslachen, wenn Sie wollen, ich muss aber sage, dass Saschas Beerdigung auf mich einen unvergleichlich tieferen Eindruck gemacht hat als jede andere ... Auch er wurde als Offizier mit allen vorgeschriebenen militärischen Ehren beerdigt, aber alle diese Zeremonien standen nicht im Vordergrund und wurden von den meisten überhaupt nicht beachtet. Die echte Trauer der Menschen, die von überall herbeigeströmt waren, um beim Anblick seines jugendlichen, totenblassen Gesichts zu weinen und vor Kummer zu vergehen, hatte alles andere erdrückt und die ganze Luft in Beben versetzt.

XV

Wir hatten zu dieser Beerdigung niemand außer den Angehörigen der Schwadron, in der der Verstorbene gedient hatte, eingeladen; die Leute strömten aber auch ungeladen von allen Seiten herbei. Auf dem ganzen Weg vom Hotel bis zur Friedhofskirche standen Menschen aller Stände Spalier. Die Frauen waren in der Mehrzahl. Niemand hatte ihnen erklärt, was sie zu beweinen hätten. Sie wussten es aber selbst und trauerten um das junge Leben, das sich aus »adliger Gesinnung« selbst vernichtet hatte. Ich gebrauche gerade dieses Wort, das damals in aller Munde war: »Der Arme ist für seine adlige Gesinnung gestorben!«

»Hat sich für sein Herzliebchen aufgeopfert!«

Da steht so eine alte Tante aus der Vorstadt und jammert: »Der Liebe, Herzige ... hat aus adliger Gesinnung das Leben hingegeben ... «

Und wo man auch lauschte, überall konnte man nur ähnliche warme, herzliche Worte hören. Alle duzten ihn dabei und bemühten sich, möglichst freundlich zu sprechen, gleichsam sein Herz zu liebkosen: »Mein lieber Kleiner! ... Du Junger, Edler! ... Du mein gefühlvoller Engel! ... Wie sollte man dich nicht lieben?!«

Alles in diesem Sinne. Damen vom Adel, Kaufmannsfrauen, Popentöchter, Kleinbürgerinnen, Dienstmädchen und Varieté-

Zigeunerinnen – diese Letzteren als Meisterinnen und Priesterinnen des tragischen Stils in der Liebe in erster Linie –, alle stammeln mit bebenden Lippen herzliche Worte und beweinen ihn wie ihren besten Freund, wie ihren eigenen Geliebten, als ob sie ihn zum letzten Male in ihren Armen hielten und liebkosten.

Alle diese Frauen waren aber in keiner Beziehung hervorragend; sie kannten Sascha auch gar nicht, hatten ihn vorher noch nie gesehen und hätten ihn vielleicht auch nicht lieb gewonnen, wenn sie ihn, so wie er im Leben war, mit allen seinen guten und schlechten Eigenschaften gekannt hätten. Aber jetzt, wo sie wussten, dass er aus »adliger Gesinnung« für sein »Herzliebchen« gestorben war, hatten sie gar keine Zeit, sich durch irgendwelche Überlegungen zu ernüchtern: Sie konnten nur weinen und klagen ... Jede Seele verging vor Wehmut.

Der bekannte Kanzelredner, Erzbischof Innokentij, rührte einmal alle Herzen, als er statt einer richtigen Grabpredigt nur die Worte sagte: »Er liegt im Sarge – lasst uns weinen.« Nur diese Worte sagte er, und bei allen flossen die Tränen. Ein Fieber hatte alle Herzen ergriffen. Als die Frauen Sascha im Sarge sahen (in unseren Städten werden die Toten in offenen Särgen zum Friedhof getragen), fanden sie sein durchaus gewöhnliches Gesicht erhaben und herrlich. Sie sagten: »In diesem Gesicht steht geschrieben: Treue bis in den Tod!«

Es ist ganz gleichgültig, ob in seinem Gesicht tatsächlich das oder etwas ganz anderes geschrieben stand. Sie lasen nur das, was ihre Augen sahen, und das genügte.

Alle Lippen zittern, und alle Gesichter sind feucht von Tränen; alle sind gerührt und alle sprechen zu ihm: »Schlaf, schlaf, du Märtyrer!«

In der Kirche herrscht eine andere, noch stärkere Stimmung. Keine Predigt wagt den heiligen Schauer der Grabgesänge des Johannes von Damaskus zu stören. Seine poetischen Wehklagen brennen und heilen zugleich die Wunde.

Ich muss Ihnen, meine Herren, sagen, dass wir uns wirklich vor dem Herrn niederwarfen! ... Wie groß Saschas Vergehen, vom

Standpunkte der theologischen Wissenschaft aus betrachtet, war, konnten die ihn Beweinenden nicht beurteilen; sie flehten aber den Herrn so inständig an, ihn »in seine himmlischen Wohnungen aufzunehmen«, dass ich gar nicht weiß, wie man diese Herzensschreie mit den Gründen jener Wissenschaft in Einklang bringen soll. Ich kann es jedenfalls nicht.

Es wird oft behauptet, dass es heute keinen guten Prediger mehr gäbe. Ist dieser Vorwurf auch gerechtfertigt? Man versteht es freilich nicht besonders gut zu predigen, es ist aber auch gar nicht nötig, wo es die Sitte verlangt, zu reden. Es gibt Fälle, wo es besser ist, einfach zu weinen, wo ein gewöhnliches »Vergib!« oder »Nimm ihn auf!« viel eindringlicher ist als jede Predigt, die zuweilen mit verstiegenen Worten entweder die Vernunft oder das Gefühl verletzt. Denken Sie nur an den Großinquisitor bei Schiller. Darum ziehe ich auch die Beerdigung nach orientalischem Ritus vor. Man kommt und geht wie auf den Ruf des Propheten Jesajas: »So kommt und lasst uns miteinander rechten ... « Wie soll man aber mit Ihm rechten? Es ist ja klar, wer siegen wird. Du kannst aber alles, Du hast den Menschen berufen ... Vergiss, verzeih und vergib ihm alles, worin er sich vor Dir nicht rechtfertigen kann ...

Man denkt an die Parabel vom Mächtigen, der nichts fürchtete und nichts scheute; als man aber mit großem Eifer in ihn drang, da sagte er: »Ich werde es tun.« Und man fühlt sich beruhigt.

Und Er, der das Ohr erschaffen hat, um alles zu hören, kann Er denn einschlafen und dem Flehen so vieler gerührter Herzen kein Gehör schenken ... ?

Bei Saschas Beerdigung gab es einen Zwischenfall mit einer Dame, der Witwe eines bekannten Staatsmannes. Die Dame war von altem Adel, sehr klug, sehr wohlerzogen, hatte aber den Zunamen: »Schlange«. Dieser Zuname war eigentlich recht ungeschickt gewählt: Man nannte sie so, nicht weil sie böse war – nein, sie tat niemand etwas zu Leide! –, sondern weil sie so furchtbar spöttisch war. Diese Dame mochte nichts Russisches: weder die Sprache noch die Religion, noch die Sitten. Sie verachtete das alles, und zwar nicht aus Leichtsinn oder Originalitätssucht, sondern tief, aufrichtig und bewusst. Sie tadelte nichts und verwarf nichts, sie war einfach der

Meinung, dass alles Russische nicht die geringste Beachtung verdiene. Sie wunderte sich sogar, dass die Geografen es für nötig hielten, dieses Land in die Landkarten einzuzeichnen. Ja, solche Damen hat es damals gegeben! Als diese »Schlange« hörte, dass alle Leute irgendeinen Offizier beweinten, der sich aus »adliger Gesinnung« erschossen hatte, ließ sie die Doppeltür ihres Balkons, an dem der Leichenzug vorbeiging, aufmachen und trat mit einem Lorgnon in der Hand hinaus. Ich kann mich noch gut an sie erinnern: schlank, in einem roten, mit Zobel gefütterten Mantel steht sie auf dem Balkon und blickt durch ihr Lorgnon herab.

Unser jugendlich schöner Sascha aber schwimmt wie ein vom Winde abgebrochener Zweig über dem Meer der Menschenköpfe vor ihren Blicken vorbei.

Die Schlange unterdrückt einen Seufzer und wendet sich an die Engländerin, die neben ihr steht: »Die Jugend ist überall wahnsinnig, der Wahnsinn gleicht oft dem Heldentum, und das Heldentum gefällt der Menge.«

Die Engländerin erwidert: »O yes!«

Dann sagt sie noch, dass sie das allgemeine Gefühl interessiere, von dem diese ganze Menge ergriffen sei. Der Ausländerin zu Gefallen lässt sich die Schlange herab, mit ihr in die Kirche zu gehen, wo der Hammer des Sargtischlers den letzten Punkt hinter diese Geschichte setzen wird.

XVI

Gegen alle Gesetze der Architektonik und Ökonomie im Aufbau der Erzählung habe ich zum Schluss diese neue Person auftreten lassen und muss ihr nun einige Worte widmen, damit Sie wissen, wie giftig sie war. Als ihr Gatte noch lebte, bekamen sie einmal Besuch von einer hochgestellten Persönlichkeit, der sich ihr Mann in seinem ganzen Glanze zeigen wollte; sie verachtete aber den Mann ebenso wie alle andern Menschen, vielleicht auch etwas mehr. Der Mann wusste es und bat sie, ihn wenigstens bei dieser Gelegenheit nicht bloßzustellen. Er bat sie nur um den einen Gefallen: »Widersprechen Sie mir wenigstens in Gegenwart des Gastes nicht.«

Sie sah ihn an und versprach ihm: »Ich bin sogar bereit, Sie zu unterstützen.«

Der Mann dankte ihr dafür mit einer Verbeugung. Der hohe Gast war gutmütig und gab sich gerne einfach. Diesmal wollte er den Vortrag des ihm unterstellten Würdenträgers im häuslichen Kreise, am Teetisch, hören, wo ihm die Hausfrau selbst den Tee kredenzte. Der Hausherr begann nun zu prahlen, wie gut er alles wisse, kenne, voraussehe und zum allgemeinen Wohle ordne ... Er sprach und sprach und verschnappte sich zuletzt und sagte auch etwas Wahres. Die »Schlange« fiel in diesem Augenblick ein und bestätigte: »Voilà ça c'est vrai!«

Nur dieses sagte sie. Dem Gast genügte es aber; er lachte auf, küsste ihr die Hand und sagte ihrem Gemahl: »Es ist genug: Ich will annehmen, dass tout ça est vrai!«

Als der Gemahl nach diesem Vorfall starb, ließ sie sich hier mit ihrer Engländerin nieder und widmete sich ganz der Lektüre ausländischer Bücher.

Sie erschien sonst niemals in der Öffentlichkeit. Als sie nun mit ihrer Engländerin in die Kirche trat, in der Saschas Leiche eingesegnet wurde, erregte sie allgemeines Aufsehen, und alle machten ihr Platz. Die Menge selbst schob die beiden Damen nach vorne, gleichsam um sie besser sehen zu können. Dem Himmel war es aber nicht genehm, dass etwas Nebensächliches die allgemeine Aufmerksamkeit von den Dingen ablenke, die den Verstorbenen am nächsten angingen.

Im selben Augenblick, als diese beiden imposanten Damen sich durch die Menge bewegten, erschien in der Kirchentüre eine dritte weibliche Gestalt, eine bescheidene Dame in schwarzem Pelzmantel, der noch von der Reise verstaubt war. Ihr Gesicht war der Kummer selbst. Niemand kannte sie, alle hatten sie aber sofort erkannt, und durch die Menge ertönte das Wort: »Die Mutter!«

Man ließ ihr eine breite Straße zu dem ihr so teuren Sarge frei.

Sie ging schnell, beide Arme vor sich ausgestreckt, durch die Menge, die ihr gewichen war, und als sie den Sarg erreichte, umschlang sie ihn mit beiden Armen und erstarrte ...

Und alles fiel nieder und erstarrte zugleich mit ihr. Alle sanken in die Knie, und es wurde so still, dass wir alle ihr Flüstern hörten, als die Mutter sich erhob und den toten Sohn bekreuzigte: »Schlaf, mein armer Junge ... Du bist als Ehrenmann gestorben ...«

Sie hatte diese Worte ganz leise, mit einer kaum wahrnehmbaren Bewegung der Lippen gesprochen, und doch drangen sie allen ins Herz, wie wenn wir alle ihre Kinder gewesen wären.

Nun erklang der Hammer des Sargtischlers, man trug den Sarg zur Ausgangstür; der Vater führte die unglückliche Mutter am Arm, während ihre stillen Blicke in die Höhe gerichtet waren. Sie wusste wohl, woher sie die Kraft, solches Leid zu tragen, schöpfen sollte, und sie merkte gar nicht, wie junge Frauen und Mädchen sich um sie drängten und ihr wie einer Heiligen die Hände küssten.

Auf dem Weg vom Grabe bis zum Friedhofstor gab es wieder das gleiche Gedränge, die gleiche Bewegung.

Vor dem Tor, wo der Wagen auf sie wartete, schien die Mutter zur Besinnung gekommen zu sein; sie wandte sich um und wollte allen »Danke!« zurufen, wurde aber beinahe ohnmächtig. Die »Schlange«, die neben ihr stand, stützte sie und küsste ihr die Hand.

So sehr hatte unser armer Sascha alle Herzen gerührt und gefangen genommen; so wurde sein einfacher und vielleicht gar nicht ordentlich überlegter Entschluss, »die Frau nicht zu verraten«, belohnt und geehrt.

Niemand fragte sich, was das für eine Frau gewesen und ob sie dieses Opfers auch wert sei. Das war allen gleich. Was war das auch für eine Liebe, und worauf war sie gegründet? Alles hatte im Kinderzimmer, wo sie »Vater und Mütter« spielten, begonnen; dann trennten sich ihre Wege. Sie ist ja so leer, dass sie mit ihrem Mann vielleicht auch glücklich ist. Er hat sich aber irgendeinen Fetzen aufgehoben und tötet sich dieses Fetzens wegen ... Das ist ja ganz gleich! Er ist schön, er ist allen interessant! Es ist so leicht und so süß, um ihn zu weinen. Mit einem Worte: Hier ist niemand durch gesperrten Druck besonders hervorzuheben; alle spielen ihre Rollen mit gleichem Ernst und Talent, wie die Mitglieder der Meiningenschen Hoftruppe, die vor Kurzem ganz Petersburg in Entzücken versetzt hat. Alles war mit so tiefem Ernst inszeniert!

Die Engländerin, die ich vorhin erwähnte, stand uns doch sicher am fernsten. Sie musste Saschas Tat ja mit ganz anderen Augen betrachten als die Varieté-Zigeunerinnen, die ihn beweinten; man könnte annehmen, dass sie sich die Sache nur ansehen und sich dann wieder in ihr Gehäuse zurückziehen würde. Aber nein: Auch sie musste ihren Pinselstrich dem allgemeinen Gemälde beisteuern. Sie schrieb Notizen über Russland und machte die Sache sehr gründlich anhand der bereits erschienenen Werke über unsere Heimat. Sie vervollständigte die von anderen gemachten Beobachtungen über unsere Sitten durch ihre eigenen Wahrnehmungen. Den älteren Werken entnahm sie die Behauptung, dass »die Weiber nirgends so gemein behandelt werden wie in Moskowien«. Um die von ihr gemachte neue Wahrnehmung zu ergründen, wählte sie einen passenden Zeitpunkt und wandte sich an Saschas Vater selbst. Sie schrieb ihm einen sehr gemütvollen und höflichen Brief, in dem sie ihrem Mitgefühl Ausdruck gab und der großen Würde, mit der er und seine Gattin das schwere Leid trugen, hohe Bewunderung zollte. Zum Schluss richtete sie an ihn die Frage, wo sie ihre Erziehung genossen hätten, der sie diese würdigen Gefühle verdankten?

Der Alte antwortete, dass seine Frau ein französisches Pensionat besucht habe, während er selbst von einem Monsieur Ravel aus Paris erzogen worden sei.

Die Engländerin fand dies sehr seltsam, die »Schlange« aber gab ihr die Aufklärung: »Wenn sie von einem Seminaristen erzogen worden wären, so hätten Sie wohl überhaupt keine Antwort bekommen.«

Damals war man nämlich der Ansicht, dass alles Rohe und Plumpe aus den Priesterseminaren komme.

XVII

Nun muss ich auch noch die kriminelle Seite der Angelegenheit erledigen. Ob das Geld wirklich gestohlen worden war oder nicht, jedenfalls wurde, wie Sie sich wohl erinnern, beschlossen, dem Polen seinen Verlust zu ersetzen. Auch dies hatte noch seine Fortsetzung.

Außer den Regimentskameraden gab es noch einen freiwilligen Schuldner, und zwar einen sehr hartnäckigen – ich meine Saschas Vater. Den Polen kostete es große Mühe, das Geld, das er ihm unbedingt aufdrängen wollte, zurückzuweisen. Awgust Matwejitsch benahm sich in der ganzen Affäre überhaupt außerordentlich korrekt und vornehm, und wir hatten ihm auch nicht das Geringste vorzuwerfen. Niemand zweifelte mehr daran, dass er das Geld gehabt hatte und dass es verschwunden war. Warum hatte er denn sonst auf die ihm angebotene Zahlung verzichtet und was brauchte er überhaupt die ganze unangenehme Geschichte mit dem blutigen Ende?

Die ganze Einwohnerschaft der Stadt, vor der wir unser nächtliches Erlebnis natürlich nicht geheim halten konnten, war der gleichen Ansicht; ein einziger Mensch sah aber die Sache doch ganz anders an und gab uns damit eine harte Nuss zu knacken.

Es war der sonst wenig interessante, von mir schon einige Male erwähnte Zimmerkellner Marko. Er war nicht so leicht zu durchschauen: Obwohl wir unsere Bekanntschaft mit Awgust Matwejitsch nur ihm zu verdanken hatten, stand er jetzt durchaus nicht auf seiner Seite, was er uns auch selbst gestand.

»Ich bin bereit«, sagte er, »jede Kirchenbuße auf mich zu nehmen, weil ich Sie mit dem Herrn bekannt gemacht habe; jetzt glaube ich aber, dass es weniger meine Schuld als Gottes Wille war. Und Ihre ganze jetzige Sympathie für ihn beruht nur darauf – nehmen Sie es mir nicht übel! –, dass er nicht russischer Abstammung ist. Er aber hat es verschuldet, dass unser Geschäft jetzt in schlechtem Rufe steht und dass die Polizei unsere Angestellten unter allen möglichen Vorwänden einsperrt und überall nach dem Gelde forscht ... Es ist nur Sünde und nichts als Sünde ... «, schloss Marko und zog sich in seine finstere Kammer zurück, wo er einen mächtigen Heiligenschrein hatte, vor dem immer ein ewiges Lämpchen brannte.

Marko tat uns irgendwie leid. Manchmal stand er stundenlang vor den Heiligenbildern und dachte über etwas nach.

»Was denkst du immer, Marko?«

Er zuckt die Achseln und antwortet: »Wie sollte ich nicht denken, meine Herren? So ein Unglück, so eine Schande ... eine Christenseele ist zugrunde gegangen!«

Diejenigen, die mit ihm öfters sprachen, kamen zuerst auf einen neuen Gedanken, in den sie nach und nach auch die anderen einweihten.

»Marko ist ein einfacher Mensch«, pflegten sie zu sagen, »aus dem Bauernstande, ist aber klug und hat den gesunden Menschenverstand eines einfachen russischen Bauern.«

»Und ist obendrein ehrlich.«

»Ja, auch ehrlich. Sonst hätte ihm der Hotelbesitzer das Geschäft gar nicht anvertraut. Er ist eben ein sehr zuverlässiger Mensch.«

»Ja, ja, ja«, bestätigte der Pfarrer, den Rauch durch seinen breiten Bart blasend.

»Er sieht die Dinge ganz einfach an und merkt darum manches, was wir nicht merken. Er beurteilt die Sache so: Wozu hat der die ganze Sache eingebrockt? Das Geld will er ja nicht nehmen. Also braucht er das Geld gar nicht ... «

»Es ist klar, dass er es nicht braucht, wenn er es nicht nimmt.«

»Natürlich! Er hat ja das Ganze auch nicht des Geldes wegen eingebrockt ... «

»Wozu denn sonst?«

»Fragen Sie Marko danach und nicht mich.«

Auch der Pfarrer sagte: »Ja, ja, ja, wollen wir Marko hören.«

»Und was sagt Marko?«

»Marko sagt: Traue dem Polen nicht.«

»Warum denn?«

»Weil er eben Pole und Ketzer ist.«

»Aber erlauben Sie doch! Ketzer ist eine Sache für sich, und Dieb wieder eine Sache für sich. Die Polen sind ein Volk mit großer Ambition, und es ist nicht ganz anständig, von ihnen so zu denken.«

»Aber erlauben Sie, erlauben Sie!«, unterbricht der von Marko inspirierte Kamerad: »Sie sagen: Man darf von ihm nicht so denken; Sie wissen aber gar nicht, was für ein Denken ich meine ... Von einem Diebstahl ist nicht die Rede, nicht der geringste Verdacht liegt gegen ihn vor; der Pole hat aber das, was Sie vorhin selbst sagten: Ambition.«

»Was für ein Interesse hat er dann, dass das Geld verschwunden sein soll?«

»Was für ein Interesse er daran hat?«

»Jawohl!«

»Fällt Ihnen denn selbst gar nichts ein?«

Alle dachten angestrengt nach: Was kann mir dazu einfallen?

»Nein, uns fällt nichts ein.

»Das kommt eben davon, dass Ihre Köpfe mit Adel vollgestopft sind. Der einfache russische Bauer sieht aber, was der Pole will.«

»Nun, was will er denn? Sagen Sie es einmal, es geht uns doch alle an!«

»Ja, es geht uns alle an ... Es liegt im Interesse seiner Heimat, uns diese Schande anzutun.«

»Mein Gott!«

»Selbstverständlich! Nun kann er überall verbreiten, dass in der Gesellschaft russischer Offiziere ein gemeiner Diebstahl möglich ist.«

»Wenn es sich so verhält, wie Sie es meinen ... «

»Natürlich verhält es sich so!«

»Hol ihn der Teufel!«

»Was für ein tückisches Volk die Polen doch sind!«

Auch der Pfarrer war der gleichen Ansicht und sagte: »Ja, ja, ja!«

Wir überlegten uns die Sache noch weiter und kamen zum Entschluss, dass man Markos Kombination auch dem Kommandeur mitteilen müsse; man dürfe ihm aber nicht verraten, dass die Idee von Marko stamme, weil es den Eindruck abschwächen könnte; man müsse sich vielmehr auf eine andere Quelle von größerer Autorität und geringerer Verantwortlichkeit berufen.

»Jemand hat es im Wirtshaus beim Billardspiel erzählt ...«

»Nein, das klingt nicht gut. Der Oberst wird darauf sagen: Sie haben so etwas gehört und sind nicht eingeschritten? So einen Kerl hätten Sie doch auf der Stelle verhaften müssen!«

»Man muss eben etwas anderes ausdenken.«

»Was denn?«

Hier half uns der Pfarrer: »Sie sagen einfach, dass Sie es im Dampfbad gehört haben.«

Dieser Vorschlag gefiel allen. Das war ja in der Tat klug erdacht: Das Dampfbad ist ein öffentlicher Ort, da reden und schreien alle durcheinander, und alle sind nackt. Wer hat es gesagt? – Geh einer hin und stelle es fest; da müsste man doch alle verhaften, denn im Dampfbad sind alle Menschen nackt und gleich.

Man nahm diesen Vorschlag an und ersuchte den Pfarrer, ihn auch auszuführen.

Der Pfarrer ging am nächsten Tag zum Obersten und erzählte es ihm.

Der Oberst zeigte für das Gerücht Interesse und sagte: »Das Schlimmste dabei ist, dass es schon zu einem allgemeinen Gerede geworden ist. Selbst im Bade sprechen die Leute schon davon.«

Der Pfarrer fiel ein: »Ja, ja, ja! Ich habe es selbst im Bad gehört.«

»Und Sie konnten wirklich nicht feststellen, wer das gesagt hat?«

»Nein, ich konnte es beim besten Willen nicht.«

»Das ist sehr schade.«

»Ja ... Ich hätte es selbst gerne festgestellt, konnte es aber nicht, weil im Bade alle Menschen gleich sind. Uns geistliche Personen kann man noch einigermaßen unterscheiden, weil wir zwar Männer sind, aber Zöpfe tragen. Doch die anderen Menschen sehen einander vollkommen gleich.«

»Sie hätten ja den, der es gesagt hat, bei der Hand packen können.«

»Bedenken Sie doch, ein eingeseifter Mensch kann mir leicht entschlüpfen! Außerdem befand ich mich gerade auf der obersten Dampfbank und konnte den Betreffenden nicht einmal mit der Hand erreichen.«

»Na ja – wenn Sie ihn nicht erreichen konnten, so ist eben nichts zu machen ... Nun glaube ich, das Beste wäre, die Sache jetzt auf sich beruhen zu lassen ... Es ist ja schon einige Zeit verstrichen, und der Pole hat uns das Wort gegeben, nach einem Jahre wieder herzukommen ... Ich glaube, dass er sein Wort halten wird. Sagen Sie mir bitte Folgendes: Was halten Sie, als Geistlicher, von den Träumen? Sind die Träume Unsinn oder nicht?«

Der Pfarrer antwortete:

»Das hängt von den Überzeugungen ab ... «

»Von was für Überzeugungen?«

»Nein, ich wollte etwas anderes sagen ... Es gibt Träume, die von Gott kommen und den Menschen erleuchten; es gibt auch natürliche Träume, die von der Verdauung kommen; es gibt auch verderbliche Träume, und diese sind vom Bösen.«

»So ist es eben«, antwortete der Oberst. »Aber das ist wohl noch nicht alles. Wo würden Sie folgenden Traum einreihen: Meine Frau ist, wie Sie wissen, jung, und der verstorbene Kornett war ihr Vetter und Jugendfreund; sein Tod hat sie daher sehr erschüttert und abergläubisch gemacht. Außerdem ist unser Kind gestorben. Kurz vorher hatte sie aber einen Traum.«

»Was Sie nicht sagen!«

»Ja, ja, ja. Was die Träume betrifft, so beurteilt sie diese so, wie Sie eben sagten. Ich stehe nicht auf diesem Standpunkte, will aber dem auch nicht widersprechen. Obwohl ich aus eigener Erfahrung weiß, dass man schlechte Träume hat, wenn man spät zu Abend isst; solche Träume kommen offenbar vom Magen.«

»Ja, vom Magen«, stimmte der Pfarrer zu. »Die meisten Träume kommen vom Magen.« Der Oberst ließ ihn aber noch nicht los.

»Jawohl«, fuhr der Oberst fort, »das ist eben die Sache, dass sie keinen Traum, sondern eine Vision gehabt hat ... «

»Was, eine Vision?«

»Ja, eine Vision: Sie sieht und hört es nicht im Schlafe und nicht mit geschlossenen Augen, sondern im Wachen ... «

»Das ist seltsam.«

»Sehr seltsam – um so mehr, als sie ihn noch nie gesehen hat!«

»Ja, ja, ja ... Wen hat sie nicht gesehen?«

»Den Polen natürlich!«

»Ach so! ... Ja, ja, ja! Ich verstehe.«

»Meine Frau hat ihn niemals gesehen, weil sie während jenes unglücklichen Ereignisses zu Bett lag. Sie konnte nicht einmal von der Leiche des Unglücklichen Abschied nehmen – wir verheimlichten vor ihr seinen Tod, damit ihr die Milch nicht in den Kopf steige.«

»Behüte Gott!«

»Gewiss ... Natürlich wäre schon der Tod besser als das ... Es ist wohl Wahnsinn. Aber denken Sie sich nur: Er verfolgt sie auf Schritt und Tritt!«

»Der Verstorbene?«

»Aber nein – der Pole! Ich bin jetzt sogar sehr froh, dass Sie mich nach dem Bade aufgesucht haben und ich mit Ihnen darüber sprechen kann. Vielleicht können Sie mir dazu auf Grund Ihrer geistlichen Praxis etwas sagen.«

Und der Oberst erzählte dem Pfarrer, dass unsere junge, rosige Kommandeuse immer den Polen vor sich sehe. Sie schildere unseren Awgust Matwejitsch, wie er leibt und lebt, und er komme ihr wie eine altmodische englische Standuhr vor ...

Als der Pfarrer das hörte, sprang er förmlich auf.

»Das ist ja einfach unglaublich!«, rief er aus. »Alle Offiziere nennen ihn ja ›die Standuhr‹!«

»Darum erzähle ich es eben, weil es so unglaublich ist! Stellen Sie sich nun vor, dass wir in unserm Salon just eine solche altmodische Standuhr, obendrein eine mit einem Glockenspiel stehen haben; wenn man sie aufzieht, so hört das Bimmeln gar nicht auf. Meine Frau fürchtet sich sogar, in der Dämmerung durch den Salon zu gehen. Wir können aber die Uhr nirgends fortschaffen; sie soll auch sehr wertvoll sein, und meine Frau hat sie jetzt auch selbst lieb gewonnen.«

»Warum eigentlich?«

»Sie sinnt gerne ... sie glaubt, im Pendelschlag etwas zu hören ... Sie hört darin immer die Worte: ›Ich – such! – Ich – such!‹ Jawohl! Sie fühlt sich dadurch irgendwie angezogen und hat zugleich unheimliche Angst ... Sie schmiegt sich immer an mich und will, dass ich sie in den Armen halte. Ich glaube sogar, dass sie wieder in Umständen ist.«

»Ja, ja ... das ist ja bei einer verheirateten Frau wohl möglich ... Sogar sehr möglich!«, platzte der Pfarrer heraus. Mit diesen Worten lief er davon und kam zu uns, so verschwitzt, wie wenn er tatsächlich aus dem Dampfbad käme. Er erzählte uns alles in einem Zug, ersuchte uns aber, alles geheim zu halten.

Der Verlauf seiner Unterredung mit dem Obersten gefiel uns übrigens nicht. Wir waren der Ansicht, dass der Oberst der ihm mitgeteilten Entdeckung nicht die gebührende Beachtung geschenkt und sie auf eine ganz unpassende Weise mit seinen eigenen Eheangelegenheiten in Verbindung gebracht habe.

Einer von uns, ein Kleinrusse, fand dafür sofort eine Erklärung.

»Die Mutter des Obersten«, sagte er, »heißt Veronika Stanislawowna.«

Die anderen fragten ihn: »Was wollen Sie damit sagen?«

»Nichts weiter, als dass seine Mutter Veronika Stanislawowna heißt.« Man deutete es natürlich in dem Sinne, dass die Mutter des Obersten Polin sei und er daher ungern derartige Ansichten über die Polen höre.

Unsere Offiziere beschlossen, den Obersten gänzlich aus dem Spiel zu lassen, und wählten einen Kameraden, der imstande war, jeden beliebigen Menschen tätlich zu beleidigen. Dieser Kamerad nahm Urlaub und begab sich auf die Suche nach Awgust Matwejitsch, um ihn zu zwingen, das Geld anzunehmen; falls er die Annahme verweigern sollte, würde er ihn ins Gesicht schlagen.

Er hätte diesen Beschluss auch sicher ausgeführt, wenn er ihn gefunden hätte. Nach der Fügung des Himmels kam es aber ganz anders.

XVIII

An einem heißen Tag Ende Mai kam ganz unerwartet Awgust Matwejitsch in eigener Person angefahren. Er lief schnell die Treppe hinauf und rief: »He, Marko!«

Marko, der in seiner Kammer war, wo er wohl vor den Heiligenbildern betete, kam sofort herausgesprungen.

»Awgust Matwejitsch«, ruft er, »nun sind Sie endlich wieder einmal hier!«

Jener aber antwortet: »Ja, mein Lieber, ich bin wieder hier. Und du, Schurke, gießt noch immer deine Kirchenglocken und verbreitest, damit sie besser läuten, unsinnige Gerüchte über anständige Menschen?«

Und mit diesen Worten schlägt er ihn ins Gesicht.

Marko fällt um und schreit: »Was ist denn das? ... Wofür? ... «

Wir alle, die gerade zu Hause waren, sprangen aus unseren Zimmern heraus und wollten schon für Marko eintreten. Was hat er denn für ein Recht, Marko zu schlagen: Marko ist ja so ehrlich!

Awgust Matwejitsch aber sagt: »Ich bitte Sie, einen Augenblick zu warten: Mir folgen auf dem Fuße noch andere Gäste, in deren Gegenwart ich Ihnen seine Ehrlichkeit beweisen werde. Ich bitte Sie nur, ihn nicht anzurühren, damit ich ihn für keinen Augenblick aus den Augen verliere.«

Wir traten etwas zurück, und im nächsten Augenblick kam schon die Polizei. Awgust Matwejitsch wandte sich an die Beamten und sagte: »Wollen Sie ihn verhaften: Ich übergebe Ihnen hiermit einen völlig überführten Dieb, und hier sind die Beweise.«

Und er legte eine Bestätigung vor, aus der hervorging, dass die Glockengießerei von Marko eine Banknote erhalten hatte, deren Nummer mit einer der Banknoten, die Awgust Matwejitsch am Tage vor dem Diebstahl ausgezahlt bekam, übereinstimmte.

Marko fiel auf die Knie und gestand, wie die Sache war. Awgust Matwejitsch hatte gleich nach seiner Ankunft die Banknoten aus der Tasche genommen und unter das Kopfkissen gesteckt. Diesen Umstand hatte er später vergessen und sich eingebildet, das Geld befinde sich noch in seiner Rocktasche. Als Marko ihm das Bett machte, fand er das Geld und eignete es sich an, in der Hoffnung, dass es ihm gelingen würde, jemand anderen in die Sache zu verwickeln, was ihm, wie wir gesehen haben, auch wirklich gelang. Um seine Sünde vor Gott wieder gutzumachen, bestellte er zu der bereits vorher angeschafften Kirchenglocke noch ein ganzes abgestimmtes Glockenspiel, das er mit einer der gestohlenen Banknoten bezahlte.

Die übrigen Banknoten fand man auch sofort im Kasten unter dem Heiligenschreine.

Und nun begannen bei uns die eigenen »Glocken von Corneville« zu läuten. Alle schlugen die Hände über den Köpfen zusammen, weinten dem unglücklichen Sascha noch eine Träne nach und beschlossen zuletzt, die erfreuliche Entdeckung gebührend zu feiern.

Alle waren Awgust Matwejitsch dankbar, und der Kommandeur veranstaltete, um ihm seinen Dank und seine Achtung zu zeigen, einen großen Abend ihm zu Ehren, zu dem er den ganzen Adel einlud. Selbst seine Mutter, die bereits erwähnte Veronika – sie war schon in den Siebzigern – kam zu dieser Festlichkeit gefahren; es stellte sich aber heraus, dass sie gar nicht »Stanislawowna« sondern Veronika »Wassiljewna« hieß; auch stammte sie aus dem geistlichen Stande und war die Tochter eines Protopopen. Der Name »Veronika« kommt aber auch im russischen Kalender vor. Warum man sie für eine »Stanislawowna« gehalten hatte, blieb unaufgeklärt.

Die Kommandeuse zeichnete Awgust Matwejitsch ganz besonders aus: Sie stand auf, ging ihm entgegen und reichte ihm beide Hände. Er bat sie, ihm seine »polnische Manier« zu entschuldigen, und küsste ihr beide Hände. Am nächsten Tage schickte er ihr aber einen Brief in französischer Sprache, in dem er ihr sagte, dass er das Geld gar nicht des Geldes wegen, sondern nur der Ehre wegen gesucht habe ... Obwohl es nun gefunden worden sei, wolle er es nicht annehmen, »weil daran Blut klebe«. Und er bat die Frau Oberst, ihm die Gnade zu erweisen und mit diesem Gelde ein armes kleines Waisenmädchen groß zu ziehen, das er ausfindig gemacht habe; es sei just in derselben Nacht zur Welt gekommen, in der Sascha aus dem Leben geschieden. »Vielleicht wohnt in dem Kind seine Seele.«

Die junge Kommandeuse war sehr gerührt und erklärte sich bereit, das Kind anzunehmen. Awgust Matwejitsch überbrachte es ihr persönlich in einem sauberen weißen, mit Tüll und weißen Bändern garnierten Korbe.

»Der schlaue Pole!« Alle beneideten ihn, dass er es in einer so schönen, zarten und einschmeichelnden Form einzurichten verstand. Ja, dieser Mystiker!

Sie soll beim Abschied von ihm geweint haben; wir aber verabschiedeten uns von ihm unter Trinksprüchen und Schmollistrinken im Wäldchen vor der Stadt. Das war ganz zufällig gekommen: Wir zechten gerade draußen, als er vorbeifuhr. Wir entschuldigten uns zuvor, zogen ihn dann vom Wagen, tranken ohne Ende und erzählten ihm ganz aufrichtig, was für eine schlechte Meinung wir von ihm gehabt hatten.

»Erzähle uns nun, wie du das so eingerichtet hast!«, drangen wir in ihn.

Er sagte: »Ich habe gar nichts eingerichtet, meine Herren, es ist alles ganz von selbst so gekommen ... «

»Mache keine Ausflüchte«, sagten wir ihm, »du bist ja Pole, und wir können dir daraus keinen Vorwurf machen. Wie hast du es aber fertig gebracht, ein Kind zu finden, das just in der Nacht auf die Welt kam, in der Sascha gestorben ist, so dass es das gleiche Alter hat wie das verstorbene Kind der Kommandeuse?«

Der Pole lachte: »Meine Herren, wie habe ich das einrichten können?«

»Das ist es eben! Ihr Polen seid so fein, dass sich der Teufel in euch auskennt!«

»Glauben Sie mir: Ich höre heute zum ersten Mal, ich sei so fein, dass ich mich selbst nicht sehe. Lassen Sie mich aber weiterfahren, sonst spannt der Postkutscher, wie es seine Pflicht ist, die Pferde aus.« Wir ließen von ihm ab, halfen ihm in den Wagen und riefen dem Kutscher zu: »Los!«

Er versuchte, sich vor uns möglichst graziös zu verbeugen, die Pferde zogen aber in diesem Augenblick an, und er verbeugte sich höchst zweideutig mit dem Rücken. So endete unsere traurige Geschichte. Sie finden darin keine Ideen, die irgendeine Beachtung verdienten; ich erzähle sie nur, weil sie mir interessant erscheint. Vor Zeiten war es so, dass jede noch so unbedeutende Sache leicht zu etwas Großem und Interessantem anwachsen konnte. Heute ist es aber umgekehrt: Eine Geschichte lässt sich Gott weiß wie groß an; wie sie aber den Leuten in die Hände kommt, wird sie immer kleiner und kleiner, bis von ihr schließlich nichts mehr zurückbleibt ... Gar mancher fängt zu lieben an und gibt es plötzlich auf, weil es ihm zu langweilig wird. Worauf mag das beruhen? Ich glaube, dass es viele Gründe hat. Und ist nicht einer der Hauptgründe unsere Gleichgültigkeit gegen das, was man persönliche Ehre nennt?

Pawlin

Ich war Miturheber einer kleinen Übertretung des strengen Klosterbrauchs auf Walaam. Auf diesem rauen Felsen liebt man müßige Spaziergänger wenig, und woher der ferne Besucher auch kommen, und wie groß sein Verlangen, die Insel kennen zu lernen, auch sein mag, er kann dieses sehr großen Vergnügens doch nicht teilhaft werden. Ich wiederhole: dieses sehr großen Vergnügens, – denn die Insel ist wahrhaftig wundervoll, und ihre großartigen Bilder sind entzückend. Der Brauch auf Walaam verlangt, dass sich jeder Pilger dem Klostergehorsam unterwerfe: er muss in die Kirche gehen, beten, am gemeinsamen Klostertisch essen, dann arbeiten und kann schließlich ausruhen. Für Spaziergänge und Besichtigungen ist hier keine Zeit vorgesehen. Dennoch gelang es mir, einmal in Gesellschaft dreier Herren und zweier Damen im Verlaufe einer Nacht die ganze Insel zu durchstreifen und mir für immer das wundervolle Bild einzuprägen, das die wilden Felsen, die dunklen Schluchten und die stillen Einsiedeleien dieses russischen Athos im bleichen Zwielicht der nördlichen Sommernacht darboten. Besonders schön sind die Einsiedeleien in ihrer unerschütterlichen Stille, und unter ihnen ist die Einsiedelei Johannes des Täufers auf der kleinen Insel Ssernitschan ganz erstaunlich. Hier leben Einsiedler, denen die Strenge des allgemeinen Klosterlebens auf Walaam noch nicht genügend erscheint: sie haben sich hierher in die Einsiedelei des Täufers zurückgezogen, wo die Klosteroberen ihre Ruhe vor jedem Eindringen weltlicher Menschen behüten. Hier entzünden ihre Lämpchen Menschen, die für die Welt gestorben sind und dennoch ohne Unterlass für die Welt beten: hier herrscht ewig Fasten, Schweigen und Gebet.

Da wir die Richtung der Fußwege auf Walaam nicht kannten, gelangten wir unvermutet an den Seearm, der das Inselchen Ssernitschan von der Hauptinsel trennt, und ließen uns, bezaubert von den dichten Farnkräutern, die hier den ganzen Talkessel überwuchern, nieder, um auszuruhen; wir sprachen über die Menschen, die sich diese öde Einsamkeit zur Stätte ihres dem Gebet und der Betrachtung geweihten Lebens erwählt haben.

»Was sind das für Menschen, mit welcher Kraft und welcher Vergangenheit mögen sie hierher kommen, um sich hier lebendig zu begraben?«, rief einer von uns aus. »Ich kann es mir nicht anders denken, als dass es Titanen und Geisteshelden sein müssen.«

»Ja, Sie haben recht«, erwiderte ein anderer, »es sind Helden, aber freilich Helden, die durch ihre Armut mächtig sind. Es sind Körner, die schon gekeimt haben und jetzt aufsprießen.«

»Aber bevor sie keimten?«

Unser Gefährte lächelte und erwiderte:

»Bevor sie keimten, lagen sie auf den Straßen, erstickt von den Dornbüschen und kamen um wie Sie und ich und die ganze Welt, bis der Wind sie ergriff und auf gutes Erdreich warf.«

»Sie sprechen so, als hätten Sie einen von diesen Menschen gekannt, der die Kraft besaß, sich in diesen Schluchten lebendig zu begraben.«

»Ja, mir scheint, dass ich in der Tat einen solchen Menschen gekannt habe.«

»War er klug?«

»Ja.«

»Und auch besonnen?«

»Hm ... ja! Im Übrigen wage ich nicht über ihn zu urteilen, denn ich hatte ihn lieb und verehre sein Andenken sehr.«

»Ist er schon gestorben?«

»Ja.«

»Hier?«

»Nicht weit von hier«, antwortete der andere und lächelte wieder still vor sich hin.

»Das Leben eines solchen Menschen erregt in mir immer das größte Interesse.«

»In mir auch. Und in mir ebenso«, fielen die anderen ein.

Die Damen zeigten noch mehr Interesse als die Herren, und eine von ihnen, eine hübsche Blondine mit schwarzen Augen, wandte sich an unseren Reisegefährten und sagte:

»Wissen Sie, Sie würden uns einen außerordentlich großen Gefallen erweisen, wenn Sie uns hier, in dieser stillen Schlucht, in die wir so unvermutet gekommen sind, die Geschichte des Ihnen bekannten Einsiedlers erzählen wollten.«

Eine andere Dame und schließlich wir alle schlossen uns dieser Bitte an – und der, an den wir sie richteten, willigte schließlich ein und begann:

Erstes Kapitel

Vor zwanzig Jahren – ich war noch Schüler und besuchte eines der Petersburger Gymnasien – wohnten wir, d.h. mein verstorbenes Mütterchen und ihre Schwester, meine Tante Olga Petrowna, im Hause einer anderen reichen Tante väterlicherseits. Wenngleich die Letztere nicht mehr am Leben ist, will ich doch ihren wirklichen Namen nicht verraten, sondern werde sie Anna Ljwowna nennen. Ihr Haus steht auch heute noch auf dem gleichen Platze, auf dem es damals stand. Nur war es zu jener Zeit eines der größten Häuser der Straße, während es heute eines der kleinsten ist. Riesige Neubauten haben es erdrückt – und niemand weist mehr auf das Haus hin, wie es oftmals in der Zeit geschah, in der meine Geschichte beginnt.

Da ich meine Erzählung nicht mit Menschen, sondern mit einem Hause begonnen habe, muss ich schon folgerichtig fortfahren und Ihnen erzählen, was das für ein Haus war. Es war ein schreckliches Haus – schrecklich in vielen Beziehungen. Es war aus Stein gebaut, drei Stockwerke hoch und besaß innen drei ineinander laufende Höfe, die von allen Seiten mit gleichförmigen dreistöckigen Gebäuden umbaut waren. Sein Äußeres war finster und grau, fast wie ein Gefängnis. Es machte den drückendsten Eindruck. Das Haus bildete einen Teil der Mitgift der Tante, als sie einen nicht sehr entfernten Verwandten heiratete, einen seinerzeit vielversprechenden und blendenden jungen Weltmann, der freilich damit endete, dass er mit ungewöhnlicher Gewandtheit sein eigenes unbedeutendes, sowie das bedeutende Vermögen seiner Frau durchbrachte und schließlich seine Hand nach dem Reste ihrer Mitgift, d.h. nach diesem Hause ausstreckte. Meine Tante erfuhr von dieser Absicht ihres Mannes in Paris, wo die Gatten damals lebten und wo Anna Ljwowna die ganze Welt durch ihre Schönheit zu blenden und in Erstaunen zusetzen glaubte, wenn nicht vor den Augen dieser Welt eine Dame der Halbwelt gestrahlt hätte, mit der der Kampf unschicklich und unmöglich gewesen wäre, da der Aufwand dieser Dame so fabelhaft war, dass selbst die solidesten Damen sich dafür interessierten, woher diese Kurtisane das Geld nur hernehme! Anscheinend interessierte sich auch mein Tantchen Anna Ljwowna dafür, und sie erhielt von ihrem Manne zur Antwort, dass die beneidenswerte Lage dieses Glückskindes von der Freigiebigkeit eines an der Indischen Kompanie reich gewordenen Engländers abhänge. Aber in Bälde stellte sich heraus, dass dies dummes Zeug war, und dass der reiche Engländer niemand anders war als eben der Gemahl meiner Tante, der auf die unvorsichtigste Weise ihr Vermögen zugunsten dieses dunklen Sterns verschwendet hatte. Seine Leidenschaft hatte ihn so weit gebracht, dass ihnen nichts geblieben war, als das Petersburger Haus, von dem ich eben sprach. Als Anna Ljwowna davon Kenntnis erhielt, geriet sie außer sich und schluchzte lange. Aber dann kam sie wieder zu sich und bewies nicht nur ihre große Charakterstärke, sondern freilich auch eine ordentliche Dosis Hartherzigkeit. Sie erklärte offiziell die auf den Namen ihres Mannes lautenden Vollmachten für ungültig, ließ ihn in Paris als ein Opfer seiner Gläubiger zurück, kehrte nach Russland heim und nahm Wohnung in ihrem Hause. Das Haus brachte ihr recht gute Einkünfte, so dass die Tante davon sorgenfrei leben und ihren Sohn Woldemar oder Dodja, wie er zu Hause genannt wurde, erziehen konnte. Ihrem Manne schickte sie nichts und sprach auch niemals von ihm: er trieb sich irgendwo herum und ging schließlich im Auslande verschollen unter. Die einen sagten, er sei irgendwo im Schuldgefängnisse gestorben, andere versicherten, dass er in einem Spielhause als Croupier angestellt sei. Aber für uns ist das ganz gleichgültig. Tante Anna Ljwowna war in der Zeit, als ich sie kennen lernte, eine Frau von fünfundvierzig Jahren. Sie zeigte noch Spuren ihrer früheren recht bemerkenswerten, aber äußerst unsympathischen, trockenen und harten Schönheit, wie sie den Frauen der russischen beau-monde eigen ist.

Anna Ljwowna bewohnte in ihrem Hause die Hälfte der prächtigen Beletage. Die Wohnung war geräumig und gab der Tante die Möglichkeit, als große und dabei doch als strenge und solide Dame zu leben, als welche sie bei der großen Zahl ihrer hochgestellten Besucher galt. Sie kokettierte gern ein wenig mit ihrer Lage, jammerte bei Gelegenheit über ihre Schutzlosigkeit und über die Beschränktheit ihrer Witwenmittel – und machte dabei glänzend ihre Geschäfte. Dank ihrer Verbindungen und ihrer Gewandtheit kostete ihr die Erziehung ihres Sohnes nichts; es gelang ihr sogar außerdem auf irgendwelche Weise, sich ein sehr beträchtliches Subsidium zu erwirken für ihr »beispielloses Unglück«. Die Einkünfte ihres Hauses legte sie zurück. Anna Ljwowna war eine sehr berechnende und, um die Wahrheit zu sagen, sehr herzlose Frau, was Sie wohl schon aus ihrer Handlungsweise an ihrem Manne schließen können, dem sie niemals verzieh und den sie in seiner Notlage mit keinem Groschen unterstützte. Alle im Hause der Tante fürchteten sie und zitterten vor ihr: ich wusste dies genau, da wir im anderen Flügel des Hauses wohnten, von wo aus ich beobachten konnte, wie die Leute ihr gefällig zu sein suchten. Die Tante hatte keinen Verwalter, sie beaufsichtigte das Haus selbst und war dabei die strengste und erbarmungsloseste Herrin. Sie hatte die Einrichtung eingeführt, dass alle Mieter die Wohnung für einen Monat vorauszahlen mussten, und wenn einer nicht am festgesetzten Tage zahlte, so wurden ihm sogleich die Fenster ausgehängt, und nach zwei weiteren Tagen warf man ihn aus der Wohnung heraus. Begünstigung oder Nachsicht gewährte sie niemand. Keiner der Mieter versuchte es auch, sie zu erlangen, da alle wussten, dass es vergeblich sein würde. Das Regiment der Tante war weise: sie war für keinen der Mieter zu sehen, und keiner von ihnen wurde unter keinen Umständen zu ihr vorgelassen. Sie selbst erließ die Anordnungen, und alle ihre erbarmungslosen Befehle wurden unverzüglich ausgeführt. Man sagte, dass bei der Ausführung dieser Anordnungen noch nie auch nur die geringste Nachsicht gewaltet habe. Trotzdem fand die Tante, dass die Vollstrecker ihres Willens noch reichlich schwächlich handelten, und sie wechselte sie so lange, bis sie schließlich auf einen stieß, der ihrer unbarmherzigen Strenge vollkommen Genüge leistete. Dieser bemerkenswerte Mann war der Portier Pawlin Petrowitsch Pjewunow, oder wie man ihn einfach rief, Pawlin. Ich empfehle diesen Menschen Ihrer besonderen

Aufmerksamkeit, da er, trotz seiner bescheidenen Stellung, der Held dieser Erzählung sein wird. Deshalb will ich ihn Ihnen auch etwas genauer beschreiben und erzählen, wie wir das Vergnügen hatten, mit dieser Rarität in bunter Livree persönlich bekannt zu werden.

Zweites Kapitel

Zu der Zeit, als mein Mütterchen in die kleine Wohnung in einem der Flügel des zweiten Hofes im Hause der Tante übersiedelte, stand Pawlin Pjewunow schon sechs Jahre als Portier in ihren Diensten und galt als ihr gänzlich ergeben, sozusagen als ihre rechte Hand. Über das unbegrenzte Vertrauen Anna Ljwownas zu Pawlin und noch mehr darüber, dass er schon so viele Jahre ununterbrochen bei ihr war, obwohl es keiner vor ihm ihr hatte recht machen können, liefen im Hause die abgeschmacktesten Gerüchte um, die sich auf den dümmsten Schlüssen aufbauten, vor allem aber darauf, dass Pawlin, nach der Meinung vieler, ein hübscher Mensch war. Ich will Pawlin beschreiben, wie er damals aussah, als ich ihn kennen lernte. Er mag um die Zeit etwas über vierzig gewesen sein, er war hoch gewachsen, kräftig und dabei sehr schlank. Seine Haare waren hellblond, seine großen sympathischen Augen grau; die prächtige kluge Stirn, die auffallende Strenge seines Gesichtes und die Würde in seinen Bewegungen und in seiner ganzen Positur gaben jenem Urteil über ihn nicht Unrecht. Man hätte jede beliebig hohe Wette eingehen können, dass es in keiner Hauptstadt Europas einen Portier gäbe, der imposanter ausgesehen hätte als unser Pawlin. Ich glaube, dass er in einer anderen, vornehmeren Livree als der eines Portiers noch vornehmer ausgesehen hätte, indes stand ihm auch diese bunte Tracht erstaunlich gut. In dem langen, hellblauen Rock, der reich betresst war und eine Kapuze hatte, mit der breiten, glänzenden Schärpe, dem Dreimaster und dem vergoldeten, blitzenden Stab in der Hand war Pawlin ein richtiger Pfau und zudem ein äußerst schmucker Pfau, der mit dem schönsten Exemplar des prunkvollen Vogels, in den Juno den Argus verwandelte, wetteifern konnte. Pawlins Stattlichkeit hätte ihn den Posten eines Portiers an einem Klub oder an einer der glänzendsten Gesandtschaften erlangen lassen können, aber Pawlin jagte dem nicht nach, sondern blieb in dem ziemlich bescheidenen, bürgerlichen Hause meiner Tante. Es war seine erste Stellung, die er in Petersburg angetreten hatte, und sie zu wechseln lag nicht in seinem Charakter. Pawlin wurde bei der Tante nicht besonders verhätschelt, auf ihm ruhten vielmehr, wie es in den bürgerlichen Häusern üblich ist, mehrere Obliegenheiten. Pawlin war der Argus der Tante, und sie erfuhr mit seiner Hilfe alles, was sie nur zu wissen wünschte. Er sah, wie es schien, durch die steinernen Mauern des ganzen Hauses und wusste, was in seinen verstecktesten Winkeln geschah. Das war für alle um so erstaunlicher, als Pawlin zu keinem der Dienstboten im ganzen Hause irgendwelche Beziehungen unterhielt. Er war sehr stolz und feierlich, und zwar nicht nur in seinem Äußeren, sondern auch in seinem Charakter, der selbstbewusst, fest und sogar etwas anmaßend war. Pawlin lebte in einem kleinen, aber sehr reinlich gehaltenen Zimmer, das durch den Säulengang des geräumigen Treppenhauses verdeckt wurde. Dort stand auch auf einer kleinen Erhöhung zwischen zwei Säulen sein Thron, ein altertümlicher schwarzer Sessel mit einem bronzenen Drachen auf der hohen Rückenlehne. Seitdem Pawlin sein Zimmer bezogen hatte, war kein fremder Mensch darin gewesen, und so wusste auch niemand, wie er sich dort eingerichtet hatte. Die beiden von Pawlins Käfig auf die Straße hinausgehenden Fenster waren stets mit reinem Mull verhängt, und hinter ihnen standen Blumentöpfe. Gelang es jemand, abends in diese Fenster hineinzuschauen, wenn das Zimmer von innen durch das vor dem Heiligenbild brennende Lämpchen erleuchtet war, so sah er nur den oberen Teil der sehr sauberen, tiefblau gestrichenen Wände und einen Bettschirm; mehr zu sehen war ganz unmöglich. Das Zimmer war stets verschlossen, und der Schlüssel zu der kleinen Tür war stets in Pawlins Tasche. Müßige Leute, die unter dem oder jenem Vorwand in Pawlins Gemach einzudringen versuchten, wusste er auf eine so entschiedene und unzeremonielle Weise davon abzuhalten, dass ihn schließlich alle in Ruhe ließen und sich niemand mehr drängte, ihn zu besuchen. Keiner konnte erraten, was Pawlin so sorgfältig in seinem ewig verschlossenen Zimmer behütete, aber man konnte es auch nicht ohne Aufklärung lassen, und so entdeckte das im Hause zu seiner Beobachtung gebildete Komitee bald, dass er außerordentlich sparsam lebte, sehr mäßig im Essen war und nichts außer Wasser und Milch trank, weshalb das Komitee erklärte, dass Pawlin ein »Molokane« sei. Dies gefiel allen sehr und befriedigte die allgemeine Neugier bezüglich der Persönlichkeit Pawlins so weit, dass schließlich alle in beruhigter

Überzeugung der Ansicht waren, dass Pawlin aus religiösen Gründen so stolz sei. Wie in jedem Unsinn war auch hierin ein Körnchen Wahrheit, und dieses bestand darin, dass Pawlin in der Tat hochmütig und stolz war und nicht die geringste Annäherung seitens der Dienstboten im Hause gestattete. Das war auch verständlich: er stand äußerlich mit ihnen auf ein und derselben Stufe, hatte aber in Bezug auf Charakter und Verstand nicht das Geringste mit ihnen gemeinsam. Von seiner Vergangenheit war nur wenig bekannt. Es waren Gerüchte im Umlauf, dass er von Leibeigenen abstamme, bei einer vornehmen Person Kammerdiener gewesen sei und sich vor fünf Jahren freigekauft habe, wobei er seinem Herrn fast ganze tausend Rubel Silber für seine stolze, strenge Seele habe bezahlen müssen. Aber diese Gerüchte fanden nicht überall Glauben. Man glaubte lieber an Erfindungen, wie, dass Pawlin einen Postwagen beraubt, dabei sechs Postillone erschlagen und sich falsche Papiere verschafft habe, mit denen er auch als Portier lebte. In seiner verschlossenen Kammer hütete er natürlich die unermesslichen Schätze der beraubten Post. Übrigens erzählten dergleichen selbstverständlich nur Außenstehende. Pawlin selbst sprach niemals über seine Vergangenheit. Sein Leben ging gleichmäßig, wie mit der Uhr abgemessen dahin: am frühen Morgen trat er in den Hausflur hinaus, scheuerte ihn und kehrte dann in sein Zimmer zurück, wo er Tee oder Kaffee aus einem ganz besonders gestalteten, kleinen Samowar trank, dessen Konstruktion und Gebrauchsweise für alle ein Geheimnis und ein Gegenstand ungestillter Neugier blieb. Hierauf trat Pawlin in Livree aus seiner Kammer und stieg zur Tante hinauf: dort erstattete er seinen Bericht, oder es ging ein Gespräch vor sich, über das natürlich niemand etwas Glaubwürdiges wusste und alle den unwahrscheinlichsten und unmöglichsten Unsinn klatschten. Diese Unterredung dauerte etwa eine Stunde; danach erschien Pawlin wiederum auf der Treppe, aber schon nicht mehr mit leeren Händen, sondern mit dem Hausbuch, das er auf den mit Wachstuch überzogenen Tisch legte; hierauf band er die Schärpe um, nahm den Stab in die Hand und öffnete die Haustüre. – Nach dieser Zeremonie setzte er sich in den breiten, mit rotem Saffian überzogenen Sessel und begann das Wohnungsbuch des Hauses zu studieren, aus welchem er sich mit Bleistift Notizen in ein besonderes Heftchen machte. Damit beschäftigte sich Pawlin bis zehn Uhr. Mit dem letzten Glockenschlag der zehnten Stunde lehnte er den Stab an eine Säule, vertauschte den Dreimaster mit einer betressten Mütze, schritt in dieser kleinen Uniform durch das Tor über den Hof und klopfte im Vorübergehen schweigend an die Hausmeistertüre. Auf dieses Zeichen sprangen sofort zwei stämmige Burschen heraus, der eine mit einem Beil, der andere mit Hammer und Zange; die beiden verneigten sich tief vor ihm, er erwiderte den Gruß mit einem stummen Nicken und ging weiter. Die mit Beil und Zange bewaffneten Hausknechte folgten ihm in achtungsvoller Entfernung. Pawlin richtete seine Schritte dorthin, wohin ihn das Wohnungsbuch wies, das er aufgeschlagen in der Hand trug.

Ich werde kaum imstande sein, Ihnen einen schwachen Begriff davon zu geben, was für einen Eindruck dieser morgendliche Rundgang Pawlins mit den beiden ihm folgenden Liktoren auf alle im Hause machte. Aus allen Fenstern der langen, den Innenhof umgebenden Flügel, wo die armen Mieter wohnten, folgten Pawlin bald zornige, bald verächtliche, am häufigsten jedoch beunruhigte Blicke. Nicht selten tönten hinter ihm Schimpfworte und giftige Spottreden, am häufigsten aber wieder Verwünschungen und schluchzendes Weinen. Pawlin kümmerte sich weder um das eine noch um das andere. Er vollendete seinen Gang, wie ein leuchtender Planet inmitten der ihn umgebenden Sterne seinem Bewegungsgesetz zufolge, und äußerte weder Zorn noch Mitleid. Dieser Rundgang bedeutete, dass Pawlin von den armen Inwohnern die fällige Monatsmiete erhob. Die Tante hatte in alle inneren Flügel kleine Wohnungen eingebaut, mit der begründeten Berechnung, dass kleine Wohnungen mehr einbringen als große, weil sie von armen Leuten bewohnt werden, deren es mehr gibt als reiche, und die außerdem keine Ansprüche auf Geschmack und selbst auf Reinlichkeit erheben dürfen. Weshalb aber der Rundgang Pawlins so viel Furcht und Schrecken einflößte, das werden wir gleich sehen, wenn wir ihm auf einer der engen, dunklen Treppen folgen, die er jetzt in Begleitung seiner Assistenten hinaufsteigt. Dort bleibt er an einer ihm gut bekannten Türe stehen und läutet. Es wird ihm nicht sogleich geöffnet, aber er ist geduldig und belästigt niemand; er hört, wie drinnen geflüstert wird, wie man hin und her läuft, etwas versteckt und weint – und steht ruhig vor der Türe, aber dann läutet er ein zweites Mal, nicht besonders stark, aber so Respekt einflößend, dass man die Türe nicht länger verschlossen halten kann und ihm, wenn auch widerwillig, öffnet. Fawlin nimmt die Mütze ab und geht mit seinem Buche ruhig hinein, während seine Begleiter auf dem Treppenabsatz warten. Wenn er drei Minuten später heraustritt, so werden Sie unweigerlich sehen, wie er etwas in den breiten Aufschlag seiner bunten Livree steckt; es ist das Geld für die Hausbesitzerin; dann geht er weiter in eine andere Wohnung, wo heute ebenfalls der Termin für die monatliche Vorausbezahlung ist. Die Hausknechte folgen ihm wieder mit Beil und Zange auf den Fersen und warten auf seine Anordnungen. Alle warten auf seine Anordnungen und beten zu Gott, dass sie nicht erfolgen. Nun, was sind das für Anordnungen? Da kommt Pawlin aus einer Wohnung, ohne etwas in seinen Rockaufschlag zu stecken, er nickt nur mit dem Kopf, und gleich darauf tauchen in einem der Fenster dieser Wohnung die Köpfe seiner beiden Begleiter auf; Beil und Zange arbeiten mit unbeschreibbarer Geschwindigkeit und Gewandtheit, der Fensterrahmen verschwindet, und aus der fensterlosen Öffnung dringt das Schreien einer Frau und das Weinen von Kindern. Aber Pawlin geht weiter, und sein Rundgang äußert sich irgendwo wieder in einem verschwundenen Fenster. Und wieder folgt ihm Weinen und Schreien, und durch die leeren Fensteröffnungen entschwebt wie eine Rauchwolke die ungeschützte Zimmerwärme, welche die zum Frieren verurteilte Armut vergeblich durch an Haken aufgehängte Lumpen zu erhalten sucht ...

Je tiefer er in die Höfe dringt und je höher er die Treppen steigt, um so häufiger werden die schreckenerregenden Anordnungen Pawlins. Ich wollte noch sagen »und um so energischer«, aber bei Pawlin war alles energisch.

Nachdem er alle Türen abgegangen war, an denen er heute klopfen musste, trat er den Rückweg an, die Hausknechte folgten ihm und trugen die ausgehängten Rahmen, die Pawlin eigenhändig in einen besonderen Verschlag unter seiner Treppe einschloss. Dann setzte er sich ruhig in seinen hohen Sessel mit dem Bronzedrachen auf der Rückenlehne und begann die »Nordische Biene« und die anderen Zeitungen zu lesen, die im Hause gehalten wurden und die unbedingt erst durch Pawlins Hände gingen. Diese Lektüre interessierte ihn augenscheinlich sehr, und er widmete ihr jede freie Minute. Hatte er die Zeitungen alle gelesen und sie darauf an ihre Abonnenten verteilt, so machte er sich daran, Bücher zu lesen, und zwar waren es vorwiegend oder fast ausschließlich übersetzte französische Romane, die er übrigens in seinem Stolz von niemand erbat, sondern in einer Leihbibliothek abonnierte.

Bei dieser Beschäftigung störten ihn außer fremden Besuchern, denen er in seiner Eigenschaft als Portier den einen oder anderen Dienst erweisen musste, auch noch andere Besucher – es waren die Mieter, deren Wohnungen er am Morgen durch die ausgehobenen Fenster einer verstärkten Ventilation unterworfen hatte.

Brachte der unpünktliche Mieter Geld, so nahm es Pawlin schweigend in Empfang, vermerkte es im Wohnungsbuch und zog an einer Klingel; daraufhin erschienen die Hausknechte, brachten schweigend die von ihm bezeichneten Fenster aus dem Verschlag und schickten sich an, sie wieder einzusetzen. Kam dagegen der Mieter oder die Mieterin nur mit Beschwerden, Klagen oder der Bitte um Nachsicht, so zog er wieder schweigend die Klingel, die Hausknechte erschienen – und der Bittsteller wurde entfernt, ohne auf seine Klagen auch nur einen Ton als Antwort vernommen zu haben.

So diente bei meiner Tante der berühmte Pawlin, dem später einmal das Schicksal genau so mitspielte, wie er den Mietern im Hause meiner Tante.

Drittes Kapitel

Mein Mütterchen und ihre Schwester Olga Petrowna, die sich infolge der Kränklichkeit Mamas meiner Erziehung angenommen hatte, bewohnten im Hause Anna Ljwownas eine kleine Wohnung an einer der Treppen des zweiten Hofes. Ich erinnere mich nicht mehr, wie viel wir für die Wohnung zahlten, und kann auch nicht sagen, was mit uns geschehen wäre, wenn wir einmal die Miete an dem Termintage nicht bezahlt hätten. Wahrscheinlich hätte Anna Ljwowna, die keine Nachsicht gegen ihren verschollenen Gatten gekannt hatte, auch gegen dessen Schwester, meine Mutter, die es Gott weiß weshalb vorzog im Hause ihrer Schwägerin zu leben, keine Schwäche gezeigt. Schon beim ersten Schritt begegnete uns hier eine bedenkliche Unannehmlichkeit, bei der wir zuerst Pawlins Bekanntschaft machten. Wir siedelten am Weihnachtsabend in das

Haus der Tante über. Der Tag war frostig kalt und, wie er um diese Jahreszeit in Petersburg zu sein pflegt, sehr kurz, so dass es schon dämmerte, als die Wagen mit unseren bescheidenen Möbeln in den Hof einfuhren. Mütterchen saß inzwischen bei Anna Ljwowna, während ich und Tante Olga, die Anna Ljwowna nicht ausstehen konnte, in der leeren Wohnung auf und ab gingen. Kaum waren unsere Möbel angekommen, als Mama ebenfalls in die Wohnung kam, um Anordnungen zu geben, wohin die Sachen gestellt werden sollten. Nach ihren Worten hatte ihr Anna Ljwowna selbst geraten, zu diesem Zweck herüberzugehen. So war sie gekommen und sagte zu den Leuten: »Tragt die Sachen herein!« Aber die Dienstleute schauten einander nur an, und hinter ihnen wurde die Gestalt Pawlins sichtbar, dem seine beiden Adjutanten mit den bekannten Instrumenten folgten.

»Was willst du, Väterchen?«, fragte Mama.

»Ich bitte um das Geld für den Monat«, antwortete Pawlin und schlug vor Mama sein Buch auf.

»Gut, Väterchen, gut«, erwiderte Mama mit verwandtschaftlicher Milde, »ich werde es morgen früh hinüberschicken«. Sie schob mit der Hand das Buch und Pawlin zur Seite und wandte sich an die Dienstleute. Diese rührten sich aber nicht. Pawlin lächelte unmerklich und erwiderte, dass er nicht bis morgen warten könne, sondern das Geld unbedingt sofort haben müsse.

Mama fasste dies als Unhöflichkeit auf und wurde ganz blass vor dieser Kränkung.

Pawlin bemerkte es, und es war ihm sichtlich unangenehm. Er zog die Brauen zusammen und fügte mit etwas nervöser Ungeduld in der Stimme hinzu:

»Gnädige Frau, es ist bei uns so Sitte.«

»Vortrefflich, dass es bei dir so Sitte ist, aber du könntest doch, meine ich, dir überlegen ... «

Mütterchen fand in ihrem Zorn keine Worte mehr und stockte. Pawlin antwortete, an ihre letzte Bemerkung anknüpfend:

»Das kann ich wohl.«

»Du weißt, dass Anna Ljwowna für mich keine Fremde ist, sondern meine Verwandte?«

»Ich weiß es.«

»Du weißt es ... ja, was willst du denn dann noch?«

»Das Geld ... Sonst kann ich nicht erlauben, dass Ihre Sachen hereingetragen werden.«

»Wie, das kannst du nicht erlauben? Sollen die Sachen denn die Nacht über auf dem Hofe stehen bleiben und wir auf dem Fußboden schlafen?«

»Sie sollen auch nicht auf dem Fußboden schlafen, sondern sich von hier fortbemühen, sonst lasse ich sogleich die Fenster ausheben«, antwortete Pawlin; er machte wieder eine ungeduldige Bewegung mit den Brauen und fügte hinzu: »Bei uns ist es eben so Sitte.«

Die Dienstleute und die Fuhrleute, die unsere Sachen hergebracht hatten, begannen miteinander zu reden und unruhig zu werden. Pawlin stand mit seinem Buch im Vorzimmer und schenkte dem allen keinerlei Beachtung.

»Aber das ist doch lächerlich!«, rief Mama aus. »Ich war eben bei Anna Ljwowna, und sie hat mir kein Wort davon gesagt, dass sie mit der Bezahlung nicht bis morgen warten kann. Ich habe bis jetzt bei ihr gesessen, und nun ist es zu spät geworden, um auf die Bank zu gehen und Geld zu holen ... Aber ... aber was ist das für Unsinn! Ich will mich durchaus nicht mit dir herumstreiten«, fügte mein aufgebrachtes Mütterchen hinzu und erklärte, dass sie sogleich zu Anna Ljwowna gehen werde.

»Das wird vergeblich sein«, antwortete Pawlin trocken.

»Nun, mein Guter, das ist doch nicht deine Sache.«

Voll Erregung nahm sie ein Tuch um und ging zur Hausbesitzerin. Inzwischen machte Pawlin, der seinen Posten nicht verlassen hatte, seinen Assistenten ein für uns unmerkliches Zeichen, und binnen einer Minute zog zu unserem nicht geringen Erstaunen aus dem Raum, der als Schlafzimmer für Mama bestimmt war, eine durchdringende Kälte. Ich war bis jetzt beschäftigt gewesen, den bunten Aufzug Pawlins zu mustern; nun sah ich mich um und merkte, dass die Hausknechte den einen inneren Fensterrahmen in den Händen hielten; in demselben Augenblick erschien von der anderen Seite Mama, zitternd vor Kälte und Entrüstung und sagte auf Französisch:

»Stelle dir vor, Olga, was ist diese Anna Ljwowna für eine Person? Denke dir nur: sie hat mich nicht empfangen!«

Die gute Tante Olga antwortete, dass sie das erwartet habe.

»Das ist ja schrecklich«, erwiderte Mama, »ich bin überzeugt, dass sie zu Hause ist, denn es ist noch keine Viertelstunde her, dass ich von ihr fortgegangen bin. Aber man sagte mir, sie sei zur Abendmesse gefahren. Wie kann sie zur Abendmesse fahren, wenn man in ihrem Hause die Verwandte ihres Mannes derartig beleidigt! Wir gehen fort von hier. Sollen sie nur alles auf den Hof werfen, aber ich will hier nicht wohnen, und mein Fuß wird nie mehr dieses Haus betreten. Zieh dich an, wir gehen in irgendein Gasthaus. Ich kann diesen Taugenichts keine Minute länger ansehen.«

Nachdem meine nervöse Mama dieses letzte Kompliment an Pawlins Adresse gerichtet hatte, begann sie voll Hast mir meinen warmen Mantel anzuziehen. Die Unruhe unter den Dienstleuten war noch größer geworden; die Hausknechte mit den ausgehobenen Fensterrahmen in den Händen lachten leise unter sich; unten schrien die Fuhrleute und murrten laut, dass man sie so lange nicht fortlasse, und in der Wohnung wurde es infolge der ausgehobenen Fenster immer kälter. Pawlin stand in seiner strengen Positur da, und auf seinem Gesicht machte sich nicht die geringste Unruhe bemerkbar. So seltsam Ihnen auch mein Vergleich erscheinen mag, er erinnerte mich mit einem Male an Goethe, dessen mächtige, bis zur Kälte ruhige Gestalt ich nach einem Stich kannte, der in meinem Kinderbuche eingeklebt war. Die kleinen Leiden der Menschen schienen Pawlin gar nicht zu berühren: er hatte nur die allgemeine Harmonie dessen, was sich ereignete und was er sah, im Auge.

Aber abgesehen von meinen Beobachtungen weiß ich nicht, womit diese lächerliche und verdrießliche Verlegenheit geendet hätte. Man würde uns wahrscheinlich hinausgejagt haben, wenn sich nicht Tante Olga in die Sache eingemischt hätte. Sie führte Mama etwas auf die Seite, sprach mit ihr französisch und überredete sie schließlich, dass durch ihre Laune, jetzt fortzugehen, nichts gewonnen sei, und dass wir der verehrten Anna Ljwowna damit nichts bewiesen, da sie derartige Beweise wahrscheinlich schon öfter gesehen hätte, ohne sich durch sie umstimmen zu lassen.

»Aber ich bin überzeugt, dass es nicht sie ist, sondern dieser Grobian!«, meinte Mama schließlich, allmählich weich werdend.

»Ich bin im Gegenteil davon überzeugt, dass es durchaus sie ist und nicht ›dieser‹, wie du ihn nennst, ›Grobian‹. Er scheint mir vielmehr ein recht guter und ehrlicher Mensch zu sein, der nur das ausführt, was ihm aufgetragen ist, und das achte und schätze ich«, entgegnete Tante Olga.

»Aber was sollen wir tun? Es ist lächerlich, mein Geld reicht nicht, ich habe vergessen, welches zu holen.«

»Wir werden es holen und bezahlen.«

»Wo? Jetzt ist die Bank geschlossen, es ist Abend, und wir haben hier keinen Bekannten (wir waren soeben aus der Provinz nach Petersburg übergesiedelt). Ich kann das Geld doch nicht von Anna Ljwowna nehmen, um sie damit zu bezahlen.«

»Nein, von ihr nicht«, sagte Tante Olga. Sie trat an Pawlin heran, zog zwei Brillantringe von ihren Fingern und fragte ihn: »Können Sie nicht dies bis übermorgen von uns als Pfand nehmen? Übermorgen werden wir Geld holen und es auslösen.«

»Gnädigste, ich muss der Hausfrau sofort das Geld bringen«, antwortete Pawlin mit sichtlich tiefer Achtung für Olga.

Der Tonfall seiner Antwort drückte ihr gleichsam seinen Dank dafür aus, was sie über ihn zu Mama gesagt hatte.

»Nun, dann schicken Sie diese Dinge in irgendeinen Laden, um sie zu verpfänden.«

Pawlin dachte nach; dann winkte er einem seiner Hausknechte mit den Augen und befahl ihm, den Wunsch Olgas auszuführen und die Ringe bei einem ihm bekannten Händler zu versetzen, dessen

Namen er ihm nannte und dann vorsichtshalber nochmals wiederholte.

Bis der abgesandte Hausknecht mit mehr Geld zurückkam, als wir für diese Angelegenheit brauchten, half Pawlin schweigend dem anderen, die ausgehängten Fensterrahmen wieder einzusetzen. Nachdem er das Geld für die Wohnung erhalten hatte, verbeugte er sich höflich und ging.

Tante Olga, die nicht nur viel Verständnis und Güte besaß, sondern auch einen ausgezeichneten und heiteren Charakter und dazu noch viel Witz hatte, begann gleich nach Pawlins Weggang heiter über unsere eben überwundene Verlegenheit zu scherzen und brachte schließlich nicht nur Mama und mich in die fröhlichste Stimmung, sondern sogar unsere Dienstboten und die Fuhrleute, die, während sie jedes Stück in die Zimmer trugen, sich die Gelegenheit nicht entgehen ließen, verschiedene Witze über Anna Ljwowna zu machen, die sie mit Teufelin, alte Hexe und anderen schmeichelhaften Benennungen titulierten.

Binnen einer Stunde standen alle unsere Möbel auf ihrem Platz, die kleineren Sachen waren mehr oder weniger aufgeräumt, und die Wohnung war so weit wie möglich in Ordnung. Nach einer weiteren Stunde, die die Mama, die Tante und ich bei der Abendmesse verbracht hatten, fanden wir unsere Wohnung schon durchwärmt vor, und dann schliefen wir in unseren frischen Betten dem Feiertag entgegen. Einen Tag später löste Tante Olga selbstverständlich die Ringe aus, und wir lebten uns hier ein, freilich nach den Unannehmlichkeiten, die uns beim ersten Schritt begegnet waren, ohne rechten Entschluss, lange dazubleiben. Mama sprach davon, dass wir nicht länger als einen Monat hier bleiben wollten, und wenn sie noch früher eine passende Wohnung fände, so würden wir auch früher von hier ausziehen. Niemand widersprach ihr, aber zu Mamas größtem Verdruss fand sich nirgends eine andere geeignete Wohnung. Die, die wir jetzt bewohnten, war warm, trocken und passte uns ausgezeichnet. Dazu kam, dass das düstere Haus der Tante Anna Ljwowna, dank dem darin herrschenden strengen Geiste Pawlins, sich durch Ruhe und Sauberkeit auszeichnete. Tante Olga machte Mama darauf aufmerksam und brachte sie schließlich dahin, dass sie sich nicht mehr ärgerte und jedenfalls nicht vor Sommer von hier fortzuziehen gedachte.

»Wir strafen sie damit nicht«, sagte Tante Olga, auf die verehrte Anna Ljwowna anspielend, »sondern schaffen uns nur selbst Mühe und Verluste. Ist sie denn das wert?«

Mütterchen stimmte mit der Zeit bei, dass Anna Ljwowna es nicht wert sei und entschloss sich, noch einen Monat in der Wohnung zu bleiben, aber nur dann, wenn der »Grobian«, d.h. Pawlin, ihre Ruhe nicht mehr störe und sich nie mehr in der Wohnung sehen lasse.

Tante Olga verstand es so einzurichten und brachte schon vor dem Tage, an dem wir zum zweiten Male die Wohnungsmiete zahlen mussten, das Geld selbst in die Portiersloge und händigte es Pawlin ein.

Weder Mama noch Tante Olga unterhielten mit Anna Ljwowna irgendwelche Beziehungen, und auch ich fühlte bei meiner damaligen Unerfahrenheit eine unüberwindliche Abneigung gegen sie. Wir lebten ganz wie fremde, der Hausfrau völlig unbekannte Leute im Hause, was uns durchaus nicht zur Last fiel und auch sie wahrscheinlich wenig störte. – Aus unseren Fenstern sahen wir, wie Pawlin von Zeit zu Zeit seine verhängnisvollen Rundgänge durch das Haus machte, um die Miete einzutreiben, und wie dann in der einen und anderen Wohnung leere Fensterhöhlen gähnten. Aber das betraf uns nicht unmittelbar, und wir gewöhnten uns rasch daran; ja wir begannen sogar ein wenig darüber zu lachen. Was war zu tun? – so groß ist eben die Macht »des Ungeheuers Gewohnheit«. Wir lachten nicht über das Missgeschick der frierenden Mieter, sondern über diese Methode, und wie sie mitten in der bevölkerten Stadt angewendet werden konnte, als wäre es eine in der Steppe liegende Herberge. Der vornehme, bunte Pawlin mit Goethes Physiognomie und Positur, die Hausknechte, die mit ihren Werkzeugen an Steubens Kreuzigungsbilder erinnerten, das rasche Ausheben und Wiedereinsetzen der Fenster und die völlige Gleichgültigkeit aller dieser Willkür gegenüber, all das hatte in der Tat etwas Tragikomisches an sich. Zu uns kam Pawlin nicht, da Tante Olga am Ende des zweiten Monats sein Erscheinen wieder abwendete, indem sie ihm am Vorabend des Termins das Geld persönlich in die Portiersloge brachte; ebenso bezahlte sie auch am Vorabend des vierten Monats, und schließlich wurde diese Ordnung bei uns zur ständigen Einrichtung, dank welcher wir in der guten und bequemen Wohnung weiter lebten und ganz vergaßen, dass das Haus Anna Ljwowna gehörte, der wir den originellen Weihnachtsabend zu verdanken hatten. Wir erinnerten uns nur an sie, wenn wir aus unseren Fenstern in ihren Paradezimmern Licht sahen, und auch dann dachten wir nur gleichgültig: ach, sie hat Gäste, oder etwas ähnliches. Was Pawlin betrifft, so weiß ich selbst nicht, wie es zugegangen war, dass sein Name, der bei uns lange nicht genannt werden durfte, mit einem Male nicht nur ohne Erbitterung und Zorn, sondern sogar mit einer Art Hochachtung ausgesprochen wurde.

Viertes Kapitel

Wenn die gute Meinung, die sich bei uns über Pawlin gebildet hatte, ihm etwas nützen konnte, so war er dafür Tante Olga zu Dank verpflichtet, die er bei jeder Begegnung mit grenzenloser Ehrerbietung behandelte und deren Wohlwollen er auch erwarb. Mütterchen scherzte, dass Tante Olga das Wunder des Daniels mit den wilden Tieren vollbracht habe, indem sie sich Pawlin zum Sklaven gemacht hätte. In diesem Scherz war ein Körnchen Wahrheit: Pawlin verehrte die Tante, wenn man auch zu seiner Ehre sagen muss, dass er dieser Verehrung nur unter vollster Wahrung seiner unerschütterlichen Würde Ausdruck gab. Er verbeugte sich nur viel tiefer vor ihr als vor den übrigen und machte ihr noch respektvoller Platz als seiner Herrin Anna Ljwowna selbst, die er nach den Beobachtungen der Tante nicht ausstehen konnte und verachtete. Ich weiß zwar nicht, worauf sie ihre Gründe und Schlüsse aufbaute, da sie nie mit Pawlin sprach, aber man spürte etwas Wahres daran. Sie ersehen daraus, dass wir uns ständig irgendwie mit Pawlin beschäftigten: er flößte uns allen Interesse ein, auch mich nicht ausgenommen, der ich mich an seiner bunten Livree nicht satt sehen konnte, und Mama, der er durch die Verachtung gegen Anna Ljwowna, die Tante Olga an ihm wahrgenommen hatte, sympathisch zu werden begann.

So lebten wir eine ziemliche Zeit im Hause Anna Ljwownas und beobachteten Pawlin aus der Ferne, als sich mit einem Male ganz unerwartet ein Anlass einstellte, seine nähere Bekanntschaft zu machen. Und zwar hing es damit zusammen, dass Mama mit jemand aus der Dienerschaft unzufrieden war und einen neuen Diener dingen wollte. An Stelle des Fortgegangenen wurde ein anderer Diener gesucht und engagiert, der am nächsten Tag kommen und die Dienstobliegenheiten übernehmen sollte; am vorhergehenden Abend jedoch erhielt Tante Olga durch einen der Hausknechte einen Brief auf ihren Namen. Die ungelenke Handschrift war ihr nicht bekannt – es war eine von jenen, wie sie in Russland die Leute schreiben, die ohne Lehrer lesen und schreiben gelernt haben; im Umschlag befand sich ein sauber auf reines Papier geschriebener Brief in derselben autodidaktischen Handschrift, der soweit ich mich erinnere, wörtlich folgenden Inhalt hatte: »Euer Hochwohlgeboren Olga Petrowna! Die gnädige Frau, Ihre Schwester, haben einen Diener engagiert (folgt der Name), aber der Engagierte ist ein leichtsinniger Mensch und deshalb unzuverlässig, worüber ich die Kühnheit habe, Ihnen der Vorsicht halber Mitteilung zu machen.« Unterschrift: »Portier Pawlin Pjewunow.« Die Tante zeigte den Brief Mama, die der Warnung Pawlins Folge zu leisten beschloss. Dem schon engagierten leichtsinnigen Diener wurde eine Absage geschickt, und als Mama ihren gewohnten Spaziergang antrat und im Hofe Pawlin begegnete, dankte sie ihm für seine Freundlichkeit. Der merkwürdige Mensch nahm seinen betressten Hut ab und antwortete Mama mit einer stummen, aber höflichen Verbeugung. – Abends beim Tee sagte Mama zu Tante Olga:

»Nun, wir brauchen trotzdem einen Diener. Herr Pawlin hat den einen schlecht gemacht, aber wo wir einen besseren finden sollen, das hat er uns nicht gezeigt.«

»Das ist auch nicht seine Sache«, antwortete die Tante. »Weiß ich; ich meine, er könnte uns einen empfehlen, wenn er wollte.«

»Hast du ihn vielleicht darum gebeten?«

»Nein. Er wollte mit mir anscheinend nicht sprechen, er sah mich mit einer mindestens ministeriellen Großartigkeit an und verneigte sich. Eine andere Sache wäre es«, scherzte sie, »wenn du ihn darum bitten würdest: für dich würde er es sich bestimmt als große Ehre anrechnen, uns diesen Dienst zu erweisen.«

Die Tante nahm den Scherz mit der ihr eigenen Heiterkeit auf und erwiderte ebenso:

»Schön, ich werde ihn bitten.«

Am anderen Tage ging die Tante gegen Abend aus und trat mit mir vor die Portierloge, wo Pawlin seiner Gewohnheit gemäß allein in seinem Sessel saß und vor seiner grünen Lampe in einem Buche las.

Als er die Tante sah, legte er sogleich das Buch auf den Tisch, verbeugte sich höflich, richtete seine hohe Gestalt gerade auf und nahm die Positur Goethes an.

Tantchen trug ihm ihre Bitte vor. Pawlin zog die Brauen zusammen, dachte nach und antwortete:

»Zurzeit weiß ich keinen zuverlässigen Diener für Sie.«

»So können Sie uns also keinen empfehlen?«

»Ich wage es nicht, weil ich keinen entsprechenden im Auge habe.«

Damit gingen wir fort, und als wir nach Hause zurückkamen, machte sich Mama nicht wenig über die Tante lustig, dass ihre Macht über Pawlin Pjewunow keine Frucht getragen habe und dass er doch ein grober Kerl sei. Aber die Tante nahm ihn in Schutz und sagte, dass sie in seiner Absage nur einen neuen Beweis seiner Zuverlässigkeit und Umsicht sehe. Sie meinte, er sei vorsichtig, weil er eben ein zuverlässiger Mensch sei. Und wenn er jemand kennen würde, den er empfehlen könnte, so würde er ihn uns selbstverständlich empfehlen.

Die Tante irrte sich nicht: als sie am nächsten Morgen aufstand, wurde ihr wieder ein kurzer Brief gebracht, in dem Pawlin sie in lapidarem Stile bat, noch zwei Tage mit dem Mieten eines neuen Dieners zu warten, da er Nachricht über einen ihm bekannten »zuverlässigen Diener« erhalten habe, mit dem er bei derselben Herrschaft im Dienst gewesen sei.

Nun zeigten sich die wirklichen Gefühle Mamas zu Pawlin: sie sagte nicht mehr, dass er ein Grobian sei, sondern freute sich sehr, einen Diener zu bekommen, der mit ihm aus einer Schule war. Sie erklärte sich einverstanden, auf den von Pawlin empfohlenen Menschen sogar einen ganzen Monat zu warten. Aber dies war durchaus nicht notwendig, da die erwartete Person schon am anderen Tag erschien, sofort angenommen wurde und ihren Dienst als bescheidener Lakai unseres bescheidenen Haushalts antrat.

Der Mensch, den uns Pawlin empfohlen hatte, war etwas älter als er, aber viel offenherziger und gutmütiger. Er war ein ausgesprochen »guter Kerl«, hatte einen heiteren, offenen Charakter und zeichnete sich durch eine ungewöhnliche Sanftheit und Gefügigkeit aus, durch die er sich Vertrauen und Zuneigung bei allen erwarb; natürlich trug auch Pawlins Empfehlung nicht wenig dazu bei, der uns damit den ersten Dienst erwiesen hatte.

Bald darauf erwies er uns einen zweiten: Wir schickten uns an, den Sommer über aufs Land zu gehen und waren betrübt, dass wir den uns lieben Diener in der Stadtwohnung zurücklassen sollten; und was geschah? Kaum hatten wir beim Abendtee darüber gesprochen, als Tantchen am nächsten Morgen wieder eine Epistel erhielt. Pawlin teilte ihr in demselben lapidaren Stile mit, dass es durchaus nicht notwendig sei, jemand den Sommer über in unserer Wohnung zurückzulassen, da er selbst, Pawlin, sie »genügend, ohne jede Beschwerlichkeit beaufsichtigen könne«. Es war sehr verlockend, dieses Anerbieten anzunehmen, da es unsere Angelegenheit ausgezeichnet in Ordnung brachte, und die Frage drehte sich nur mehr darum, wie man Pawlin für seine Aufsicht entlohnen sollte. Zur Beratung über diese Frage wurde auch unser Diener zugezogen, aber er legte entschieden Protest ein:

»Pawlin Petrowitsch ist ein ehrgeiziger Mensch«, sagte er, »er tut dies ehrenhalber, und durch eine Bezahlung kann man ihn schrecklich beleidigen.«

Dabei blieb es auch: weder Mama noch Tante Olga konnte sich etwas ausdenken, wie man sich dem guten Pawlin erkenntlich zeigen könnte.

Pawlin wurde jetzt bei uns »der Gute« genannt. So hatte er in unseren Augen seine Reputation zu Anfang der nun beginnenden

Epoche geändert, in der er sich im Kampf mit Gefühlen zeigen musste, die ihm allem Anscheine nach gar nicht eigen waren.

Fünftes Kapitel

Wir reisten ab und fanden bei unserer Rückkehr die während unserer Abwesenheit unbewohnt gebliebene Wohnung in peinlichster Ordnung vor; in die uns gegenüberliegende Wohnung waren jedoch neue Mieter eingezogen. Es waren dies eine junge Dame mit ihrer sehr alten Mutter und einer sechsjährigen Tochter, einem ungewöhnlich hübschen Kinde. Wir hatten mit diesen neuen Nachbarn natürlich nicht das Geringste zu tun, aber Mamas und Tante Olgas Aufmerksamkeit wurde unwillkürlich auf einen gemeinsamen Familienzug in den drei Gesichtern unserer neuen Nachbarn gelenkt: alle drei standen in verschiedenen Lebensaltern, aber in ihren Gesichtern, in ihrer erlöschenden, blühenden und knospenden Schönheit lagen gleichsam eine angeborene Trauer und eine fatale Vorherbestimmung zum Unglück.

Tante Olga trug vor allen Dingen Sorge, zu erfahren, ob sie Not litten und beruhigte sich erst dann wieder, als sie feststellte, dass die Familie einen Ernährer hatte. Es stellte sich nämlich heraus, dass die junge Dame einen Gemahl hatte, der als Regimentsarzt diente, und dass sie ohne Not zu leiden lebten. Tantchen bekreuzigte sich und sagte: »Gott sei Dank!« Dieses »Gott sei Dank« bezog sich auf unsere Nachbarn und auch auf die Tante selbst, die in der ersten Nacht nach unserer Rückkehr in die Stadt geträumt hatte, dass Pawlin und seine Henkersknechte zu unseren Nachbarinnen gekommen seien und aus deren Fenstern alles in den Hof hinuntergeworfen hätten. Zur selben Zeit fuhr unten ein Sarg aus dem Hofe ab, und auf dem Sarge saß das hübsche Kind, mit den Zügen voll unabwendbarem Leid und Trauer. Hinter diesem Zuge ging Pawlin in seiner bunten Livree, mit Schärpe und Hut. In der einen Hand trug er den glänzenden Stab und eine Fackel und in der anderen – seinen eigenen abgeschnittenen Kopf; um ihn herum tauchten aber aus der Erde rosafarbene Vögel hervor. Sie stiegen schnell in die Höhe, wobei sie mit den Flügeln ein unerträgliches Pfeifen erzeugten, aber hoch oben fielen von ihren Flügeln weiße Federchen herunter, die sich, wie sie sich der Erde näherten, in Asche verwandelten. Einen Augenblick später war von der ganzen bunten Ausstattung Pawlins nichts mehr übrig, und er stand ganz schwarz, wie ein verbrannter Baumstumpf da. Jetzt hatte er auch wieder einen Kopf, aber einen so entsetzlichen, dass die Tante erschrak, aufschrie und erwachte, doch mit der Überzeugung, dass sie einen prophetischen Traum gesehen habe, der nicht ohne Folgen bleiben werde.

Die Tante irrte sich auch nicht: ihr Traum ging in Erfüllung, und den unanfechtbaren Pawlin erwartete eine schwere und verhängnisvolle Prüfung.

Es begann damit, dass wir, als wir an dem bitterkalten Neujahrsmorgen aufwachten, sahen, dass in der Wohnung unserer neuen Nachbarinnen drei Fenster herausgenommen waren. Mütterchen und die Tante begriffen sofort, dass dies die Arbeit unseres »guten« Pawlin war, und seufzten. Wie ich Ihnen schon sagte, herrschte draußen eine bittere Kälte, und man konnte sich unschwer vorstellen, was die armen Frauen jetzt durchmachen mussten, deren Wohnung Pawlin mitten im Winter in sommerlichen Zustand versetzt hatte. Offenbar mussten sie in ihren Zimmern ohne Fensterscheiben vor Kälte erstarren. Mama geriet infolge ihrer Nervosität in einen schrecklichen Zorn; mehrmals nannte sie den »guten« Pawlin einen Henker, einen Juden und einen Räuber, sie schickte sogleich das Mädchen zu unseren Nachbarinnen und ließ sie bitten, sie möchten ihr die Gefälligkeit erweisen und für eine Zeit lang eines unserer Zimmer beziehen, das auch in einem Nu zu ihrem Empfange hergerichtet war. Das Mädchen kehrte mit der Antwort zurück, dass drüben die gnädige Frau selbst nicht zu Hause sei – sie sei irgendwohin fortgegangen; die alte Mutter dagegen lasse für die Teilnahme danken, weigere sich aber entschieden, den Vorschlag Mamas anzunehmen. Die Absage der Greisin war damit motiviert, dass sie ihre Tochter erwarte und überzeugt sei, dass diese bald mit Geld zurückkommen werde. Sie würden bezahlen, und dann wäre alles wieder in Ordnung. Mama schickte eine zweite Botin hinüber und ließ bitten, man möchte wenigstens das kleine Mädchen zu uns herüberschicken, dem infolge der aus den Rahmen gehobenen Fenster eine Erkältung drohe. Diese Gesandtschaft war erfolgreicher: ich sehe noch, als wäre es soeben geschehen, wie man das sechsjährige Mädchen mit dem hübschen, aber gleichsam durch ein Siegel des Unglücks verdüsterten Gesicht zu uns brachte. Es gibt solche Gesichter, ich wenigstens bin ihnen mehrere Male begegnet. Die Kleine begriff damals die schwere Lage ihrer Familie offenbar noch nicht ganz, und als man sie von ihrem wattierten Seidenmäntelchen, in dem man sie in unser Vorzimmer gebracht hatte, befreite, war sie darauf bedacht, mit einer gewissen Grazie einzutreten und einen Knicks zu machen, was ihr auch vollauf gelang. Es war ihr anzusehen, dass man für ihre äußere Wohlerzogenheit und Manieren Sorge trug; übrigens waren damals Kinder, die weder manierlich eintreten, noch sich verbeugen konnten, noch nicht in Mode gekommen, und Fröbelsche Mütter gab es damals bei uns noch nicht.

Als wir die Kleine, welche Ljuba hieß, erwärmt hatten, kam ihre Mutter, auf deren Namen ich mich jetzt nicht mehr besinne, nach Hause. Unsere Dienstboten hatten gesehen, wie die junge Dame in ihre Wohnung gegangen war, aber zu unserem größten Erstaunen beeilte sie sich nicht, zu uns herüberzulaufen, oder nach ihrer Tochter zu schicken, und man brachte auch die ausgehobenen Rahmen nicht zurück, wie es in ähnlichen Fällen, wenn der Zahlungsrückstand erpresst war, zu geschehen pflegte ... Das waren schlechte Anzeichen: man konnte unschwer erraten, dass unsere arme Nachbarin ohne Geld heimgekommen war. Mutter und Tante Olga hatten dies auch augenblicklich verstanden, und die letztere eilte unverzüglich in die zerstörte Wohnung hinüber, kehrte eine Minute später wieder zurück, öffnete ihre kleine Schatulle und lief von Neuem zu den Nachbarinnen. Zehn Minuten später bewegte sich die bekannte Prozession über den Hof: die Hausknechte, die Fensterrahmen, Hammer, Zange, Nägel, der Blechkübel mit dem Kitt und zuletzt der bunte Pawlin mit seinem mich auch jetzt noch zittern machenden Zinsbuch. Es war leicht zu erraten, dass die gute Tante Olga das nötige Geld aus ihrer eigenen Schatulle geholt hatte und dass unsere Nachbarinnen es angenommen und ihre Wohnung bezahlt hatten, die auch unverzüglich darauf in Ordnung gebracht und geheizt wurde. Da aber die Zimmer, die einige Stunden ohne Fenster gestanden hatten, erheblich abgekühlt waren, ließen Mama und die Tante nicht nur die kleine Ljuba nicht nach Hause, sondern bewegten auch deren Mutter, für den ganzen Tag zu uns herüberzukommen. Man bat auch Ljubas Großmutter mitzukommen, aber die Alte dankte höflich, wollte durchaus nicht kommen und blieb in der

Wohnung zurück. Die Mutter Ljubas saß bis Mitternacht bei uns und erzählte bitter weinend, dass ihr Mann in einem der damals in Ungarn stehenden russischen Regimenter als Arzt diene, dass sie keinerlei Vermögen besäßen, aber dass sie, bevor ihr Mann mit dem Regiment ins Feld gezogen war, ohne Not gelebt hätten. Anfangs habe er Mittel zu ihrem Unterhalt geschickt, aber mit einem Male, seit zwei Monaten habe er nichts mehr von sich hören lassen, und sie hätten seit dieser Zeit weder eine Nachricht noch ein Lebenszeichen von ihm gehabt.

»Gott weiß«, sagte die Dame schluchzend, »vielleicht ... ist er schon nicht mehr am Leben, oder in Gefangenschaft, oder es ist ihm etwas noch Schlimmeres widerfahren – und dann ... mein armes Kind ... mein armes Kind, was wird mit ihm werden?«

Dabei schaute sie auf Ljubotschka, die ich unterhielt. Ich hatte sie in einen Sessel gesetzt und kniete vor ihr. Die Mutter wandte sich rasch weg, bedeckte die Augen mit der Hand und sagte aufseufzend:

»So dunkel, so dunkel. Ich kann nicht in diese Dunkelheit schauen!«

Sie begann plötzlich zu zittern, stürzte auf das Kind zu, drückte es an ihre Brust und erstarrte.

Tante Olga wusste mehr: sie wusste, dass der Ernährer dieser Waisen nicht mehr auf dieser Erde war. Entweder hatte ihn eine ungarische Kugel getroffen oder das Fieber umgebracht. Die Großmutter wusste es und hatte es Tante Olga gesagt, damit sie ihr behilflich sei, der armen Witwe die verhängnisvolle Nachricht zu eröffnen und das Schreckliche ihrer hilflosen Lage begreiflich zu machen.

Die Tante führte wohl diesen traurigen Auftrag irgendwie aus, obwohl ich nicht weiß, wie und wo sie es tat, weil meine nervöse und empfängliche Mama nach diesem Tage um nichts in der Welt in unserer Wohnung bleiben wollte und wir in der Tat so bald wie möglich in ein anderes Haus zogen, wo es weder einen Pawlin noch grausame Hausordnungen gab, die er mit solcher Strenge ausführte.

Sechstes Kapitel

Mama ging, wie sehr viele für Eindrücke empfängliche Frauen, vor allem Szenen aus dem Wege, die sie durch ihre Hartherzigkeit erregten, und bemühte sich, sie nicht zu sehen. Die Nerven Tante Olgas waren dagegen stärker, und sie scheute sich auch nicht, dem Leid ins Angesicht zu schauen; so verließ sie auch unsere Nachbarinnen nicht und besuchte sie von unserer neuen Wohnung aus. Das feine Zartgefühl der Tante erlaubte es ihr wahrscheinlich nicht, sie zu fragen, ob sie für den kommenden Monat bezahlen könnten, aber sie wachte darüber, wie bei ihnen der Tag des neuen Termins vorübergehen werde. Ich erinnere mich, wie besorgt und mit welch großherziger Unruhe sie den Tag im Gedächtnis behielt, in der Sorge, ihn zu übersehen, und wie sie, als er dann anbrach, am frühen Morgen in das Haus eilte, wo unsere armen Nachbarinnen in der Gewalt Pawlins zurückgeblieben waren. Sie lief in den Hof und sah gleich zu ihren Fenstern hinauf ... die Rahmen waren an ihrem Platze. Die Tante beruhigte sich. Es verging noch ein Monat, die Tante gab wieder genau so auf den Termin Acht, eilte wieder mit dem Geld in der Tasche zu unseren ehemaligen Nachbarinnen und traf wiederum alles in voller Ordnung und Ruhe an. Die Wohnung war wenigstens warm, wenn sie auch sichtlich allmählich leerer wurde. Im dritten Monat starb bei den armen Mietern die alte Großmutter ... Es gingen seltsame Gerüchte: man erzählte, sie habe sich mit Phosphorstreichhölzern vergiftet, und zwar bei voller Besinnung und im Bewusstsein ihrer Tat. Sie habe den Phosphor nämlich nicht in Wasser oder Spiritus aufgelöst, wie es die Mehrzahl der sich auf diese Weise Vergiftenden tut, sondern in Öl, in dem sich der Phosphor ganz löst. Man sagte, sie habe sich einzig zu dem Zwecke vergiftet, um ihrer Tochter nicht zur Last zu fallen, die die Alte nicht verlassen wollte und Not litt, da sie jetzt nur billige Stunden geben konnte, während sie mit dem Mädchen allein irgendwo als Lehrerin oder als Gouvernante unterkommen konnte. Die Großmutter wollte ihrer Tochter die Hände frei machen und machte sie auch mit bewundernswerter Ruhe frei. Ob alle diese Gerüchte über die Vergiftung zutreffend waren, weiß ich nicht gewiss, jedoch begrub man die Greisin ohne alle polizeilichen Geschichten. Aber ihre Rechnung erwies sich als unrichtig: obwohl sie der Tochter die Hände frei gemacht hatte, erhielt diese die gewünschte Stelle nicht – im Gegenteil, sie lief auch weiter herum, um ihre billigen Stunden zu geben, und untergrub damit ihre zerrüttete Gesundheit so gänzlich, dass schließlich eine kleine Erkältung hinreichte, damit sich aus ihr eine schwere Krankheit entwickelte, die binnen weniger als einem Monat diese arme Frau ins Grab brachte.

Sie starb und hinterließ ihrer Tochter nichts, weder Vermögen noch gute Menschen. Auch meine gute Tante Olga war damals nicht in der Stadt, sondern zu Verwandten in eine andere Stadt gefahren und kehrte an einem sehr trüben Morgen zurück, als ein dürftiger Leichenwagen mit einem Sarge über den schmutzigen Februarschnee nach dem Wolkowschen Friedhofe fuhr. Auf demselben Wagen saß am Kopfende des Sarges die weinende Ljuba, und hinter ihm ging – Pawlin. Mit einem Wort, alles war genau so, wie es Tante Olga damals im Traum gesehen hatte. Pawlin ging unbedeckten Hauptes und des traurigen Anlasses halber in einem alten grauen Wolfspelzmantel. Tante Olga geriet über diesen Vorfall in schreckliche Unruhe, besprach sich mit Mama und beschloss, die verwaiste Ljuba zu uns zu nehmen, bis es gelingen würde, etwas für sie zu unternehmen. Aber all das erwies sich als überflüssig: Ljuba war bereits untergebracht und wahrscheinlich nicht schlechter, als wir sie mit unseren sehr beschränkten Mitteln und ohne gewichtige und bedeutsame Verbindungen hätten unterbringen können. Der Urheber dieser Fürsorge für das verwaiste Mädchen war derselbe Pawlin, der sie zwei Monate vorher zusammen mit ihrer Mutter und Großmutter hatte ausfrieren lassen.

Als Tante Olga ihre Besprechung mit Mama beendet hatte, ging sie in Pawlins Portiersloge, um von ihm zu erfahren, wo Ljuba sei – aber sie fand ihn nicht auf seinem gewohnten Sessel. Das war wohl das erste Mal, dass Pawlin seine Verpflichtungen versäumte, seit er in diesem Hause die bunte Livree angezogen und den glänzenden Stab in die Hand genommen hatte.

Von jemand, den sie nach dem Portier fragte, erfuhr die Tante, dass er vom Friedhofe schon nach Hause zurückgekommen sei und das Kind auf dem Arm in sein Zimmer getragen habe.

Die Tante besann sich nicht lange, sondern ging auf das unantastbare Appartement Pawlins zu und öffnete die Türe. Sie erblickte ein sehr kleines Zimmerchen mit einem kleinen Diwan, auf dem die weinende Ljuba saß, während vor ihr Pawlin kniete und dem Kind das nasse Schuhzeug wechselte.

Beim Eintritt der Tante stand er auf, verbeugte sich höflich vor ihr und sagte:

»Gnädigste geruhen sich wegen des Fräuleins zu bemühen?«

»Ja«, antwortete Tantchen.

»Geruhen Sie es mitnehmen zu wollen?«

»Ja.«

»Wie es Ihnen beliebt.«

Die Kleine schmiegte sich an die Tante, und wir nahmen sie bei uns auf. Gegen Abend desselben Tages erschien Pawlin bei uns und bat, der Tante zu melden, dass er gekommen sei, um mit ihr über die Waise zu sprechen.

Man ließ Pawlin in den Salon, wohin die Tante zu ihm herauskam. Sie sprachen ungefähr eine halbe Stunde, nach deren Verlauf Pawlin fortging, während die Tante voll Entzücken über den Verstand und die Charakterfestigkeit Pawlins zu Mama zurückkam.

Pawlin hatte der Tante gesagt, dass er Ljuba unter seine Fürsorge nehmen wolle, dass er aber nicht darauf bestehe, wenn das Mädchen besser untergebracht werden könnte. Und um der Tante die Möglichkeit zu geben, sich ein Urteil über seine Mittel und seine Zuverlässigkeit zu bilden, sei er gekommen, um ihr das Nötige aus seiner Vergangenheit zu erzählen und ihr seine jetzige Lage und seine Pläne bezüglich Ljubas darzulegen. Nach seinen Worten war er Leibeigener gewesen und als Musiker ausgebildet worden, jedoch ohne die Musik zu lieben, dann war er Kammerdiener geworden; später hatte er sich um einen hohen Preis freigekauft, zunächst seine eigene Person allein; nachdem er aber durch Arbeit und Sparsamkeit eine für seine Lage ziemlich große Summe zusammengebracht hatte, kaufte er auch seine alte Mutter, seine Schwester und seinen Schwager frei und verschaffte ihnen an der großen Tulaschen Landstraße einen guten Wirtshof. Außerdem hielt er sich für verpflichtet, die Wirtschaft dieser Verwandten zu unterstützen, und hatte daher selbst nicht geheiratet, sondern nur für seine Verwandten gelebt. Vor einem Monat jedoch war die Nachricht gekommen, dass alle seine Angehörigen eines nach dem anderen an der Cholera gestorben waren. Nun sei er ganz allein zurückgeblieben und habe gefunden, dass die Zeit zu heiraten für ihn schon vorüber sei. Daher drückte Pawlin den Wunsch aus, den Rest seiner Tage der Waise Ljuba zu widmen, die ihm in ihrer Lage außerordentlich leidtäte.

Diese gütige Regung rührte die Tante derart, dass sie Pawlin die Hand gab und ihn sich setzen ließ, um ihr ausführlich seinen Plan zu entwickeln, den er bezüglich Ljubas zu verfolgen gedachte. Die Tante war überzeugt, dass der bedächtige Pawlin, als er sich entschlossen hatte, das Kind in seine Hände zu nehmen, ganz bestimmt klare Absichten hatte, mit deren Verwirklichung er auch rechnete, und sie hatte sich auch nicht geirrt. Pawlin hatte in der Tat einen Plan, dazu einen sehr genauen und auch ausführbaren, der durchaus der Solidität und Festigkeit seines Charakters entsprach. Er hatte sich nicht nur darauf vorbereitet, das Mädchen aufzunehmen und es zu ernähren, sondern er hatte sich auch den ganzen Weg zurechtgelegt, auf dem es ins Leben treten und darin festen Fuß fassen sollte. Dabei bewies er einige Charakterzüge, die bisher an ihm unbemerkt geblieben waren, vor allem aber Geradheit, Bescheidenheit und Verachtung für das eitle hochfliegende Trachten eines Menschen. Pawlin hatte für die Waise ein vielleicht sehr bescheidenes Schicksal ausersehen: er sagte der Tante, dass er beabsichtige, Ljuba zu einer ihm bekannten sehr guten Dame in die Schule zu geben, wo das Mädchen innerhalb von vier Jahren das seiner Ansicht nach unbedingt notwendige Wissen erlernen sollte, d.h. also Lesen, Schreiben, Religion und Arithmetik, aber ebenso auch »die historischen Begebenheiten«. Dann wollte er sie fortgeben, um sie Handfertigkeiten erlernen zu lassen; für den Zeitpunkt ihres Austritts aus dieser Lehre beabsichtigte er aber Geld zusammenzubringen, um damit einen Laden für sie zu eröffnen und sie später mit einem ehrenhaften Menschen zu verheiraten, »der ihrer wert sei«. – »Dies«, sagte er, »meine ich, wird das Sicherste sein, denn an das vornehme Leben kann man sich immer, wenn es das Schicksal will, sehr leicht gewöhnen, aber vor allem muss der Mensch die Mittel haben, um auf sich selbst zu vertrauen.«

Der Tante, die selbst immer sehr verständig und einfach war, gefiel dieser einfache und praktische Erziehungsplan außerordentlich gut, während meiner Mama Pawlins Plan nicht so ganz entsprach: sie fand, dass niemand das Recht habe, auf solche Weise »die Zukunft der armen Waise zu verunstalten, im Gegensatz zu der Zukunft, zu der sie ihrer Herkunft nach berechtigt sei.« Hierüber konnten sich Mama und Tante durchaus nicht einig werden, und sie hätten wahrscheinlich noch lange darüber gestritten, hätte sich nicht der Zufall in die Angelegenheit eingemischt und alles auf seine Weise entschieden: die Gesundheit meiner Mutter erforderte einen Klimawechsel, und sie musste zu ihrem Bruder in eine Stadt weit ab von Petersburg fahren. Ich wurde in Petersburg in eine Pension gegeben, während meine gute Tante in eine andere Gegend reiste und sich dort auf ganz eigentümliche Weise einrichtete: sie trat in ein einsames, hinter Kiew gelegenes Frauenkloster am Dnjepr ein. Die verwaiste Ljuba musste man also, ob man wollte oder nicht, der ausschließlichen Fürsorge Pawlins anvertrauen, dessen Eifer, das Kind unterzubringen, und dessen Mittel, dies alles zu tun, die unseren fast überstiegen. Außerdem beruhigten auch die sittlichen Bürgschaften, die Pawlin ihr beim Abschied gab, die Tante sehr wesentlich über das Schicksal Ljubas. Pawlin hatte sich ihr gegenüber folgendermaßen ausgesprochen:

»Ich weiß, gnädiges Fräulein«, sagte er, »dass man mich für einen bösen Menschen hält, aber das kommt nur daher, weil ich der Meinung bin, dass jeder Mensch vor allem seine Schuldigkeit tun muss. Ich habe kein grausames Herz, aber ich weiß aus Erfahrung, dass jeder an seiner Not selbst viel Schuld trägt, und dass man durch Nachsicht die Menschen noch mehr dazu verleitet. Man darf einem Menschen nicht durch Nachgiebigkeit helfen, die nur noch schwächer macht, sondern man muss ihm helfen, auf seinen Füßen zu stehen und über sich selbst gründlich nachzudenken, damit er sich selbst vor unbarmherzigen Menschen in Acht nehmen kann.«

Mama und die Tante weinten zwar noch über Ljuba, aber dann überließen sie das Mädchen Pawlin, damit er nach seinem Willen aus ihr eine Frau ohne Schwäche mache, die sich selbst beschützen könne. Aber es kam so, dass das kleine Mädchen aus diesem starken Mann etwas machte, woran er wohl schwerlich gedacht hatte.

Siebentes Kapitel

Die Zeit verging. Pawlin erzog Ljuba genau so, wie er es meiner Tante bei ihrem ersten Gespräch über die Waise versprochen hatte. Während ich die letzten Jahre in der Gymnasial-Pension verbrachte, lernte Ljuba in einer Privatschule bei einer Dame, welcher Pawlin für den Unterricht und Unterhalt seiner Pflegebefohlenen mit der ihm eigenen Pünktlichkeit zahlte. Ljuba eignete sich hier zwar keine großen Kenntnisse an, aber immerhin mehr, als Pawlin als nötig und nützlich für sie befunden hatte. Von meinen eigenen Angelegenheiten in Anspruch genommen, hätte ich Ljuba wohl ganz vergessen, wenn ich sie nicht kurz nach meinem Eintritt in die Universität zufällig auf der Straße getroffen hätte. Ich erkannte sie sofort wieder und freute mich sehr über sie. Ich war damals achtzehn Jahre, während Ljuba ins Vierzehnte ging. Sie war im Erblühen und versprach ein sehr hübsches Mädchen zu werden. Sie hatte sich zu einer äußerst zierlichen und graziösen Mignongestalt entwickelt. Das Köpfchen umgaben dichte, gewellte Haare von ungemein sympathischer, goldig glänzender Färbung, dazu hatte sie schwarze Augenbrauen und dunkle Wimpern, unter denen die großen dunkelblauen Augen hervorschauten. Ich war von ihrer Schönheit so überrascht, dass ich es gegen meinen Willen nicht verbergen konnte, und so wurden wir beide verwirrt und trennten uns, ohne miteinander gesprochen zu haben. Später, noch in demselben Jahre, traf ich sie wieder bei einer Frühmesse in einer Kirche, wo sie, noch mehr erblüht, vor Pawlin stand, der sie, wie es mir damals schien, mit tiefer Zärtlichkeit ansah. Die acht Jahre waren an Pawlin nicht ganz spurlos vorübergegangen, ihre Wirkung war aber nicht irgendwie zerstörend gewesen: er fing nur an, grau und etwas stärker zu werden, aber für seine fünfzig Jahre war er immer noch jugendlich. An seinem Ausgehanzug hatte sich nichts geändert. Ljuba war bescheiden, aber sehr reinlich gekleidet und hielt sich wie ein vornehmes Fräulein. Pawlin erschien in seiner abgetragenen braunen Pekesche wie ihr Onkel. Wie ich Ihnen schon gesagt habe, stand er hinter Ljuba; auf dem Arm hielt er ihren Regenmantel und ihr gestricktes Kamelgarn-Halstuch, das sie abgenommen hatte, da es in der Kirche ziemlich heiß war. Allen war es heiß, aber es schien, als sei Ljuba besonders matt und erhitzt; sie glühte wie eine Mohnblume und erschien mir unruhig und zerstreut; was jedoch noch merkwürdiger war, ihre sichtliche Spannung schien sich in dem Maße zu steigern, als sich der Gottesdienst dem Ende näherte. Mir schien es, als hinge ihre Gespanntheit mit meinem unerwarteten Auftauchen vor ihr zusammen, denn sie hatte mich gesehen und augenscheinlich erkannt und unaufhörlich mit ihren großen Pupillen unter den dunklen langen Wimpern angeschaut. Das Folgende überzeugte mich, dass ich mich nicht geirrt hatte. Als ich nach Schluss der Messe zu Ljuba trat, wie Pawlin ihr gerade ihren Mantel gab, erreichte ihre Spannung den Höhepunkt. Sie nickte mir kaum mit dem Kopfe zu und zog sich hastig an, wobei sie mit der Hand stets am Ärmel vorbeifuhr, während in ihren niedergeschlagenen Augen eine große Träne glänzte. Es war aber nicht eine Träne der Rührung oder Güte, sondern kam eher von Gereiztheit und Verdruss. Zweifellos litt Ljuba darunter, dass ich sie mit einem Lakai sah und dabei nicht in einer Verbindung, in der ein Lakai für die menschliche Eitelkeit angenehm ist. Pawlin gab sich durchaus nicht den Anschein, als bemerke er es, aber ich war überzeugt, dass er alles sah und verstand. Indes wurde er augenscheinlich nicht verwirrt, sondern handelte wie immer genau und gewissenhaft, d.h. er half Ljuba in den Mantel und zupfte diesen zurecht, ohne dabei mehr Aufmerksamkeit als ein Diener zu zeigen. Ljuba schien aber auch dies nicht zu gefallen; sie zierte sich und hielt ihn sich vom Leibe, wie ein Täubchen eine ihre Bekanntschaft suchende Saatkrähe.

In mir regten sich alte Erinnerungen. Ich entsann mich der Hochschätzung, die meine gute Tante für diesen rauen Menschen geäußert hatte, der jede übernommene Pflicht mit so großer Achtsamkeit erfüllte – und ich musste mich über Ljuba ärgern. Ich reichte gleichzeitig ihr die rechte, Pawlin die linke Hand und sagte zu ihm so liebenswürdig, wie ich nur konnte:

»Ich freue mich sehr, Sie zu sehen, Pawlin Petrowitsch, verzeihen Sie, dass ich Ihnen die linke Hand gebe, aber sie ist dem Herzen näher als die rechte.«

Er drückte meine Hand sehr kräftig, und mir schien es, als glänze auch in seinen Augen eine Träne, aber eine andere als bei Ljuba. Dies war ihr nicht entgangen, und sie hob ihre niedergeschlagenen Augen; sie schien froh, dass zwischen uns Dreien eine Art Gleichheit hergestellt war und strahlte darüber. Pawlin war äußerlich der gleiche, aber doch schien etwas an ihm eine leise verhaltene Zufriedenheit auszudrücken.

»Wie sich Ljubow Andrejewna verändert haben«, sagte er beim Verlassen der Kirche zu mir. »Ganz erwachsen ist sie.«

»Ja erwachsen und ... « Ich wollte sagen: »und hübsch geworden«, fand aber, dass es sich nicht gehöre, ihr das zu sagen und fügte nur hinzu, dass ich sie kaum erkannt hätte.

»Wieso auch«, antwortete Pawlin, »als Sie uns damals verließen, war sie noch ganz ein Kind ... und jetzt ist sie fünfzehn Jahre.«

Ich wunderte mich ganz dumm darüber, dass seit dem Tage, an dem Ljuba verwaiste, schon neun Jahre verflossen seien, und damit war unser Gespräch zu Ende. Am nächsten Sonntag aber traf ich Ljuba und Pawlin in derselben Kirche wieder, und diese Begegnungen wurden immer häufiger, bis ich schließlich einmal Pawlin ohne Ljuba in der Kirche erblickte und mich erkundigte, was dies zu bedeuten habe.

»Sie ... Ljubotschka ... ist nicht ganz gesund«, antwortete der Portier. In Ljubas Anwesenheit nannte er sie aber nie anders als Ljubow Andrejewna.

Ich fragte, was denn mit ihr geschehen sei.

Pawlin besann sich, nahm die Hände auseinander und flüsterte dann unwillig:

»Es muss wohl von der Einbildung herkommen!«

»Ist denn Ljubotschka sehr ängstlich?«, fragte ich.

»Nein, – wenn Sie die Angst vor einer Krankheit meinen, nein. In dieser Beziehung ist sie nicht ängstlich, sogar im Gegenteil, sie nimmt sich nicht in Acht. Aber ... ja ... ihr Charakter hat wohl etwas derartiges ... «

Damit trennten wir uns und sahen uns lange nicht mehr, aber an einem Herbstabend kam plötzlich Pawlin ganz unerwartet zu mir, war voll Unruhe und erzählte, dass Ljuba erkrankt sei.

»Sie kam«, berichtete er, »am vergangenen Samstagabend auf einen Augenblick zu mir, wurde plötzlich ohnmächtig und versetzte uns alle in Schrecken. Anna Ljwowna schickten ihren eigenen Arzt und kamen sogar selbst, und auch der junge Herr. Aber jetzt geht es ihr besser. Sie hat ein wenig geschlafen und beim Aufwachen gesagt: ›Ich möchte so gerne etwas über meine Mama hören!‹ Haben Sie die Güte, besuchen Sie sie und sitzen Sie ein wenig bei ihr. Sie erinnerte sich an Sie, und ich bemerkte, dass sie mit Ihnen von ihrer Kindheit sprechen wollte, da Sie ihre Mutter gekannt haben. Sie können der Kranken damit eine große Freude bereiten.«

Ich stand auf und ging.

»Aber wissen Sie, wenn sie viel fragen sollte, so erzählen Sie ihr nicht alles«, sagte er noch, als er mich in sein Portierzimmerchen hineinführte.

Dieses Zimmer, das ich jetzt zum ersten Male sah, war sehr klein, aber außerordentlich sauber und anheimelnd. Es schien mir auf den ersten Blick ein hübsches Kästchen zu sein, in dem eine hübsche sächsische Porzellanpuppe liegt: diese Puppe aber war die fünfzehnjährige Ljuba.

Achtes Kapitel

Pawlin ließ mich mit Ljuba allein und ging selbst hinaus, um für den Tee zu sorgen. Ljuba saß in einem Sessel, und ihre mit einem alten, aber sehr sauberen Plaid bedeckten Füße ruhten auf einem Schemel. Ich begrüßte sie, drückte ihr meine Freude aus, dass es ihr besser gehe, und setzte mich ihr gegenüber an das Tischchen.

Sie gab mir keine Antwort, sondern seufzte auf und machte eine kleine Grimasse, die ich für den Ausdruck einer Schmerzempfindung hielt. Ich hatte mich aber getäuscht: Ljuba hatte mir durch ihre Grimasse zeigen wollen, dass sie unzufrieden und untröstlich sei.

»Ich bin gar nicht froh, dass ich wieder gesund werde«, sagte sie schließlich zu mir und warf ihre Lippe auf.

»Nicht froh! Wie, gefällt Ihnen denn das Kranksein?«, entgegnete ich, in dem Bemühen, das Gespräch auf einen scherzhaften Ton einzustellen. Aber Ljuba wurde noch mürrischer und sagte:

»Nein, nicht Kranksein, sondern st...«

»St...?«, antwortete ich und versuchte die Sache ins Heitere zu ziehen. »Es ist für Sie noch früh, um zu »st«.

»Ich bin sehr unglücklich«, flüsterte die Kranke, und die Tränen flossen in Strömen über ihre beiden Wangen.

Ich bemühte mich, sie mit allgemeinen Trostreden zu beruhigen, wie, dass ihr ganzes Leben noch vor ihr liege und dass auf eine schwere Zeit eine bessere folge, allein sie winkte mir mit der Hand ab und sagte ungeduldig:

»Mich erwartet nichts Besseres.«

»Warum?«

»Es ... ist mir einmal so beschieden.«

Ich sah sie an und fand nichts, was ich ihr hätte erwidern können. In ihren Worten klang nicht etwa eine augenblickliche krankhafte Stimmung, sondern in der Tat etwas Verhängnisvolles, und über ihrem ganzen Wesen lag etwas Unabwendbares und Schicksalhaftes. Ihr junges Gesichtchen erinnerte mich an die Gesichter ihrer Großmutter und ihrer Mutter. Unser Gespräch stockte und ging nicht mehr weiter fort. Ljuba fragte mich auch nicht über ihre Vergangenheit, wie es Pawlin erwartet hatte, sondern schwieg und war zornig. Worüber aber? Offenbar über ihre Lage. Wem gab sie nun daran die Schuld? Der Vorsehung, die es so eingerichtet hatte? Nein; sie hatte anscheinend einen anderen Schuldigen im Sinne. Und mir schien es fast, als sei dieser Schuldige Pawlin. Mein Verdacht sagte mir, dass es wahrscheinlich kurz vorher zwischen ihnen eine Szene gegeben habe, die Pawlin quäle, und dass er Ljuba nicht mit seiner Anwesenheit belästigen wolle, aber gleichzeitig bedaure, sie allein zu lassen, deshalb habe er mich selbst geholt, ohne dass sie den Wunsch geäußert hatte. Und ebenso sagte mir ein vielleicht nicht ganz begründeter Verdacht, dass Pawlin sich mit Ljuba ein Unheil zugezogen habe. Ljuba erschien mir als ein über alle Maßen empfindliches, launisches und eitles Mädchen, und ich wusste schon damals, dass es für einen ernsten Menschen nicht leicht ist, mit einem solchen Wesen auszukommen. Mir kam es vor, als beruhe das ganze Leiden Ljubas in der Hauptsache darauf, dass sie in der Portierloge wohne und nicht in der Beletage, und dass sie einem Lakai und nicht dessen Herrin zu Dank verpflichtet sei ...

Ich war voller Mitleid mit Ljuba gekommen, begann aber unwillkürlich Pawlin zu bemitleiden. Es hatte den Anschein, als kapituliere er vor ihr und fühle nun, dass er von Geburt nur ein Lakai, während sie, die ihm in allem verpflichtet war, von Geburt ein gnädiges Fräulein sei, das ihm die Macht der Gewohnheit als ein über ihm stehendes Wesen anzuerkennen zwang. Auch Ljuba hatte zweifellos ihren Vorrang vor ihrem Erzieher bemerkt und war nicht großmütig genug, um bescheiden und dankbar zu sein. Als sie mit mir ins Gespräch kam, erzählte sie mit besonderer Lust, dass heute und gestern Anna Ljwowna selbst sie besucht hätte, auch ihr ältester Sohn Woldemar, der eben erst Kornett bei einem eleganten Gardekavallerieregiment geworden sei. Die sonst so mürrische und schweigsame Ljuba verbreitete sich außerordentlich gern über diesen Besuch und darüber, dass »sie mit ihr französisch gesprochen hätten, weil sie wollten, dass Pawlin ihr Gespräch nicht verstehe«, dabei betrachtete sie aufmerksam das Flacon mit Riechessig, das ihr die alte Generalin gelassen hatte, und roch daran. Nach diesem Gespräch war ich endgültig davon überzeugt, dass man Ljuba, um sie zu heilen, wie eine kleine Katze an einen anderen Ort bringen, d. h. aus der Portierloge in die Beletage versetzen müsse. Bald darauf zeigten mir die Ereignisse, dass ich mich nicht geirrt hatte.

Nach ihrer Wiederherstellung hielt sie sich in der Beletage bei der Generalin auf, und die junge Ljuba fand einen Trost darin, dass sie wenigstens einige Stunden am Tage hier verweilen durfte. Es fiel ihr nun so schwer, in die Werkstätte zu gehen, in die sie Pawlin gegeben hatte, dass sie einzig bei dem Gedanken daran aufs neue krank wurde. Pawlin wusste nicht, was er mit ihr tun solle; er beklagte sich nur darüber und sagte:

»So sind die Menschen! ... Hm! ... Wissen Sie, da haben ihr die Freundinnen gesagt, dass sie edler Herkunft sei! Und jetzt will sie nicht mehr. Aber was ist die edle Herkunft? – Dummheiten!«

Ljuba zu nötigen, sie zu zwingen, gegen ihren Willen in die Werkstätte zu gehen – dem gegenüber war der unbeugsame Wille Pawlins machtlos. Sie zu sich in sein kleines Kämmerchen zu nehmen, fand er untunlich und unschicklich, da Ljuba schon ein beinahe ganz erwachsenes Mädchen war. Mit einem Wort, die Sache ging durchaus nicht dorthin, wohin Pawlin sie hatte lenken wollen; und was denken Sie, dass er tat, um alle diese Schwierigkeiten ins Reine zu bringen? Ich wette, Sie werden es nicht erraten! ... Binnen Jahresfrist heiratete Pawlin diese sechzehnjährige Ljuba, dieses hohle, anmaßende Mädchen, das in seiner grausamen Unnatur ihn verachtete, und Sie wären ungerecht, wenn Sie auch nur einen Augenblick glauben würden, Pawlin habe direkt oder indirekt Ljuba dazu genötigt. Durchaus nicht: das junge Mädchen hatte es selbst gewollt. Aber wie ihr das einfiel, das will ich Ihnen gleich erzählen.

Neuntes Kapitel

Wie verloben und verheiraten sich bisweilen die Menschen? Gute Beobachter bestätigen, dass vielleicht bei keiner anderen Angelegenheit der menschliche Leichtsinn derart erschreckend zum Vorschein kommt, wie bei den Eheschließungen. Man sagt, dass selbst verständige Menschen sich ein Paar Stiefel mit viel mehr Aufmerksamkeit kaufen, als sie aufwenden, um sich einen Lebensgefährten auszuwählen. Und es ist in der Tat durchaus nicht selten, dass bei dieser Wahl nichts als der blinde und lächerliche Zufall waltet. So verhielt es sich auch mit Pawlin und Ljuba.

Ljuba wollte nur nicht in den Laden gehen, wo ihr irgendein Mädchen eine Grobheit gesagt hatte, und darum schmollte sie und schmeichelte sich unter die Fittiche Anna Ljwownas, klagte und jammerte, dass sie wieder dorthin gehen sollte, wo die Menschen so ungebildet und grob seien, dass sie die Vorzüge ihrer Herkunft nicht zu schätzen verstehen, sondern sich im Gegenteil dafür an ihr rächten.

»Ja, sicher rächen sie sich an dir«, erwiderte Anna Ljwowna und schaute Ljuba dabei an.

Sie saßen beide in einem behaglichen Kabinett und arbeiteten beim Schein einer matten Lampe.

»Weshalb will dich denn dieser Pawlin noch lernen lassen? Ich verstehe das nicht!«, fuhr Anna Ljwowna fort und betrachtete dabei

Ljubas Arbeit: »Meiner Meinung nach bist du jetzt schon eine vortreffliche Meisterin.«

»Er will mir einen Laden aufmachen ...«

»Er ... Erlaube mir, dir zu sagen, dass dieser dein er ein schrecklicher, bunter Hanswurst ist. Wozu wird er dir einen Laden aufmachen?«

»Was soll er mit mir sonst anfangen?«

»Was er anfangen soll? Sehr einfach! Ich verstehe nicht, weshalb er dich nicht heiratet!«

Das Mädchen war verblüfft und schwieg. Sie hatte bis jetzt kaum noch ans Heiraten gedacht und sich ihren Erwählten jedenfalls durchaus nicht in Pawlin vorgestellt. Die Generalin sah, dass der Gedanke, den sie ausgesprochen hatte, Ljuba noch nicht in den Kopf ging, dass sie aber vor ihm auch nicht erschrak und dass er anscheinend recht gut in ihrem Kopfe Platz finden werde.

»Natürlich«, fuhr die Generalin fort. »Du glaubst vielleicht, dass es leicht sei, Modistin zu sein, jeder Fratze vorzulügen: ›Das ist hübsch, das steht Ihnen gut‹, es jeder Laune recht zu machen und vor jeder auf den Knien zu liegen, um Maß zu nehmen? Wenn du aber heiratest ... so ist es viel besser für dich. Besonders wenn du Pawlin nimmst: dann werden wir uns beide nie trennen; du wirst bei uns sein, um den Gästen Tee und Kaffee zu servieren, und ich werde dir etwas für deine Garderobe zahlen. An den Abenden werden wir zusammensitzen, gemeinsam arbeiten und warten, bis Wolodja kommt und uns erzählt, was es alles gibt. Wolodja unterhält sich sehr gern mit dir, und du wirst immer wie eine Verwandte in unserem Hause sein.«

Ljuba wurde rot und schwieg; auf ihren Wimpern glänzten Tränen. Die Generalin aber sprach weiter:

»Und bedenke, wenn du einen Laden aufgemacht hast und irgendwann einen jungen Menschen heiratest, vielleicht sogar einen ungebildeten, sagen wir, einen Handwerker oder sogar einen Künstler – etwas Besseres erwartet dich doch nicht. In solcher Gesellschaft gehst du zugrunde. Aber einen Anderen, höher Gestellten zu heiraten ist für dich schwierig, denn du bist nicht so gestellt.«

»Ich weiß es«, brachte Ljuba hervor, ihre Tränen hinunterschluckend.

»Gut, dass du so verständig bist! Pawlin aber ist zwar nicht mehr jung, aber ein Mensch von seltenen Grundsätzen, er wird dir nie Schwierigkeiten machen. Ich kenne ihn seit mehr als zwanzig Jahren, und er war immer ehrlich, immer vernünftig, immer ordentlich; wenn ich auch nicht glaube, was die Leute schwatzen, dass er sich bei mir gehörig Geld verdient habe, aber er ist immerhin ein sparsamer Mensch und hat bestimmt einiges Geld zurückgelegt. Dieses Gesparte wird er nun für dich ausgeben. Ja, meine Gute, so ist es! Und du bist es auch wert. Und schließlich handelt es sich doch nur darum; denn was kann ihm angenehmer sein, als eine junge und so hübsche Frau herauszuputzen? Glaube mir, die Leute in seinem Alter sind viel zuverlässiger, als alle diese Windbeutel, als z. B. dieser Künstler, der herkommt, um mein Porträt zu malen und dich immer angafft.«

Ljuba erglühte: sie hörte zum ersten Male, dass die Männer sie angafften, zudem hörte sie es aus dem Munde einer so soliden Frau, wie die Generalin, zu der das junge Mädchen wie ein Grashalm nach der Sonne strebte. Es war ihr angenehm, dass sich Anna Ljwowna ihrer so annahm; ihre Nerven gingen durch, sie warf die Arbeit von den Knien, stürzte sich weinend an die Brust der Generalin und stammelte:

»Nehmen Sie mich in Ihren Schutz, ich werde Ihnen in allem folgen.«

Anna Ljwowna beantwortete ihre Zärtlichkeiten mit Zärtlichkeiten, sie fuhr fort, in sie zu dringen und ihr zuzureden und schloss endlich:

»Ich fürchte nur das eine, dass dir Pawlin vielleicht in der Tat etwas zu alt erscheint!«

Ljuba schwieg.

»Vielleicht willst du unbedingt einen jungen Mann?«

»Ach, das sage ich gar nicht«, unterbrach Ljuba.

»Nun, vortrefflich, wenn du es nicht sagst, so gebe dir Gott Glück.«

Das Mädchen erschrak, dass alles so schnell erledigt sein sollte, wurde rot und beeilte sich zu sagen, dass sie niemand heiraten werde, aber Anna Ljwowna sang ihr das Verschen aus dem »Roten Sarafan« vor, dass »das Vöglein nicht ewig überm Felde singt, der goldgeflügelte Schmetterling nicht ewig über Blumen spielt«. Sie lachte das Mädchen aus, streichelte ihr das Gesicht und fragte:

»Du willst doch nicht ins Kloster?«

»Mir ist alles gleich«, flüsterte Ljuba.

»Oh – oh, du lügst, du hast nicht solche Äuglein, um ins Kloster zu gehen. Nein, du würdest dort alle verwirren: die Männer würden anstatt zu Gott zu beten nur noch dich anschauen.«

Das Mädchen lachte.

»Nun also ... aber Spaß beiseite, überlege dir, wozu du dich entschließt: ich wollte schon lange mit dir darüber sprechen und sage es dir jetzt so ernsthaft, weil ich sehe, dass du uns wirklich lieb hast ... «

»Ich habe Sie sehr, sehr lieb«, bestätigte das Mädchen und bedeckte die Hand der Generalin mit Küssen.

»Ja, und ich verstehe auch, dass du, wenn du mit uns verkehrst, unmöglich noch länger in der Werkstätte zu diesen Näherinnen gehen kannst ... «

»Ich kann es entschieden nicht mehr! Ich werde ins Wasser gehen!«

»Ich verstehe das alles, verstehe durchaus alles, nur weiß ich nicht, weshalb du ins Wasser gehen willst: das ist Sünde. Es macht Pawlin keine Ehre, dass er als verständiger Mensch dich dorthin schickt, wo du solche unchristlichen Gedanken hörst. Ich habe schon mit ihm darüber gesprochen.«

»Sie haben mit ihm über mich gesprochen?«

»Ja, ich habe mit ihm gesprochen, er sieht es auch ein und ist mit mir einverstanden. Aber urteile selbst: was soll er mit dir anfangen, Kind? Es ist in der Tat sehr schwer, etwas für dich auszudenken; du bist nicht so erzogen, dass du Gouvernante werden könntest, denn du weißt zu wenig. Als Bonne zu Kindern eignest du dich auch nicht, weil du sehr jung bist, und dich zur Näherin oder zum Stubenmädchen zu bestimmen, fällt ihm sehr schwer ... Er hat doch so viel getan ... Nicht wahr? ... «

Das Mädchen ließ ein leises »Ja« fallen.

»Nun siehst du«, fuhr die Generalin fort, »nehmen wir an, ich würde dich zu mir nehmen ... «

Ljuba warf sich vor ihr auf die Knie und rief:

»Ach nehmen Sie mich, nehmen Sie mich. Um Gottes willen, nehmen Sie mich!«

»Aber welche Rolle wirst du bei mir spielen?«

»Das ist ganz gleich. Wenn ich nur bei Ihnen ... «

»Ja, aber Pawlin wird es nicht wollen; er wird sicher finden, dass es nicht gut sei; außerdem habe ich einen erwachsenen Sohn. Er ist zwar ein guter Junge und hat dich sehr gern, aber du bist doch jetzt schon ein volljähriges Mädchen, und das geht nicht. Aber wenn du Pawlin heiratest ... so wird sich das alles vortrefflich geben.«

Das Mädchen schwieg, und Anna Ljwowna fuhr fort:

»Mein Rat ist der: folge mir und heirate Pawlin, und du wirst in aller Ruhe leben. Die ganze Zeit wirst du bei uns verbringen; ich bin alt, und alle bestehlen mich, ich will dich daher in meiner Nähe haben ... «

Ljuba schwieg wieder.

»Nun, was ist das, du sollst sprechen und nicht schweigen: soll es so sein oder nicht?«

Das Mädchen beugte sich wieder über die weiche, welke Hand ihrer Beschützerin und flüsterte:

»Sie wissen besser, was für mich notwendig ist: ich bin mit allem einverstanden.«

So aus dem Stegreif wurde das Unglück für Pawlin mit Ljuba vorbereitet, denn Pawlin war in sie in der Tat grausam verliebt und hatte nur nicht gewagt, an sie zu denken. Als aber die Generalin dies alles für ihn erwogen hatte und ihm geradezu die Pforte des Paradieses aufmachte, schwindelte ihm der Kopf, und er vergaß sämtliche Vernunftgründe, die ihn bewogen hatten, an Ljuba nicht einmal zu denken.

Als wäre es eben erst geschehen, so lebhaft erinnere ich mich an den Besuch, mit dem er mich beehrte, um mich einzuladen, Ljubas Brautführer zu sein. Pawlin war nicht wiederzuerkennen. Er blieb eine Stunde bei mir sitzen und machte sich selbst die verschiedensten Komplimente, was man früher an ihm nicht gewohnt war. Der Gedanke, dass ihn ein junges Mädchen liebe, hatte ihm offensichtlich den Kopf verdreht und die Zunge gelöst, so dass er unerträglich geschwätzig und sogar prahlerisch wurde, wenn auch natürlich ganz auf seine Weise. Auch in seinem Trieb zur Geschwätzigkeit stand alles, was er sagte, auf dem Boden der Pflicht.

»Ich bin ein einfacher Mensch«, sagte er, »aber ich bin doch ziemlich belesen und habe mich, wie Sie zu sehen belieben, nicht vorzeitig weggegeben. Hätte ich vielleicht nicht längst heiraten können? Sehr gut hätte ich es gekonnt, und viele Frauen haben mir Hoffnungen gemacht, aber ich hatte solche Verpflichtungen auf mir, dass ich es nicht tun konnte. Mit einem Worte: ich tat es wegen meiner Verwandten nicht. Dumme Menschen haben gesagt, dass meine Verwandten undankbar seien und mich im Alter allein lassen würden. Ich habe nie darauf geachtet. Ich habe doch meine Verwandten nicht der Dankbarkeit halber unterstützt, sondern nur meine Pflicht erfüllt. Ich habe auch Ljubow Andrejewna durchaus nicht des Dankes willen erzogen und auch nicht irgendwelcher Aussichten wegen, aber jetzt ist es so gekommen, dass ich durch sie mein Glück und eine Gefährtin erhalte. Man muss immer so handeln, wie es die Pflicht verlangt, und das führt immer von selbst zum Besten.«

Diese verallgemeinerte Beweisführung interessierte mich außerordentlich, und ich hörte mit größter Aufmerksamkeit zu, wie Pawlin alles in diese Regel hineinbezog: es stellte sich heraus, dass er auch die Fenster bei den Mietern zum Wohle der Menschheit aushob, von dem Gesichtspunkte ausgehend, dass sie, d. h. Anna Ljwowna kein Mitleid kenne, niemand auf der Welt dürfe aber auf Mitleidige rechnen, denn es gäbe ihrer nur wenige, und auch bei diesen könne man sich versehen, und dann »geht es einem noch schlimmer«. Strenge sei dagegen besser, denn unter ihr trage jeder mehr Sorge für sich und nehme sich vor der Bosheit der Menschen in Acht, und so fahre jeder am besten.

Kaum zwei Wochen nach diesem Gespräch heiratete Pawlin seine Pflegetochter Ljuba, und sehr bald darauf wurde er durch ihre Gnade zum Märtyrer sowie durch die Gnade der anderen, die weder seine Verdienste, noch seine grauen Haare, noch die Vorzüge seines bedeutenden, festen und ehrenhaften Charakters schonten.

Zehntes Kapitel

Ich weiß nicht, ob ich zu Beginn meiner Erzählung die Generalin Anna Ljwowna hinreichend charakterisiert habe; wahrscheinlich nicht. Ich wende mich daher nochmals ihr zu und sage in Kürze, dass sie nicht nur eine unfreundliche, selbstsüchtige und hartherzige Frau war, sondern vielleicht auch die grausamste und berechnendste Egoistin der ganzen Welt, die um des nichtigsten Vorteils willen vor nichts zurückschreckte. Mit unerschütterlicher Gemütsruhe war sie stets bereit, ihren kleinlichsten Berechnungen zuliebe Glück und Leben ihrer Nächsten zum Opfer zu bringen.

Dasselbe tat sie auch jetzt, als sie den bejahrten Pawlin und die junge Ljuba durch das Band der Ehe vereinte. Anna Ljwowna wusste, dass Ljuba Pawlin nicht lieben konnte, und hatte sich auch nicht geirrt. Weder der gewaltige Altersunterschied zwischen den beiden Ehegatten, noch Pawlins Charakterstrenge und äußerliche Rauheit – nichts ließ hoffen, dass sich Ljuba früher oder später an ihren Mann gewöhnen und etwas anderes gegen ihn hegen werde als Furcht und Abneigung – nicht so sehr gegen den alten Mann, als gegen den Lakai ...

Wenn auch die Generalin Anna Ljwowna selbst längst für alle Leidenschaften abgestorben war, so war sie doch eine Frau und wusste, dass es in einer solchen Ehe, wie sie sie zwischen Pawlin und Ljuba gestiftet hatte, für die letztere unbedingt zahlreiche bittere Augenblicke geben werde, wenn auch nicht gerade voll wildem, so doch voll stillem und vergiftetem Gram. Aus dem Gram aber erwächst die Sehnsucht, und die Sehnsucht nährt die unruhige Fantasie; aber was malt und baut nicht alles eine unruhige Fantasie? Anna Ljwowna wusste, dass in einem jungen Kopfe voll reger Einbildungskraft unbedingt bald Vergleiche auftauchen werden; welches Leben hält aber den Vergleich mit einem glühenden Traume aus? Der Traum wird sie besiegen – und ... Ljuba wird dann ganz in die Gewalt Anna Ljwownas geraten.

Glauben Sie bitte nicht, dass ich mich nur versprochen habe, als ich Ihnen sagte, es sei für die Generalin notwendig gewesen, dass Ljuba in ihre Hände gerate. Nein, sie brauchte sie in der Tat. Um schneller mit meiner Geschichte zu Ende zu kommen, sage ich Ihnen offen, dass Anna Ljwowna Pawlin und Ljuba vereinigt hatte, weil sie ein grausames Spiel auf ihre Kosten vorhatte, dessen Gedanken und Plan ihr ihr erhabenstes Gefühl, nämlich das Muttergefühl, eingegeben hatte.

Woloditschka, der in einem glänzenden Regimente diente, kostete Anna Ljwowna viel Geld und benahm sich ziemlich gewagt. Anna Ljwowna wollte ihn ein wenig ans Haus fesseln, aber wie konnte sie es tun, wenn es ihn immer fortzog? Heiraten war für ihn noch zu früh; wenn er auch mit seinem Erfolg bei den Damen der großen Welt prahlte, so hatte er doch in Wirklichkeit keinerlei derartige Erfolge. Die ausländischen Damen aber, wie sie in der Morskaja wohnen, kamen schon damals ihren Anbetern so teuer zu stehen, dass die Generalin bei jedem Gerücht über eine Annäherung Wolodjas an eine dieser Blutsaugerinnen zu zittern begann. Indes beteuerte ihr Woloditschka, dass er als ein russisches Herrchen vom bekannten Schlag unbedingt so leben müsste, wie alle »anständigen Menschen«, und um so zu leben, wollte er natürlich seine Beschützerrechte über irgendeine Frau zeigen, die sich an einer fröhlichen Tafel in einem der Restaurants an der Morskaja nicht schlechter machte, als eine der anderen.

Die Generalin begriff auch selbst, dass dies für einen richtiggehenden weltmännischen Kavalleristen unbedingt notwendig sei, und kämpfte dagegen nicht an. Nach langem nächtlichen Nachdenken und vielen Erwägungen kam die gute Mutter auf den Gedanken, dass sie ein Universalmittel für all das bei der Hand habe und dieses Mittel sei – Ljuba. Ljuba war jung, hübsch und pikant, und wenn man sie ein wenig ausbildete, könnte sie sehr gut als Begleitdame für Dodja dienen. Dass Dodja sie aber zwingen werde, sich in ihn zu verlieben – konnte denn darüber auch nur ein Zweifel sein?

Er war in den Augen der Mutter hübsch, und wenn sie ihn auch für einen »uniformierten Dummkopf« hielt, so hatte er eben doch eine schöne Uniform, verstand sich selbst auf dem Klavier zu begleiten und Romanzen zu singen, in der Art des Liedchens vom »Kühnen Manövergast«, das damals den Frauen die Köpfe verdrehte:

»Ach, wie schön, nicht wahr, Mama,

Ist unser kühner Manövergast!

Die Uniform mit Gold gestickt,

Wie Feuerglut das Auge blickt,

Oh, Gott du mein, oh, Gott du mein,

Ach, wenn er wollte meiner sein!«

Anna Ljwowna wusste, dass dieser armselige Zauber, über den ihr »uniformierter Dummkopf« verfügte, mehr als hinreichend ist für ein leichtsinniges, siebzehnjähriges Geschöpf, das einen alten Mann hat, dessen sie sich schämt ... Das Spiel schien ganz risikolos, sie mischte betrügerisch die Karten und gab sie aus.

Um vor allem die soziale Stellung Ljubas zu heben, nahm man seine Zuflucht zu einem Scherz: alle im Hause nannten sie »die Schweizerin Ljuba« – das klang gut und maskierte ihre lakaienhafte Ehe vorzüglich. Alle jungen Leute, die im Haus Anna Ljwownas verkehrten, erblickten in Ljuba nicht die junge Frau des aufgeblasenen Türschweizers Pawlin, sondern etwas ganz Besonderes, durchaus Unabhängiges und ... Anziehendes.

Man begann Ljuba den Hof zu machen, anfangs gemäßigt und wohlanständig, dann aber immer hartnäckiger und zügelloser. Alle Kameraden Dodjas ohne Ausnahme umschmeichelten sie. Aber Ljuba gefiel keiner von ihnen; sie war mit allen zufrieden, die sie im Hause Anna Ljwownas sah, aber ihr Herz hatte, wie sich die alten Poeten ausdrückten, noch keinen gewählt, und Pawlin war glücklich. Glücklich worüber? Liebte ihn Ljuba, und machte sie ihn glücklich? Nein, Ljuba war immer die gleiche, sie hielt sich sorgsam von ihm fern und verbrachte ihre ganze Zeit bei Anna Ljwowna, mit Handarbeit oder mit dem Einschenken von Kaffee und Tee beschäftigt; aber Pawlin liebte sie maßlos und wünschte nichts als ihr Glück. Zu ihrem Glück aber schien es notwendig, dass sie nicht bei ihm sei, und er nahm auch dies mit Freuden hin.

Von seiner Leidenschaft verwundet, war Pawlin sozusagen gänzlich blind und taub geworden. Seine angeborene demokratische Gesinnung schmolz wie Schnee, und wenn er sich auch nicht seiner bunten Livree schämte, so wünschte er anscheinend doch, dass Ljuba den Flug höher nehme. Ljuba, die seit ihrer Kindheit mit der französischen Sprache vertraut war, sich auf der Schule in ihr vervollkommnet und sie dann schließlich bei Anna Ljwowna praktisch angewandt hatte, bereitete ihrem Manne damit Freude, dass sie sich ganz wie ein Fräulein und wie eine Ausländerin benehmen konnte, mit einem Worte: wie eine Schweizerin in jeder Beziehung.

In Pawlin, der dies alles selbst gewünscht hatte, entwickelte sich damals eine besondere, ganz seltsame Schüchternheit den Launen Ljubas gegenüber. Der arme Alte fühlte sich anscheinend beständig geniert, dass sie ein geborenes Fräulein und er ein Lakai sei. Es war ihm wahrscheinlich nie in den Kopf gekommen, dass er sie so lieben und sich vor ihr so genieren werde, wie es nun gekommen war. Aber er lehnte sich nicht dagegen auf und empörte sich nicht, es gefiel ihm sogar, Ljuba zu dienen, und er übte in allem Nachsicht gegen sie. Er putzte sie wie eine Puppe, putzte sie gerade so, dass sie nicht einer Türschweizerin, sondern einer wirklichen Schweizerin gleiche.

Dadurch leerte sich der Säckel mit seinen unberührten, aber natürlich verhältnismäßig geringen Ersparnissen; er duldete dies alles widerspruchslos und verdoppelte nur seine Sparsamkeit in Bezug auf sich selbst und alle jene Posten, wo er die Ausgaben durch eigene Arbeit ersetzen konnte. Wenn er auch seit seiner Verheiratung in der Erfüllung seiner dienstlichen Obliegenheiten nicht nachlässiger geworden war, so blieb ihm jetzt doch nicht mehr so viel Zeit, um

Romane zu lesen, da Ljuba morgens, wenn sie aufgestanden war und sich angezogen hatte, gleich zu Anna Ljwowna hinaufging. Pawlin räumte ihr Zimmer auf, sah ihre Garderobe durch und machte sich dann daran, sie in Ordnung zu bringen.

Ljuba machte oben bei Anna Ljwowna verschiedene »englische Stickereien«, während Pawlin sich unten in seinem sauberen Kämmerchen einschloss, ihre Stiefelchen putzte, Knöpfchen und Häkchen befestigte und in einem kleinen runden Öfchen Fältelzangen und Plätteisen heiß machte. Wenn sie glühten, nahm er aus dem Schrank ein Plättbrett, bedeckte es mit einem reinen Tuch und begann ihre Handschuhe, Jäckchen und Vorhemden zu fälteln und zu bügeln.

Pawlin erlangte zwar bald in diesen Dingen, deren er sich aus wirtschaftlichen Gründen annahm, die gehörige Vollendung, aber er sparte dadurch sehr wenig im Vergleich zu den großen Ausgaben, die die Putzsucht Ljubas und die Leidenschaft Pawlins, sie mit schönem Putz zu erfreuen, erforderten. Übrigens bat ihn Ljuba niemals um dergleichen, der verliebte Alte wollte ihr vielmehr selbst damit Freude machen.

Bei einer derartigen Verwöhnung und Verhätschelung fiel es Ljuba nicht schwer, für alle Besucher Anna Ljwownas die interessante »Schweizerin« zu sein, eine hübsche, pikante kleine Ausländerin, mit der sich abzugeben durchaus nicht unpassend war; man sprach, lachte, scherzte und verkehrte mit ihr überhaupt wie mit seinesgleichen.

Einer der Freunde des Sohns der Generalin, der einiges Talent hatte, mit dem Bleistift graziöse Frauenköpfe zu zeichnen, skizzierte unaufhörlich in sämtliche Albums das zierliche, blonde Köpfchen der Schweizerin Ljuba. Dieses Köpfchen gelang ihm besonders gut, und die Jugend erbat sich vom Künstler um die Wette diese liebenswürdigen Skizzen.

Die Blätter machten ihren Weg durch die Hände der »jeunesse dorée« und verschafften Ljuba eine ziemlich breite Popularität. Ljuba selbst wusste es nicht und machte sich überhaupt keine Sorgen darüber, dass sie so zum Magnet für sehr viele junge Leute wurde, die das Original der künstlerischen Wiedergabe zu sehen wünschten. Auf diese Weise tauchten um Ljuba immer mehr Verehrer auf; sie machten ihr den Hof, so weit es überhaupt ging, und die Generalin sah und duldete es.

Was Pawlin anbelangt, so bewies er seiner jungen Frau gegenüber eine Toleranz, wie man sie nur selten bei den Schreiern über die Unabhängigkeit der Gefühle und die Gleichberechtigung der Geschlechter hinsichtlich ihrer Freiheit antreffen kann. Übrigens zeigte auch Pawlin eine gewisse Eitelkeit: er wollte sich jung machen und verschaffte sich zu diesem Zwecke ein, wie er sagte, seltenes Buch, aus dem er merkwürdige Dinge herauslas. So erzählte er z. B. mir einmal, dass er »sich die Regeln über die Pflichten des Menschen vollkommen zu eigen gemacht habe, der, wenn er nach dem Sittengesetz seiner Pflicht lebe, mindestens hundert Jahre auf dieser Welt leben werde.«

Seine fünfzig Jahre betrachtete Pawlin auf Grund dieses Buches gerade als Volljährigkeit und behauptete auf Grund desselben Buches, dass »nur die Dummen vor ihrem hundertsten Jahre sterben und nur die Taugenichtse krank werden, die nichts von der Praxis des Lebens verstehen«. Was ihn anbetraf, so war er selbstverständlich fest davon überzeugt, dass er sich diese »Praxis« vollständig angeeignet habe.

»Ich bin niemals krank gewesen«, sagte er, »und weiß nicht, wovon ich krank werden soll, denn ich lebe, wie es sich gehört. Trinke keinen Wein und Kaffee, verdirb dir nicht die Brust mit Tabak, und du wirst nie krank werden. Schlafe ohne Kissen in einer geraden Linie, und du wirst nie krumm werden. Iss gesalzen und trink sauer, dann wirst du nach dem Tode nicht verfaulen.«

Aus diesen Erzählungen Pawlins erfuhr ich die Geheimnisse seiner alltäglichen Hygiene und dachte bei mir: kann denn dies alles der jungen, frischen Ljuba gefallen?

Er zeigte nicht die geringste Unzufriedenheit darüber, dass Ljuba in seiner Portierklause fast gar nicht wohnte, in der seit seiner Verheiratung neue Vorhänge, Blumen und Kanarienvögel aufgetaucht waren. Er wurde selbst dann nicht eifersüchtig, wenn die jungen Leute, die von Anna Ljwowna fortgingen und aus seinen Händen ihre Mäntel empfingen, ganz ungeniert ihr nicht sehr zurückhaltendes Lob über die Schönheit der »Schweizerin« verschwendeten. Pawlin schwieg bei diesen Lobreden nur und lächelte in seinen dichten, hellblonden Schnurrbart.

Der kluge und einsichtsvolle, immer ehrliche und gegen sich selbst strenge Pawlin war der Hinterlist und Verräterei nicht fähig und argwöhnte sie daher auch nicht bei den anderen, und da seine Seele rein und klar war, erschien er hier als ein Blinder. Betrachtete man ihn, so konnte man die ganze Wahrheit des Wortes Bacons von Verulam nachprüfen, der da sagte, dass Menschen, bei denen das philosophische Temperament vorherrscht, zu Eulen werden, die nur in der Dämmerung ihrer Vernunftschlüsse sehen, aber im Lichte der Tatsachen blind sind, so dass sie am allerwenigsten das sehen, was am klarsten und offensichtlichsten ist. Da nun »die Söhne der Welt klüger sind als die Söhne des Lichts« und da Pawlin in seiner Art ein Sohn des Lichtes und ein Diener der Pflicht war, so wurde er von den Söhnen der Welt überlistet und bestohlen ...

Ljuba wurde ihrem Manne endgültig abspenstig gemacht, verwirrt und betrogen. Wie dies vor sich ging, werde ich Ihnen nicht erzählen, weil ich selbst nicht dabei war und auch keine Einzelheiten darüber gehört habe; schließlich ist es für uns gleichgültig, wie es geschah. Es genügt, wenn ich Ihnen sage, dass der, der eine Herde Schafe besaß, dem, der nur ein Schaf hatte, auch dieses letzte wegnahm.

Elftes Kapitel

Ich brauche Ihnen wohl kaum zu sagen, wer der Urheber der Leidenschaft Ljubas war. Es ist nicht schwer zu erraten, dass bei dem allgemeinen Buhlen um sie her der Löwenanteil Dodja blieb, den vor allem die gesamten häuslichen Umstände in dieser Hinsicht begünstigten. Ljuba verbrachte mit ihm Tage und Nächte unter einem Dache, und unterlag schließlich, sozusagen gegen ihren Willen, der Leidenschaft. Sie sah, dass er bereit war, ihre gute Position bei Anna Lwowna zu zerstören; sie sah, dass, wenn er mürrisch war und ihr schmollte, dies ihre Wohltäterin verdross und diese weinte und litt ... Ljuba wusste nicht, wie sie anders handeln sollte, und trocknete ihre Tränen ... Dodja war ein unbedeutender Junge, der, wenn er Geld hatte, es hinauswarf, und wenn er keines hatte, es sich auf dreifache Wechsel verschaffte; dabei hatte er aber keine Dame, die als seine Favoritin gegolten hätte. Ljuba schien ihm für diese Rolle geeignet, er bestimmte sie dazu und führte es auch aus. Dazu schmückte und kleidete Pawlin sie mit eigenen Händen, wie er mir in der Folge in der bittersten Minute seines Lebens erzählte.

Es kam so: es war Winter, in der Stadt gab es viele Bälle und Maskeraden, und Anna Ljwowna, die der armen Ljuba eine kleine Freude machen wollte, schickte sie auf einen Kostümball in irgendeinem Klub. Man hatte Pawlin schon fast einen Monat vorher von dieser Ausfahrt gesagt, und während dieses ganzen Monats arbeitete man im Hause am Kostüm Ljubas. An diesen Vorbereitungen nahmen alle Anteil von Anna Ljwowna angefangen bis zu Pawlin, der mehr als sonst beständig von seinen Obliegenheiten abgehalten wurde und mit Bestellzetteln bald in den einen, bald in den anderen Laden laufen musste, um allerlei Kleinigkeiten für Ljubas Feenkostüm zu besorgen. Die Ausführung des Kostüms, die besonderer künstlerischer Erwägungen bedurfte, leitete ein Künstler – der Freund Dodjas, der die gelungenen Bleistiftporträts Ljubas gezeichnet hatte. Dies brachte natürlich die jungen Leute bis zur freundschaftlichsten Zärtlichkeit einander nahe und löschte in Ljubas Köpfchen ihren alten Lakai-Gemahl gänzlich aus. Endlich war das Kostüm fertig und über alles Erwarten schön geworden. Pawlin sah seine Frau, wie sie die Treppe hinunterstieg in Begleitung einer Verwandten Anna Ljwownas und beschützt von ihren Kavalieren, unter denen sich auch der Künstler und Dodja befanden.

Ljuba war als »Morgenröte« gekleidet: sie trug ein leichtes, ätherisches Gewand aus Krepp in abschattierten bunten Farben. Das weite, in dichten Falten fallende Gewand war unten dunkel wie die Nacht, aber nach oben zu lichtete sich die Dunkelheit und ging in weichen Halbtönen in immer leichtere hellere Farben über; vom Gürtel aufwärts wurde es ganz licht und luftig, so dass Ljubas Gestalt wie eine Wolke fortzuschweben und dahinzuschmelzen schien. Inmitten dieses Schmelzens wurde Ljubas lichtes Köpfchen von einer Lilie und einer roten Rose gekrönt, an ihren Schultern schimmerten tausendfarbige Flügelchen aus Wachs, und in den Händen hielt sie eine goldene Leuchte, die mit blauen Vergissmeinnicht und gefülltem Mohn umwunden war. Schlaf und Erwachen, das dunkle Schlummern der Leidenschaften und ihr helles Aufflammen, das alles war in Ljubas Kostüm passend versinnbildlicht, und Pawlin setzte sie so in den Wagen. Und vier Stunden später hob er sie aus dem Wagen als eine ganz andere. Ljuba sagte zu ihrem Manne kein Wort und wollte auch das Brathuhn und das Gebäck, das er für sie hergerichtet hatte, nicht berühren. Sie riss das Kleid von sich herunter, warf sich auf das Bett, drehte sich zur Wand und blieb in dieser Lage ohne sich zu rühren den Rest der Nacht und den ganzen folgenden Tag liegen. Pawlin bewachte ihren langen Schlaf, aber er bewachte ihn umsonst; Ljuba schlief nicht. Erst weinte sie lange und lag dann mit rotem, entzündetem Gesicht und offenen trockenen Augen da und starrte auf ein und denselben Punkt.

Jeder nur ein wenig beobachtende Mensch hätte beim Anblick dieser Frau ohne zu zweifeln gesagt, dass durch ihre Hände ein hohes Spiel gegangen sei, was auch richtig war. Ljuba wollte erst ihrem Manne alles gestehen, überlegte es sich aber, wartete bis gegen Abend, zog sich an und ging hinauf, um sich bei Anna Ljwowna über Dodja zu beklagen. Aber die Klage wollte sich in ihrem Köpfchen so schlecht zusammenreimen, dass sie davon abstand und sich darauf beschränkte, sich über Dodja bei ihm selbst zu beklagen und ... unter Küssen Frieden zu schließen. Die einmal begonnenen Ausfahrten und Maskenvergnügungen wiederholten sich. Wenn Pawlin spät am Abend in seinem Sessel schlummerte, um die verspäteten Mieter des Vorderhauses zu erwarten, oder hinter den Säulen auf seinem grausamen Lager ohne Kissen ruhte – argwöhnte er nicht, dass seine Frau sich jetzt durchaus nicht bei Anna Ljwowna langweile, sondern in hell erleuchteten Ballsälen im schwarzen Domino unter dem Strudel der Tanzenden dahinjagte, dass um die Zeit, wenn er erwachte und seiner Frau in Gedanken in die Wohnung der Generalin einen Gruß hinaufsandte, die zarte Ljuba, das Köpfchen vom Champagnerdunst umnebelt, in der klingenden Troika hinflog, mit den glühenden Lippen gierig die frische Luft einatmend.

Dies alles ging ziemlich lange still und verborgen vor sich. Die Umstände fügten es so gut, dass die Betrügerin anscheinend nie etwas zu befürchten hatte. Die alte Generalin zog sich so früh auf ihr Zimmer zurück und schloss hinter sich die Tür des kleinen Betzimmers, wo Ljuba auf einer mit einem weichen Teppich belegten Ottomane schlief, so fest zu, dass es der letzteren gar keine Mühe machte, aufzustehen und ihre besten Kleider anzuziehen, die ihr die Generalin gnädigst gestattet hatte in den Schränken ihrer Garderobe aufzubewahren. Anna Ljwowna schlief entweder fest oder war so sehr mit ihren Rechnungen beschäftigt, dass sie nie etwas von diesen Vorbereitungen hörte. Ja, noch mehr, sie war so gutmütig, dass sie Ljuba nie beim Kommen oder Gehen störte. Wenn Ljuba zurückkehrte, konnte sie vor den schwach beleuchteten, dunklen und strengen Gesichtern der Familien-Ikonen weinen. Aber weinte Ljuba vor ihnen über ihren Fall? Anfangs hatte sie wohl ein wenig darüber geweint, umso mehr aber gegen das Ende ihres Glänzens in diesem fest hineinziehenden Kreise, den zwar schon viele Schriftsteller aller Literaturen der gebildeten Länder gestreift haben, der aber wohl noch kaum eine vollständige Schilderung gefunden hat, die uns eine Vorstellung von der Physiologie dieses verhängnisvollen und ungeheuerlich hineinziehenden Lebens zu geben vermöchte. Wir Russen besitzen überhaupt keine Schilderung, nicht ein einziges lebendiges und deutliches Bild von diesem Kreise.

Zwölftes Kapitel

In diesem Kreise glühen und wogen die Leidenschaften oft viel stärker als sonst in der Welt, und unsere Schweizerin wurde von ihrem neuen Leben hingerissen und spielte in ihrem Kreise eine bedeutende Rolle. Anfangs fürchtete sie sich und war so verwirrt, dass sie sich kaum dazu entschließen konnte; aber bald gewann der Ehrgeiz die Überhand. Ljuba sah, dass Dodja zagte und zweifelte, ob er mit ihr erscheinen könne, ohne befürchten zu müssen, dass sie schlechter als die anderen abschneiden werde. Da Ljuba klug und scharfsinnig war, merkte sie diesen beleidigenden Zweifel bald; der Stolz ihrer eitlen Schönheit wurde in ihr wach, und sie nahm sich vor, die erste unter jenen zu sein, zu denen sie hinabstieg. So erreichte sie auch vollkommen alles, was sie sich in ihrem beleidigten Stolze vorgenommen hatte. Dodja musste nicht über Ljuba erröten: sie hatte mit einem Male ihre Rolle erfasst und spielte sie mit solchem Glanz, dass alle den vollen Erfolg der Madame Pawlin anerkennen mussten. Dieser zärtliche Name erreichte vielleicht sogar hin und wieder Pawlins Ohr, aber was ging es ihn an? – Er wusste ja nicht, was es bedeutete.

Ljubas Erfolg wurde größer, und ihr dunkler Ruhm wuchs, aber dabei war Ljuba kein käuflicher Schatz: sie liebte Dodja, und Dodja verlor daher jeden Halt. Er dachte so hoch von sich, dass er meinte, es gäbe für keine Frau einen wertvolleren Menschen als ihn. Dies machten sich Ljubas Rivalinnen zunutze, die mit Hass und Neid auf sie blickten: sie umschmeichelten hinterlistig Doditschka, der sich gar zu viel einbildete, und brachten dann alles ans Licht. Ljuba war im tiefsten Herzen verletzt und begann sich durch Gleichgültigkeit zu rächen. Aber, während sie dieses Spiel spielte, plünderte man Doditschka die Taschen aus, und zwar so schnell und unbarmherzig, dass er, ehe er sich es versah, tief in Schulden steckte. Nun begann die gewöhnliche Geschichte, die jedoch nicht ganz so gewöhnlich endigte. In dem Maße, in dem sich Doditschkas Mittel erschöpften, erkalteten Ljubas Rivalinnen gegen den Verräter, und als sie ihren Rachedurst gestillt hatten und sahen, dass an Dodja nichts Begehrenswertes mehr war, überließen sie ihn dem Gram und der Erniedrigung. Indes begann von Pawlins Augen der Schleier zu fallen. Ljuba, die so viel Fähigkeit bewiesen hatte, ihre Liebe zu verbergen, zeigte sich ganz unfähig, auch ihr Leid verborgen zu tragen. Zunächst floh sie aus den Appartements ihrer Wohltäterin und setzte sich bei ihrem Manne fest. Mit diesem Schritte wollte Ljuba natürlich nicht unwiderruflich ein tugendhaftes Leben beginnen, – sie wollte nur ihren Verräter einige Zeit nicht sehen; die Arme hoffte, ihn während dieser Zeit fühlen zu lassen, dass er ihr gleichgültig sei und dass sie ihn leicht entbehren könne. Pawlin strengte seinen Verstand und seine Augen an, um dahinterzukommen, was für ein heimlicher, aber bitterer Kummer seine Frau quäle. Er suchte die Lösung dieses Rätsels und begann zu überlegen, ob vielleicht Anna Ljowna Ljuba beleidigt habe. Aber es gelang Ljuba, ihren Mann zu überzeugen, dass Anna Ljwowna ihr nichts Übles zugefügt habe. Daraufhin schlug Pawlins Verdacht einen anderen Weg ein und kam immer näher und direkter ans Ziel. Es tauchte in ihm der Gedanke auf, ob nicht der junge Herr seine Frau gekränkt habe, und sein Herz krampfte sich schmerzhaft in der Brust zusammen. Und plötzlich, ganz unerwartet enthüllte sich ihm das ganze Geheimnis. Doditschka war, wie es dem größten Teil derer geht, die ohne große Mittel diese Bahn betreten, so endgültig in Schulden verstrickt, dass er genötigt war, sein Regiment zu verlassen und sich in ein weit entferntes Städtchen im Nordosten Russlands zurückzuziehen. Natürlich ging das alles nicht ohne Familienszenen ab, und bei dieser Gelegenheit wurde Pawlin von der Nachricht von der Untreue seiner Frau wie von einem Donnerschlage getroffen.

Dreizehntes Kapitel

Als Pawlin zu sich gekommen war, erschien er ganz unvermittelt spät am Abend bei mir und bat mich, ihm zu erlauben, bei mir zu übernachten, da er sich fürchte, im Hause Anna Ljwownas über Nacht zu bleiben, denn »er habe alles begriffen und fürchte, dass er im Zorn etwas Ungehöriges tun könne«. Natürlich schlug ich es ihm nicht ab, und damit begann eine der seltsamsten Nächte meines Lebens: ich lebte einige Stunden im Innersten einer fremden Seele und fühlte selbst die mörderische Glut ihrer Liebe und ihres Leids und die eisige Todeskälte ihrer schrecklichen Verzweiflung. Pawlin befand sich in einem Zustande der heftigsten Erregung. Aber was für einer Erregung? Einer seltsamen und unbegreiflichen! Ich möchte, um den Zustand dieses Menschen genauer bezeichnen zu können, einen biblischen Ausdruck gebrauchen und sagen, er war sich selbst »entrückt« und stand auf einer sonderbaren Stufe des inneren Schauens, die ihm einen Blick auf etwas Verborgenes eröffnete. Vielleicht erinnern Sie sich, dass sich in der Eremitage unweit des Rubenssaales eine kleine Darstellung des Jüngsten Gerichtes von einem mittelalterlichen Maler hängt, die außerordentlich detailreich und fein ausgeführt ist. In der Mitte des Bildes befindet sich eine emblematische Figur, die so gestellt ist, dass sie oben Gott Vater in seiner himmlischen Herrlichkeit sehen kann und unter sich in der Tiefe den Herrn der Finsternis, umgeben von widerlichen Ungeheuern, die die Sünder peinigen. So oft ich vor diesem Bilde stehe und die erwähnte Figur anschaue, erinnere ich mich unwillkürlich an Pawlin: so sehr schien mir sein seelischer Zustand der Lage jener emblematischen Figur zu gleichen. Pawlin litt, wenn ich mich so ausdrücken darf, qualvoll, aber triumphierend und voller Andacht. Er fiel nicht in Verzweiflung, weinte und schluchzte nicht, aber er verschloss sich auch nicht in finsteres, stolzes Schweigen, das viele für Charakterstärke halten. Im Gegenteil, er sah ein, wie tief er gefallen war und dass er noch tiefer gesunken wäre und ein anderes Wesen mit sich gezogen hätte. Er nahm alles, was über ihn hereingebrochen war, wie einen verdienten Rutenstreich eines Lehrers hin und sprach in einem für mich ganz unerwarteten Tone der Selbstverurteilung. Als er bei mir eingetreten war, setzte er sich unaufgefordert in meinem Empfangszimmer hin und ließ einige Minuten in tiefem Schweigen verstreichen. Er rieb nur seine auf den Knien liegenden Hände und ließ seine Blicke von Gegenstand zu Gegenstand wandern. Dann sah er mich plötzlich mit schwerem, gleichsam müdem Blicke an und fragte:

»Haben Sie es gehört?«

Ich antwortete bestätigend.

Er wiegte nachdenklich den Kopf und brachte leise hervor: »Es ist schrecklich!« Dann fügte er lebhafter, als habe er es jetzt erst bemerkt, hinzu: »Sie verzeihen, dass ich mich so ... hingesetzt habe ... «

»Aber bitte, Pawlin Petrowitsch!«

»Die Knie knicken mir ein ... Ich kann mich nicht beruhigen ... bis ich es nicht von ihr selbst gehört habe ... Ich will es bestätigt haben.«

»Nun, haben Sie sie gefragt?«

Er antwortete nicht, sondern senkte nur, zum Zeichen der Bejahung, schweigend den Kopf. Einen Augenblick später begann er geheimnisvoll flüsternd:

»Die Edelmütige! ... Ihre ganze Seele hat sie mir offenbart ... sie hat an meiner Brust geweint und um Vergebung gebeten ... «

»Sie haben vergeben?«

»Was sollte ich ihr vergeben? Indem sie mir ihre Seele offenbarte, öffnete sie in mir ein tiefes Schauen in mich selbst, und ich erschrak. Ihre Schuld flog wie eine leichte Lerche auf und verbarg sich unterm Himmel; aber meine Sünde krächzt unten wie ein plumper Rabe und hebt sich nicht von der Erde ... Ich ging gleich darauf zu meinem geistlichen Vater, er tröstete mich: ›Du hast das Gesetz gehalten, deine Frau ist aber untreu‹ ... Erlauben Sie, das sind Feigenblätter, ich kann mich mit ihnen nicht bedecken. Gott sieht, wo ich war, als ich mich in meinen Jahren mit ihrer Jugend verband. Ich war gewalttätig. Ich sehe jetzt, dass ich wie ein Fels gefallen und zersplittert bin ... Sie meinen, ich sei noch derselbe, der ich gestern und vorgestern gewesen bin? Nein, heute am Tage des Leides hat mir der Herr seine Gnade erwiesen: ich habe eingesehen, dass ich Staub bin, dass ich ganz aus Vergänglichkeit gebildet bin, dass die Herren aller Leidenschaften auf meinem Rücken säen und pflügen können: Stolz, Unreinheit, Wollust, Leidenschaft und Eifersucht und ... und ... die Neigung zum Mord ... Ach! Ach! Ach!«

Er sprang auf und fuhr fort, im Zimmer auf und abgehend:

»Verzeihen Sie mir ... Ich verdiene jetzt freilich keine Verzeihung, aber um Christi willen ... im Namen Christi ... verzeihen Sie! ... Ich spreche in einem fort und ... ich kann nicht schweigen ... Der Geist in meinem Innern ... drängt wie ungeklärter Wein und schlägt das Gewissen und ... und bewegt die Zunge im Munde. Sie sollen wissen, wenn mit mir etwas geschieht ... dass ich sie ins Verderben gebracht habe. Gerecht ist der Herr, wenn er mich straft: ich segne den, der meine Seele gekränkt hat, und ich werde alles zu ihrem Glücke tun.«

»Wie denken Sie sich das?«

»Ich ... ich will es so einrichten, ... dass ich nicht störe.«

»Was heißt das? ... Sterben?«

Er sah mich an und lächelte plötzlich ganz unerwartet. Es war ein äußerst seltsames Lächeln, das seinem stolzen Gesicht einen so gütigen und reizenden Ausdruck gab, wie ich ihn an ihm noch nie gesehen hatte. Er sagte: »Ich werde sterben und doch leben. Rettung ist not. Sie ist jetzt zu Hause. Gestatten Sie mir, dass ich bei Ihnen ein wenig schlafe.«

– Der Wein hatte sich geklärt, und der Geist drängte nicht mehr. – Er schien tief ruhig zu sein, und als ich ihn allein im Zimmer gelassen hatte, legte er sich sogleich auf den Diwan und schlief ein. Ich schlief noch, als Pawlin am Morgen aufstand, sich in der Küche wusch und fortging. Mein Diener folgte ihm aus Neugierde und sah, dass Pawlin in die Kirche ging.

Vierzehntes Kapitel

Als ich, damals noch ziemlich ungeduldig, morgens bei meiner betrübten Tante Anna Ljwowna erschien, war sie schon auf und saß recht graziös in einem tiefen Sessel; sie spielte die unschuldige Märtyrerin, weinte ein bisschen und rieb sich mit einem Tüchlein die Augen. Sie war gesprächig und verbreitete sich sogar über die unmoralische Gesellschaft, die ihren unvorsichtigen Dodja in unverdienten Verdacht gebracht und unter Mitwirkung einer ganz widerwärtigen Frauensperson zugrunde gerichtet habe.

Darauf brachte Anna Ljwowna lauter Unsinn vor und malte so fantastische Bilder, dass jeder unwillkürlich zur Überzeugung kommen musste, dass all dies Lüge und Verleumdung sei.

Weder beim Kommen noch beim Gehen sah ich an diesem Tage Ljuba oder Pawlin, dessen Obliegenheiten an diesem unruhigen Tage unerfüllt blieben, und ich konnte mich bei niemand über ihn erkundigen. Auch den ganzen folgenden Tag hörte ich nicht das Geringste von ihm, weshalb ich gegen Abend ohne Umstände hinging, um nach ihm zu fragen. Ich erfuhr folgendes: Pawlins Zimmer war schon seit gestern leer, seine ganze Habe lag unordentlich herum, wie nach einem Diebsbesuch. Weder Pawlin noch seine Frau waren irgendwo gesehen worden, und niemand konnte auch nur die geringste Auskunft über sie geben. Nur ich allein konnte bezeugen, dass Pawlin mir gesagt hatte, seine Frau sei jetzt zu Hause und er wolle sie von der Sünde befreien und auch seine Seele retten; aber was konnten alle diese Worte bedeuten? Man maß ihnen allerlei sinnbildliche Bedeutungen bei, unter denen eine nicht so ganz unwahrscheinlich erschien.»Die Frau ist jetzt zu Hause« – das könnte bedeuten, erklärte man, dass er sie umgebracht habe und sie sich »im ewigen Hause« befinde; aber dass er fortgegangen sei, um seine Seele zu retten, bedeutete, dass er irgendwohin in die Wüste gegangen sei. Wenn Sie wollen, lag hierin etwas so Glaubhaftes, dass schließlich alle an diese Kombination glaubten. Dazu kam noch, dass nach zwei Wochen oder noch etwas später bei Jekaterinenhof oder bei Tschekuschy der verweste Körper einer jungen Frau ans Ufer gespült worden war, deren Gesicht man nicht erkennen konnte, die aber feine Wäsche und ein schwarzes Seidenkleid trug ... das gleiche Kleid, in dem man die Schweizerin Ljuba zum letzten Male gesehen hatte. Es ist zwar richtig, dass die meisten schwarzen Seidenkleider einander gleichen, aber der Verdacht urteilt einmal nicht. Da sich weder Verwandte, noch Freunde zu der jungen Ertrunkenen bekannten, waren die Mieter Anna Ljwownas und sie selbst schließlich fest davon überzeugt, dass die Tote niemand anders als die Unglückliche Ljuba sei, die Frau eines grausamen und rachsüchtigen Raoul, des spurlos verschwundenen Türschweizers Pawlin Pjewunow.

Dieser Umstand blieb nicht ohne Folgen: als man die Umgekommene beerdigte, war Anna Ljwowna so gütig, zehn Rubel zum Sarge und zur Seelenmesse für Ljuba zu spenden. So wurden dank der christlichen Fürsorge Anna Ljwownas Totengebete für die Seele der vorzeitig umgekommenen Ljuba verrichtet, während man Pawlin vergaß. Und man vergaß ihn so gründlich, dass man sich seiner bis auf den heutigen Tag nicht mehr erinnerte, mit Ausnahme des einzigen Males, als man in einer Auktion die noch nicht gestohlenen Reste der Habe des »spurlos verschollenen Pjewunow« versteigerte.

Wo waren aber Pawlin und Ljuba hingeraten?

Dazu müssen wir zu dem Zeitpunkt zurückkehren, wo wir sie aus den Augen verloren haben.

Fünfzehntes Kapitel

Nachdem Pawlin sich von mir verabschiedet hatte, ging er, von niemand bemerkt, zu seiner Frau. Als Ljuba ihren Mann erblickte, begann sie zu zittern. Sie hatte ihn noch nie so gütig gesehen, und deshalb erschien er so schrecklich.

Er zog sich schnell um, kleidete seine Frau an, nahm alles, was er für nötig fand, und führte Ljuba aus dem Hause Anna Ljwownas. Ljuba leistete keinen Widerstand, sie verstand nur das eine, dass man sie irgendwohin fortführe. Pawlin und Ljuba trafen auf einer Station hinter Petersburg mit Doditschka zusammen. Ljuba zeigte sich ihm nicht, aber Pawlin trat vor meinen Vetter, doch nicht mit dem Grimm des beleidigten Gatten, sondern mit der großen Demut des Christen, der Frieden mit sich selbst gemacht hat, und sagte ihm:

»Seien Sie gütig und großherzig und sagen Sie mir: haben Sie meine Frau geliebt?«

»Ja; was willst du denn?«, antwortete Doditschka, der es sich noch nicht abgewöhnt hatte, seinen Vorrang über den vor ihm stehenden Lakai zu empfinden.

»Ich werde Ihnen gleich sagen, was ich will«, erwiderte Pawlin sanftmütig, »aber wollen Sie mir vorerst noch sagen, ob Sie sie auch jetzt noch lieben.«

»Ja, ich liebe sie, nun, und was willst du?«

»Das ist alles, was ich will ... Auch sie liebt Sie, sie liebt Sie schrecklich ... und sie hat es mir selbst gesagt.«

»Du hast sie danach gefragt?«

»Ja, ich habe sie danach gefragt, und sie hat mir alles gestanden und geweint ... Was ist zu tun: ich bin vor Gott für sie schuldig.«

Doditschka traute seinen Ohren nicht und begriff nicht, was das heißen solle. Aber Pawlin ging jetzt in das anstoßende Zimmer, führte von dort seine verwirrte Frau an der Hand herein und sagte:

»Hier ist sie; sie ist nicht mehr meine Frau!«

»Was?«, rief Doditschka, der nicht begriff, wo das hinaus sollte.

»Nach all dem lasse ich sie nach göttlichem Rechte von mir ziehen ... Und da sie Sie mit so hingebender Liebe liebt, so nehmen und heiraten Sie sie!«

»Du bist verrückt geworden!« Doditschka erholte sich wieder. »Wie kann ich sie denn heiraten?«

»Weshalb nicht? Ist es für Sie vielleicht erniedrigend ... Das wäre unrecht. Ich würde ihr freilich nicht raten, Sie zu heiraten, weil ich weiß, was Sie für ein Mensch sind und dass sie mit Ihnen nicht glücklich sein wird. Aber sie weiß das selbst, und trotzdem hängt ihr Herz an Ihnen; so ist daran nichts zu ändern ... Sie sollte in ein Kloster gehen, aber da es sie zum Abgrund zieht, so mag es wenigstens ohne Sünde geschehen; und darum ... nehmen Sie sie zur Frau ... «

»Aber halt doch, Pawlin«, stammelte Doditschka, sich rechtfertigend. »Ich meine ja ... nicht deswegen ... sondern weil du noch lebst ... «

»Ja, ich lebe; und Gott weiß, wie lang ich mich noch hinfristen werde. Aber ich werde selbst ihrethalben nicht Hand an mich legen. Gestern habe ich noch daran gedacht, aber ... «

Bei diesen Worten schrie Ljuba auf, presste die Hände vor ihr Gesicht und flüchtete sich in einen dunklen Winkel des Zimmers.

»Hm, sehen Sie!«, sagte Pawlin und lächelte schmerzlich: »Sie liebt mich nicht, und doch ist es ihr leid um mich, aber Sie scheinen für sie nicht so viel übrig zu haben, obwohl sie Sie trotzdem liebt ... Wenn sie für mich den hundertsten Teil der Liebe hätte, mit der sie Sie liebt, so würde ich mich selbst in der Verbannung mit ihr im Paradiese wähnen ... Aber wozu schwatzen! ... es ist ganz gleich. Wollen Sie sie jetzt nehmen und fortreisen und sie heiraten ... ich werde darauf achtgeben ... und wenn Sie nicht tun, was ich Ihnen sage, so.« Er beugte sich zu Dodjas Ohr nieder und fügte hinzu: »Zwingen Sie mich nicht zur Sünde: ich spreche jetzt zu Ihnen sanftmütig als Christ, sonst töte ich Sie aber; wo Sie auch sein werden, ich werde Sie finden und töten, und das für sie ... für die Frau ... für die Schutzlose ... «

Pawlin hatte entweder sehr entschlossen gesprochen, oder mein Vetter war ein ganz großer Feigling, auf jeden Fall war ihm mit einem Male alle Lust vergangen, sich zu weigern, Ljuba zu heiraten, und er erklärte sich mit allem vollkommen einverstanden. Es ist übrigens auch möglich, dass er sein Zugeständnis in der festen Absicht gab, es niemals zu erfüllen, um so mehr als er Ursache hatte, damit zu rechnen, dass es ihm möglich sein werde, sich vor Pawlin zu verbergen. Unter solchen Erwägungen wies er den Alten nur auf den Umstand hin, dass eine unverzügliche Eheschließung mit Ljuba unmöglich sei, da man die Frau eines noch lebenden Mannes nicht mit einem anderen Manne traue, aber Pawlin erwiderte:

»Nun, darüber machen Sie sich keine Sorgen, das ist meine Sache. Ich werde zur rechten Zeit sterben, und man wird sie mit Ihnen trauen.«

»Du wirst sterben?«

»Ja, ich werde sterben.«

– Er wird sterben, will mich aber töten – dachte Dodja. Armer Alter, wie diese einfachen Leute zuweilen lieben. Er tut mir sogar leid: er ist verrückt geworden.

Sechzehntes Kapitel

Damit gingen sie auseinander. Dodja glaubte sich natürlich endgültig von der ihm lästigen Frau Pawlins befreit, die er zwar nicht abgeneigt gewesen wäre, als seine Geliebte zu zeigen, aber nicht die mindeste Lust hatte zu heiraten. Dodja machte eine angenehme Reise. Er reiste ohne alle Eile und ohne sich um einen Termin oder eine Marschroute zu kümmern. Er hielt sich in mehreren am Wege liegenden Städten auf, empfing Besuche und besuchte selbst Personen, denen er von den Petersburger Freunden Anna Ljwownas empfohlen war; hier und dort hielt er sich sogar unter dem Vorwand von Müdigkeit und Krankheit ziemlich lange auf. Mit einem Wort, alles ging für unseren Reisenden glänzend, und so legte er beinahe den ganzen Weg zurück, als plötzlich vor ihm, bei der Überquerung des Ural, wie aus dem ewigen Schnee und Nebel heraus – die Stimme Pawlins ertönte! Und was für eines Pawlins: eines schrecklichen und unwiderstehlichen, eines sichtbaren und doch unsichtbaren, eines handelnden und dabei unwirklichen.

Wissen Sie: wenn man in einer Erzählung oder in einem Roman ein außergewöhnliches Ereignis liest, so sagt man sich immer: »Ach, liebster Autor, da haben Sie die Schleusen Ihrer Fantasie etwas zu weit geöffnet!« Aber im Leben, besonders in Russland, ereignen sich hin und wieder Dinge, die viel wunderbarer sind, als alles Erdichtete, und dabei bleiben solche Seltsamkeiten häufig ganz unbemerkt.

Doditschka kam in ein Städtchen, das ich Ihnen nicht nennen will, da es sich für uns ja nicht um den Namen handelt. Hier hoffte mein lieber Vetter einige Personen zu finden, an die er Briefe mit hatte. Er wollte hier etwas ausruhen und sich etwas zugute tun und spielte deshalb in dem einzigen dort vorhandenen Stationsgasthofe den Kranken. Es war ihm schon à la Chlestakow gelungen, mit einer Nachbarin aus dem gegenüberliegenden Hause Blicke zu wechseln, mit einer Nachbarin, deren Gesicht er, um es kurz zu sagen, nicht gehörig hatte unterscheiden können, da sie sich nur kurz im Fenster eines Zimmers gezeigt hatte; dann tauchte plötzlich draußen vor demselben Fenster ein hoher, zerlumpter, grauhaariger Alter mit einem mächtigen Bart, in einem für Dodjas Begriffe unnatürlichen Hirschpelze auf und begann die Scheibe mit einem Handtuche abzureiben. Der Teufel mochte wissen, woher er gekommen war. Doditschka hatte ihn zwar flüchtig bemerkt, wie er vor dem Fenster auf einem zusammengekehrten Schneehaufen saß, aber er hatte ihn auf den ersten Blick eher für einen alten Bock als für einen Menschen gehalten. Plötzlich stand dieses Scheusal auf und fuhr mit seinen Pfoten an den Scheiben herum, als wollte es den guten Jüngling absichtlich der Möglichkeit berauben, sich an der Schönheit der Nachbarin zu ergötzen ... Der Alte hatte es auch wirklich erreicht, dass Dodja sein Gegenüber, das ihn so sehr interessierte, nicht mehr betrachten konnte; das war ihm im Übrigen durchaus gleichgültig: er hatte an ihr rein instinktiv Gefallen gefunden, und es lag für ihn kein Hindernis vor, mit ihr eine flüchtige kleine Intrige zu beginnen, um so mehr als auch die Nachbarin sich wahrscheinlich (so weit er es beurteilen konnte) für ihn interessierte. Jedenfalls hatte Dodja Grund, so zu denken, da die fesselnde Unbekannte, als sie ihn bemerkt hatte, mehrere Male offensichtlich nicht ohne Absicht am Fenster vorbeigehuscht war. Ärgerlich war nur, dass sie etwas zu schnell vorbeihuschte, so dass Dodja ihr Gesicht nicht deutlich unterscheiden konnte. Natürlich reizte ihn jetzt die Neugier noch mehr, und er setzte sich mit dem festen Entschluss ans Fenster, nicht eher von seinem Platze aufzustehen, als bis er sie genau gesehen habe. Es ging gegen Abend; Dodja saß am Fenster und wartete immer noch darauf, ob sich sein interessantes vis-à-vis nicht noch einmal deutlicher am Fenster zeigen werde ... Das Schicksal war ihm günstig: drüben hinter dem Fenster glänzte ein schwaches Licht auf, und auf dem Tische erschien eine brennende Kerze; zwischen ihr und dem Fenster stand und bewegte sich die Silhouette einer Frauengestalt. Das war wieder eine sehr effektvolle, aber recht unbequeme Stellung. Welche Frau, die sich zu zeigen wünscht, setzt oder stellt sich zwischen ein dunkles Fenster und ein Licht, das sie von hinten her beleuchtet? Offenbar nur eine völlige Unschuld oder eine sehr erfahrene Kokette, die ihre tückischen Künste an einem Unerfahrenen üben will. Dodja aber war doch kein Einfaltspinsel aus der Provinz, sondern hatte in Petersburg eine gute Schule bei den Frauen durchgemacht und hielt sich natürlich für einen erfahrenen Mann. Er zündete bei sich kein Licht an, so dass seine Nachbarin nicht sehen konnte, ob er sich für sie interessiere oder nicht. Wenn sie keine Kokette ist, sondern eine nachgiebige romantische Einfalt, so muss sie unbedingt in diese Falle gehen. Sie wird sich ärgern, wird unvorsichtig sein und in ihrem Zorn die Kerze in die Hand nehmen – dann kann er sie sehen. Ist sie aber gewandt und schlau, wie zum Beispiel in Petersburg diese Ljuba, von der er jetzt, Gott sei Dank, so weit weggerollt ist, dann um so besser: dann ist sie für ihre Schlauheit gründlich bestraft und kann seinetwegen bis morgen dasitzen, oder bis dieser graue Ziegenbock die Fensterläden schließt ... Wo steckt übrigens dieser graue Bock? ... Er ist auf einmal nicht zu sehen ... Kaum hatte aber der im Dunkeln sitzende Dodja an ihn gedacht, als er hörte, wie seine Zimmertür knarrte, und wie er sich umdrehte, stand der erwähnte bockähnliche Alte vor ihm. Er trug an den Füßen weiche Filzstiefel, war leise hereingekommen, ebenso leise an den Sessel Doditchkas herangetreten und so nahe hinter Doditschka stehen geblieben, dass, als mein Vetter sich umdrehte, er sich Gesicht an Gesicht mit dem geheimnisvollen Ankömmling befand. Dodja war wie alle frechen Menschen ein großer Feigling und erschrak unbeschreiblich. Mit versagender Stimme brachte er kaum hervor:

»Was wollen Sie?«

»Beunruhigen Sie sich nicht«, antwortete der geheimnisvolle Besucher mit einer Stimme, die durchaus nichts Schreckliches an sich hatte, bei der aber den feigen Dodja ein Schüttelfrost überlief. »Beunruhigen Sie sich nicht. Ich komme zu Ihnen mit einer kleinen Angelegenheit, die nicht mich betrifft ... «

»Pawlin! ... Du bist es?«

»Psst! Gestatten Sie ... Wer ist das: Pawlin? Durchaus nicht. Sie irren sich, Ich bin nicht Pawlin, ich kenne gar keinen Pawlin, ich bin ein ganz anderer Mensch. Ich bin der Kleinbürger Spiridon Androssow, ein einfacher Kleinbürger ... ja, und ich habe auch meinen Pass bei mir ... einen guten, gültigen Pass mit dem Siegel und allem, was dazugehört. Ich bin Spiridon Androssow, Handwerker, wandre des Gewerbes wegen und melde überall meinen Pass an: wenn ich an irgendeinen Ort komme, lasse ich sofort meinen Pass abstempeln ... vorsichtshalber; auch hier habe ich mich vor einer Woche angemeldet ... «

»Aber du bist es doch ... du bist doch Pawlin! Kenne ich dich denn nicht?«

»Durchaus nicht, ich bin Spiridon Androssow.«

»Was wollen Sie von mir?«

»Ich will gar nichts; aber ich bringe Ihnen ein Zettelchen, hier, wollen Sie es nehmen.«

»Von wem ist es?«

»Von einer Witwe ... ja, von einer jungen Witwe ... geruhen Sie es zu lesen, dann werden Sie selbst sehen, was es ist.«

Noch vor einem Augenblick war mein Vetter überzeugt gewesen, dass niemand anders als der verwilderte Pawlin vor ihm stand, aber als er diese verführerischen Worte von der Witwe und ihrem Zettel hörte, ließ er alles außer Acht und zündete eilig eine Kerze an, um den Brief möglichst schnell zu lesen. Plötzlich ließ er ihn aber wieder sinken: nun war auch nicht der geringste Zweifel, dass der vor ihm stehende Mensch wirklich Pawlin Pjewunow war. Nur waren sein Kopf und sein Gesicht ganz mit grauen Haaren bewachsen, dazu stak er in einem halbasiatischen Kostüm, aber nichtsdestoweniger musste jeder, der ihn kannte, sagen, dass es Pawlin in eigenster Person sei. Und in seinen Augen war deutlich zu lesen, dass er sich erkannt sah und wusste, dass es unmöglich war, ihn nicht zu erkennen. Mein Vetter wurde von alledem so fassungslos, dass er laut aufschrie: »Pawlin! Auf Ehre, du bist es, Pawlin, aber ...« Bei diesen Worten packte ihn aber der Eindringling so fest mit seinen knochigen Händen, dass der junge Geck zusammenknickte und stammelte: »Was ist denn das?« In seiner Verwirrung hob er das ihm entfallene Papier wieder auf; es war ein Auszug aus dem kirchlichen Totenregister, welcher besagte, dass vor anderthalb Monaten in irgendeiner Stadt der Kleinbürger Pawlin Petrow Pjewunow aus Zarskoje Ssjelo eines plötzlichen Todes gestorben und begraben worden und dass seiner Witwe Ljubow Andrejewa Pjewunowa hierüber dieser Schein samt Siegel und Unterschrift ausgestellt worden sei.

Das war also die Witwe! Niemand anders als die in Dodja verliebte Ljuba! Die Sache war schwierig und bös verknotet, und das Resultat war, dass Doditschka, noch ehe er seinen Bestimmungsort erreichte, die »Schweizerin Ljuba« heiratete. Er war ohne jeden Widerspruch darauf eingegangen, ja sogar mit einiger Freude. Was in ihm diese plötzliche Wandlung bewirkt hatte, vermag ich nicht zu sagen, aber ich glaube, dass hier die immer größere Entfernung von zu Hause eine Rolle spielte und das im Maße der Entfernung immer stärker werdende Gefühl der Verwaistheit. Wahrscheinlich waren in ihm jetzt lebhafte Gefühle für die ihn zärtlich liebende Frau wach geworden; dazu kam wohl noch ihre Schönheit, die Romantik der Situation und vielleicht auch die drohende Forderung Pawlins. Mit einem Wort, dies alles zusammen oder im Einzelnen bewog meinen Vetter, sich sogar über seine Trauung mit der Frau Pawlins zu freuen, und der Kleinbürger Spiridon Androssow wohnte ihrer Hochzeit bei und schrieb sich als Trauzeuge in das Kirchenbuch ein. – Ich hoffe, Sie werden mich nicht fragen, wie das möglich war, dass Pawlin sich selbst begraben und eine Bestätigung darüber für seine Witwe erhalten hatte. Dergleichen Dinge sind bei uns kein Märchen, sondern sie ereignen sich wirklich: in einer Herberge ist ein Reisender gestorben, Pawlin verständigt sich mit dem, den er dazu braucht, schiebt dem Toten seinen eigenen Pass in die Tasche und nimmt sich dessen Papiere – und damit ist die Sache erledigt. In der Gegend um Noworossijsk wurde dies einst ganz systematisch betrieben, so dass die Leute den Pässen nach bis zu hundertfünfzig Jahre alt wurden. Da stirbt ein siebzigjähriger Iwan, ein vierzigjähriger Pjotr nimmt seinen Pass, und so ist die Altersverlängerung geschehen ... Ich will aber fortfahren, oder besser gesagt, meine Geschichte zu Ende bringen.

Siebzehntes Kapitel

Die jungen Ehegatten ließen sich in dem winzigen Städtchen nieder, das ihnen zum Aufenthalt bestimmt war, und wussten nicht, womit sie die Zeit vertreiben und was sie anfangen sollten. Ljubas Anhänglichkeit vermochte Dodja nicht auf die Dauer zu beglücken, da er als junger Petersburger Weltmann das gesellschaftliche Leben liebte, und seine Seele nach starken Empfindungen dürstete. Er empfand kein Verlangen, oder hatte vielleicht auch nicht die Kraft, von seiner früheren Art des Zeitvertreibs abzustehen, und so fand er auch jetzt in dieser garstigen Lage unter verschiedenem Gesindel Leute, die seinem Geschmacke zusagten, trank mit ihnen gewöhnlichen Schnaps, spielte um Kleingeld Karten, schwindelte dabei auf jede Weise und wurde oftmals geprügelt und schließlich zu seinem großen Glück, das er aber selbst kaum einsah, bei einer Prügelei erschlagen, wegen eines Fünfzehnkopekenstückes, das er zu Unrecht aus dem Einsatz genommen hatte. Während dieses Lebens, das ungefähr zwei Jahre dauerte, trank Ljuba, was man den bitteren Kelch des grausamsten Leids nennt, aber sie wurde in diesem tiefen Kummer beständig durch Briefe und Geldsendungen von Spiridon Androssow unterstützt, der sie offenbar keinen Augenblick aus dem Gesicht verlor und über ihre Ruhe wachte. Er war irgendwo unweit in Dienst getreten und hatte sich dank seiner ausgezeichneten Ehrlichkeit, Verständigkeit und Zuverlässigkeit, die sich mit seinem Namenswechsel nicht geändert hatten, rasch Achtung erworben und auch Geld, von dem er beinahe nichts für sich verwendete, sondern alles für Ljuba sparte. Ich weiß nicht, wie Ljuba über diese Ersparnisse verfügte, die ihr ihr gewesener Mann schickte, aber man kann als sicher annehmen, dass, wenn nicht das ganze Geld, so doch mindestens den größten Teil davon ihr Mann, der nun ganz verbauerte und verkommene Doditschka vertrank und verspielte. Man erzählte, dass er Ljuba alles wegnahm, teils durch barsche Forderungen, teils sogar durch Schläge. Pawlin wusste dies alles so gut, als wenn er mit ihnen gelebt hätte, aber er brachte Ljubas Seele auch nicht für einen Augenblick in Verwirrung und nützte auch ihre Enttäuschung an Dodja nicht aus, um die beiden voneinander zu trennen. Ganz im Gegenteil: Pawlin hielt Ljuba durch lange, herrliche Briefe aufrecht, die durch einen Zufall in meinen Besitz gekommen sind und die ich sorgfältig bewahre als ein seltenes und ausgezeichnetes Muster des einfachen, aber tiefen philosophisch-mystischen Denkens eines zwar nicht gebildeten, jedoch verständigen und willensstarken Menschen. Diese Briefe, die vom »sündigen Knecht Gottes« an die Genossin im Leid Ljubow gerichtet sind, tragen ein wenig den Charakter von Episteln; der Autor spricht in ihnen so, als hätte er schon alles überwunden: er hat gelitten, ist in Versuchung gewesen und kann nunmehr selbst den sich in Versuchung befindlichen Menschen helfen. In einigen Briefen, sogar in sehr vielen schreibt Pawlin kein Wort über Tagesfragen, sondern gibt ihr Ratschläge und redet ihr zu, geduldig, einsichtsvoll, gütig, unwandelbar treu und hingebungsvoll gegen den Mann, den sie gewählt hat, zu sein. Wenn man diese Briefe in chronologischer Ordnung liest, so wird man unwillkürlich aufmerksam auf den allmählich wachsenden religiösen Mystizismus. Anfangs leidet der Autor gleichsam unter dem Schicksal Ljubas mit und spricht über die Unentbehrlichkeit der Geduld, da von der Ungeduld alles noch bitterer werde; aber allmählich ändert sich dieses Motiv, und er beginnt ihr zuzureden, dass sie sich freuen müsse, wenn sie unglücklich sei, wie er sich auch selbst freut, ja, so freut, dass man sich anfangs unwillkürlich fragt, ob es nicht niedrige Schadenfreude ist, die sich der Seele des Autors bei dem offenbaren Unglück Ljubas, die ihn verraten hat, bemächtigt. Wenn man aber tiefer in die weiteren Briefe eindringt, so sieht man, dass ein anderes Gefühl die Feder des Verfassers führt, das Gefühl einer ganz sonderbaren, man kann geradezu sagen unirdischen Liebe, einer Liebe, die voller Sorge und Selbstverleugnung, dabei aber doch wieder streng ist. Pawlin lehrt Ljuba, zum Heil der anderen und zur Sühne der eigenen Verirrungen zu dulden, und obwohl er sie mit ziemlich alten Beweisgründen, die längst aus geistlichen Erbauungsbüchern bekannt sind, zu überzeugen sucht, entwickelt er diese Beweisgründe doch mit solcher Lebendigkeit und mit einer so unmittelbaren überzeugenden Beredsamkeit, dass er ihnen gleichsam neue Lebenskraft verleiht. Er ist ohne Zweifel um das Eine bemüht: um die geistige Wiedergeburt der zugrunde gehenden Ljuba, und da er wohl aus ihren Antwortbriefen sieht, dass diese Wiedergeburt möglich ist, gebraucht er sogar in direkter Anrede das Wort »meine Tochter«. Der letzte Brief mit dieser Anrede beginnt mit einer ganz eigenartigen und rührenden Zärtlichkeit, die auch in dem im allgemeinen rauen Ton der einzelnen Stellen nicht untergeht. In diesem Brief, den er mit »Spiridon Androssow« zeichnet, schreibt Pawlin: »Verzage nicht: nicht nur uns Schwachen, sondern auch dem heiligen Apostel Paulus ward der Engel Satans ins Fleisch gesetzt, aber er besiegte ihn, und auch du wirst ihn besiegen, denn er wird nicht lange mehr verweilen.«

Dieses »nicht lange« war die Prophezeiung eines Sehers, und Ljuba fasste es auch als solche auf, als einige Tage nach Empfang dieses Briefes von ihrem ersten, für die Welt verstorbenen Manne ihr zweiter Mann bei einer Prügelei erschlagen wurde und vor ihrer Türe, in die er in seiner Trunkenheit nicht mehr hatte geraten können, starb. Sie gab Pawlin gleich von diesem Ereignisse Nachricht, und er erschien auch unverzüglich bei ihr. Sie begruben gemeinsam Dodja, wie es sich gehört, und verschwanden unmittelbar darauf. Wohin? Das wusste niemand. Aber ich werde Ihnen auch das erzählen, was sonst niemand weiß.

Jenseits des Dnjeprs, hinter Kiew liegt mitten in einem dichten, dunklen Tannenwald ein kleines Frauenklösterchen. Es ist so arm und unansehnlich, dass man es nur das »Klösterchen« nennt. Dort lebte die Nonne und spätere Asketin Ljudmilla. Sie starb vor einigen Jahren, nachdem sie lange vorher in noch gar nicht vorgeschrittenen Jahren von Tränen blind geworden war. Diese liebe, herzensreine Nonne mit den ausgeweinten Augen, der man des Aussehens halber runde Perlmutter-Scheibchen mit Heiligendarstellungen in die Augenhöhlen eingesetzt hatte, war ein wirklicher Engel an Sanftmut und Barmherzigkeit. Nicht nur die Schwestern dieser armen Stätte und die Pilger, die das Klösterchen besuchten, erinnern sich mit Rührung und mit Tränen an ihre Güte, sondern sogar die Juden in dem nahen Marktflecken. Es war von ihr nur bekannt, dass sie die Witwe eines Menschen aus sehr guter Familie gewesen und nach dem Verlust ihres Mannes ins Kloster eingetreten war. Ein geheimnisvoller Mensch, ein Schweizer, von dem niemand auch nur ein einziges Wort vernommen, hatte sie auf seinem eigenen Pferd von sehr weit hierher gebracht. Auf ihrem Grabhügel steht kein Denkstein, der auf ihre Herkunft hinwiese, sondern nur ein einfaches Eichenkreuz mit der Inschrift: »Die Büßerin Ljudmilla, in der Welt die sündige Ljubow.« Dieses Kreuz errichtete ein Büßer, der nach dem Tode der Schwester Ljudmilla aus einem fernen, strengen Kloster, dessen Namen ich Ihnen nicht zu nennen brauche, gekommen war. Ich weiß nicht, ob es notwendig ist, Ihnen zu erklären, dass die Büßerin Ljudmilla, »in der Welt die sündige Ljubow«, niemand anders als unsere Schweizerin Ljuba war; der Büßer aber, der gekommen war, um das Kreuz auf ihrem Grabe zu errichten, war Pawlin, dessen Mönchsnamen ich nicht weiß. Sehen Sie, solche Geheimnisse und solche Charaktere leben hin und wieder hinter den Klostermauern!